有爱的青春陪伴者

Nan Hong
De Qingqing

难哄的卿卿

清蒸蜜桃 著

图书在版编目（CIP）数据

难哄的卿卿 / 清蒸蜜桃著. -- 南京：江苏凤凰文艺出版社，2022.5
ISBN 978-7-5594-6408-8

Ⅰ. ①难… Ⅱ. ①清… Ⅲ. ①言情小说－中国－当代
Ⅳ. ①I247.5

中国版本图书馆CIP数据核字(2021)第252272号

难哄的卿卿

清蒸蜜桃 著

责任编辑	王昕宁
特约编辑	廖　妍　鲁　璐
责任校对	周　萍
出版发行	江苏凤凰文艺出版社
	南京市中央路165号，邮编：210009
网　　址	http://www.jswenyi.com
印　　刷	长沙鸿发印务实业有限公司
开　　本	880mm × 1230mm　1/32
印　　张	9
字　　数	232千字
版　　次	2022年5月第1版
印　　次	2022年5月第1次印刷
书　　号	ISBN 978-7-5594-6408-8
定　　价	42.80元

目录

contents

目录

contents

第一章

重逢之后

/

每次想起苏卿，
心口就像被一把刀生生剖开，不停地淌血。

法国珠宝设计大赛是珠宝界的顶级盛事，历届最佳设计奖的获得者都成为了卓越非凡的珠宝设计师，所以每当有设计新秀崭露头角，各大珠宝商都会拼尽全力将其纳入麾下。

今年的获奖者格外年轻，年仅 25 岁，刚刚毕业，是位中国女性，名叫苏卿。

在颁奖典礼结束后的记者会上，苏卿无疑是当晚众星捧月的对象。

她一袭红色晚礼服长裙，身姿婀娜，美得耀眼。

采访区一排的闪光灯像不费电似的，对着她“咔咔咔”一通狂拍。

苏卿其实不太适应这种场面，尽管心里很紧张，但笑容仍然落落大方。

记者举着采访麦问道：“苏小姐，你现在有在考虑哪一家珠宝品牌？”

这个问题一问出，现场立刻安静了几分。不仅媒体记者们在等待答案，就连各大品牌的老板都停止了交谈。

苏卿知道大家都在等待她说出哪家欧美顶级奢牌，这也是大多数历届获奖者的选择。可她睫羽轻颤，停顿了两秒，嫣然一笑，给出了一个惊人的答案——

“我要回国了。”

四周传来阵阵惊呼，业界人士想不通为何她会作出这种选择，要知

道中国目前还没有哪家珠宝品牌能挤进世界顶级行列。

苏卿淡淡一笑，眼神坚定。

在庆功宴上浅酌两杯后，她回了公寓，已是深夜十一点。

下车时，她看到屋里的灯都关了，于是进了房门后在黑暗中轻轻地脱下高跟鞋，尽量不发出声响。

可才按开壁灯，不远处就“嘭”的一声，炸开了一束小礼花。

只见前方一个身穿黑色燕尾服的小男孩，系着蝴蝶领结，像位绅士一样，一本正经地说：“祝贺妈妈。”

苏卿先是被吓了一跳，接着满眼惊喜，再是热泪盈眶，连手里的奖杯都随意放到了一旁的壁桌上，直接扑到了儿子面前，一把抱住：“谢谢宝贝，妈妈爱你。”

漂亮妈妈领着绅士儿子坐到客厅的沙发上，欣赏自己刚获得的奖杯。

奖杯只有成年人的巴掌大，十分精巧。

看着儿子像对待珍宝一样双手接过奖杯，苏卿笑了笑，随即眼中流露出一丝忧虑。

她摸摸儿子的小脑袋，温柔地问道：“小童，我们要离开法国了，你会不会舍不得幼儿园的小朋友们？”

苏小童正在努力地看奖杯上他还认不全的法文，抽空回了句：“我们研究过了，有视频、有电话，问题不大。”

看着儿子说话像个小大人似的，苏卿笑意加深，重重地亲了他脑门一口：“啵！好了，时间不早了，你要睡了。”

苏小童听话地跳下沙发，给妈妈行了一个绅士礼：“妈妈晚安，做个好梦。”

苏卿一脸温柔，心都要被儿子哄醉了。

儿子就是苏卿的全世界，虽然放弃法国的工作机会很可惜，但儿子的教育不能耽误！

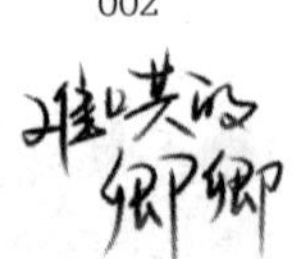

法国的基础教育远远比不上国内，所以苏卿才会婉拒所有顶级珠宝品牌的邀约，选择回到国内发展。

第二天一早，苏卿把苏小童送到幼儿园后，回到公寓收拾行李。

法国的房子是租的，她一个月前已跟房东谈好退房事宜。

这五年，苏卿在法国半工半读，靠奖学金和兼职设计稿费生活，虽说没有存款，至少没苦着孩子。

微信视频的铃声响起，苏卿放下手上的活，接起电话。

视频里是一个又A又飒的短发女孩，身上还穿着警服，眉眼间自带高冷气场。

但这气场对苏卿无效。

苏卿笑盈盈地看着女警，见她还在室外，身后有同事经过，于是一直保持安静。

直到等女警走进办公室，苏卿甜美温柔的问候才从手机中传出："阿令，下班了吗？"

国内正是晚高峰的时间段。

任何人在疲惫一天之后，听到温柔甜美、语带笑意的问候，都会觉得身心滋润。

周令忍不住勾了勾嘴角，一进办公室，立马卸下高冷伪装，眉开眼笑地打开了话匣子："没呢！最近一堆案子！我这不正准备去吃饭嘛，刚刷了会儿手机，你猜我看到了什么？"

苏卿睁圆了眼睛，好奇心十足："什么？"

"你！上！热！搜！了！"

苏卿愣住："啊？我又不是明星。"

"你赶快打开微博看看。"

苏卿被催促着划开微博——

#美女设计师斩获大奖后选择回国发展#

热搜里的关键字上没有苏卿的名字，但是九宫格中有八张都是她获奖时的照片，而她的获奖作品只堪堪得到一张曝光的机会。

苏卿继续点开评论区，前排都是：

【我们的设计师真棒，又漂亮又有实力！】

【真的好美啊，姐姐请原地出道吧！】

【最难得的是功成名就后，没有贪图富贵，仍旧一心报国。】

苏卿有点心虚地说："阿令，你知道的，我回国主要是为了小童上学，而且我学的专业，好像也没法报效祖国。"

"嗐！"周令一副拿她没办法的神情，"这是重点吗？重点是你上热搜了！而且你回国投身祖国的珠宝界，提升了国内珠宝设计师的整体水平，怎么就不算报效祖国？"

苏卿心想：哪有那么夸张。

不过她早就习惯了周令帅不过三秒的话痨本质，笑意盈盈地点点头，听着周令的滔滔不绝。

"对了！"周令像是突然想起什么，提醒道，"评论看前面的就行了，别往下翻。网上说什么的都有，没必要都看。"

周令越是这么说，苏卿就越忍不住往下翻……

【学设计的都是富二代，家里有钱，什么奖拿不到。】

【在珠宝界那种名利场，这种美人肯定早就被包养了。】

【看这妞儿的大胸细腰长腿，等我有钱的……】

苏卿抽抽嘴角，觉得评论有点辣眼睛。

普罗大众一提到珠宝界，第一印象就是有钱。但其实有钱的都是买珠宝和卖珠宝的老板们，像苏卿这样的打工人，并且还是个新人，只是表面风光而已。

"卿卿……"周令的欲言又止，把苏卿的思绪拉了回来，"那个……你回来之后，有没有想过联系陆队？"

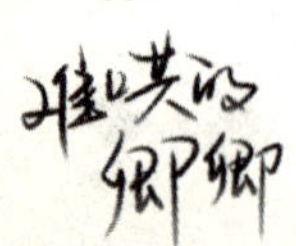

提到那个男人，苏卿晃了晃神，过了几秒才轻声回道："怎么可能。"

"这都上热搜了，万一他知道你要回来了呢？"

苏卿心中泛起些许无奈：他知道了也不会当回事吧，而且他那种工作狂哪会闲着没事刷微博。

只是这句话要是说出来显得她好像还没忘了那个男人似的，于是被自动省略。

此刻苏卿脸上虽然还带着微笑，但眼里已没了笑意。

"你是我跟他唯一的共同好友，只要你不说，我跟他就是活在两个世界的人。阿令，你懂我的。"

苏卿的目光清澈明晰。

周令叹气，惋惜地"嗯"了声。

一周后。

苏卿左手牵着苏小童，右手拎着行李箱，走出港城机场。

港城机场特别大，人也多，各种肤色的人都有。

苏卿看着密密麻麻的人群，庆幸自己提前把大部分行李都寄回国了，要不然领着孩子，还带着那么多箱子，肯定照顾不过来。

手机振动了一下，是周令发来的语音："卿卿，我这儿突然有案子，赶不过去了。不过我帮你订了直通车，等会儿有人过来接你，会把你跟小童直接送到家门口，过口岸都不用下车。"

苏卿笑着回道："谢谢啦，那么忙还帮我叫了直通车，你要注意安全哦。"

母子俩手拉着手，等车来接。

殊不知在来来往往的人群中，早就潜伏了几双眼睛，像盯着猎物一样注视着她们。

不久后，苏卿接到直通车司机的电话，通知苏卿要到 B 区 62 号候车

口上车。

苏卿茫然地看了看周围，大机场就这点不好，地方不好找，而且万一找错了地方，又要走很多冤枉路。她是大人倒没事，但小童才四岁，绕机场走半圈就累了。

“师傅，我不认识路，还带着孩子，可以麻烦您把车先停一下，来机场里面接我们吗？”

直通车司机人很好，让苏卿报地点，表示自己很快到。

苏卿挂了电话后，儿子拽了拽她的手。

苏卿笑着问道：“怎么了？”

“妈妈，我想上洗手间。”

直通车司机很快就能到，但小孩子可等不了，苏卿只好先带着儿子找洗手间。

她刚把儿子送进男洗手间，直通车司机的电话就打了过来。

“喂，苏小姐，我到了。”

“师傅麻烦您举下手，我找不到您。”

其实苏卿跟司机的距离并不远，只是机场人太多，两个人左瞧右看的找了好几分钟才找到对方。

碰面之后，苏卿又立马回到洗手间门口等儿子。

苏小童独自走进洗手间，站在儿童盆前，正解着裤子，感觉好像有人在盯着自己。

他有点不安，想了想，感觉自己还能憋一会儿，于是决定先找妈妈，等到家再上厕所。

小孩子也不知道从港城机场到口岸再到滨城的家要多久，以为跟坐校车差不多，十几分钟就到了。于是他系好裤子后，就往洗手间外走。

身后被紧盯着的感觉一直挥之不去，苏小童加快脚步，快到洗手间

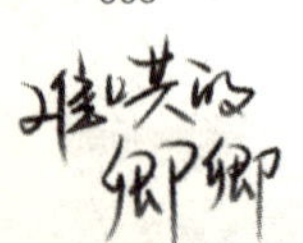

门口时，迎面过来了一位和蔼可亲的叔叔。

他蹲下来，问道："你是小童吧？我是来接你的直通车司机。"

苏小童松一口气，这终于能摆脱身后的不安感了！

出了洗手间之后，叔叔领着苏小童走得很快，全然不顾小孩子跟不跟得上。

苏小童跟得很吃力，几乎一路小跑，问道："叔叔，我妈妈呢？"

"你妈妈先上车了。"

苏小童点点头，可又感觉怪怪的，莫名想抽回被叔叔紧紧拉着的手。可他才稍稍一挣扎，叔叔就拉得更紧了，像是生怕他跑掉。

小童的不安感非但没有消失，反倒莫名更强烈了。

到了候车口。

苏小童看着墙上面的数字，怀疑地问："你之前不是说在 B 区 62 号候车口等吗？这里明明是 C 区 13 号。"他指了指墙上。

小孩子虽然识字不多，但 ABC 和阿拉伯数字还是认得的。

可还没等叔叔回答，候车口的车上就跳下来一个文身男。他恶狠狠地看着苏小童，冷笑一声："果然是有钱人家的孩子，学前教育都比一般人家的好，这么小就识字了。"

苏小童感觉不妙，转身就跑。

但小孩子的脚步能有多快，还没跑出三米就被文身男抓住，塞进了车里。

滨、港两城每年都会举办警务技能战术交流会，滨城今年由南区刑警队长陆延率队。

会前，"陆延"这个名字一经公布就引起了港城警界沸腾，因为他是近几年的警界传奇，破案无数，案子办得也漂亮，全国都在学习研究他破获的案件，连最常被警匪片取材的港城警队也不例外，像"警队利

刃”“邪恶克星”这些夸张词汇用在他身上，感觉一点也不夸张。

西界警署重案组的黄 Sir 是港城警队精英中的精英，他也对陆延充满了好奇。本想借此机会好好跟这位传奇人物交流一下办案经验，可西界机场昨晚发生了一起儿童绑架案，他带着全组人通宵追查，只能趁着等逮捕令审批的当口，到警署大会议室观摩一下交流会的尾声。

会上，陆延站起身跟港城警队代表握手合影，黄 Sir 一进来就看到他夏季警服下肌肉结实的小臂。嚯，这一看就是练家子！

陆延身高一米九，体型魁梧，站在一米七五的港城警队代表身边，高出不少。

不同于寻常肌肉男容易给人留下莽夫的印象，陆延眼神坚毅、警服整洁、举手投足都散发着沉稳内敛的气息，像一把顶天立地、守护世间的巨型石剑。

交流会结束后，黄 Sir 迅速上前，抢先一步来到陆延面前，让同样想跟陆延聊聊的同僚们只能往后排。

“陆警官你好，我是重案组的黄健斌，久仰。”

“黄 Sir 你好，幸会。”

黄 Sir 单刀直入，问起了自己想请教许久的问题。

陆延知无不言。

两大警队精英十分投契，滔滔不绝地聊了起来，让其他想上前跟陆延交谈的港城警官完全找不到插话的机会。

不过两人没聊多久，一位警员拿着文件小跑来到黄 Sir 身旁：“头儿，逮捕令下来了。”

黄 Sir 接过文件，注意力马上集中到了手头的案子上。

陆延见他如此认真，问道：“这是什么案子？”

黄 Sir 低着头，边翻看文件边答道：“一起儿童绑架案。”确认完逮捕令，他先跟陆延简单道别，转头一阵风似的带领警员出队。

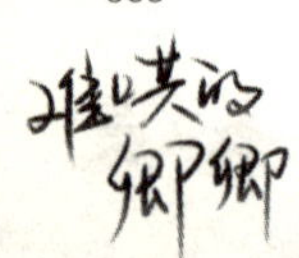

陆延看着两人离开的背影，想了想，跟了上去。

会议室里只剩下一众没逮到机会跟偶像交流的港城警官，你看看我，我看看你，相顾无言，遗憾散去。

陆延穿上外套遮住警服，打车跟随警车来到重森大厦。下车后他远远地跟黄 Sir 挥挥手，并未过多打扰，开始了现场观摩学习。

黄 Sir 本就对工作十分投入，有陆延在场，更是让他打起了十二万分精神排兵布阵。

重森大厦是一个鱼龙混杂的地方，里面各种肤色、三教九流，什么人都有。周围建筑物之多，人流之密集，给人手并不充足的重案组增加了不小的难度。

重案组的人身着便衣，学着周围人的颓废痞气，分批进入了重森大厦内部。其余的两人一组开着车，堵死了几条大路。

陆延分析着黄 Sir 的安排，看来他是想在大厦内部进行抓捕，这样绑匪即使逃出来，路已经全都被堵死他们也插翅难逃。在人手不够充足的情况下，这是最优的办法。

但是——

陆延缓步围着重森大厦走了一圈，目光仔细观察着大厦外墙，以及延伸开来的羊肠小径。

他来到一个卖鱼蛋的小摊贩面前，假装无所事事地闲聊："你说从大厦跑到前面那条一人宽的小道上，最快要多久？"

街边小贩平时为了躲巡警，走街穿巷的，对道路最是熟悉。很多地图上没有标注的小道，只有他们才知道。

只见小贩娴熟地穿着鱼蛋，眼皮都不抬一下："要是在十楼以下，不要命的话，顺着空调外机跳下来，直接就能……"他说到这儿似乎意识到有些不对劲儿，抬起眼斜瞄一旁的高大猛男，上下打量。

陆延和气地笑了笑："我来旅游的，港城警匪片看多了。"

确实有那么几部以重森大厦为主题拍的电影，甚至有的还获过奖。

小贩又打量了一遍这个高大猛男，似乎觉得他确实像个外地人，于是继续穿鱼蛋。

陆延来到黄 Sir 车前，敲了敲车窗，笑呵呵的，像是闲聊一样，不让周围人看出异样，把刚才观察到的细节告知黄 Sir。

本以为自己安排精密的黄 Sir 听完后神情凝重，果断跟随陆延来到刚才卖鱼蛋的摊贩停留地附近。

小贩似乎穿完了鱼蛋，推车去了人多的地方叫卖。

陆延仔细分析着绑匪在极端情况下的可能行为，黄 Sir 越听眉头越紧。

耳机里传来进入大厦内部的同事的汇报："黄 Sir，我们已抓捕两名嫌疑犯，还有一名嫌疑犯跟人质不见踪影。"

黄 Sir 回忆着重森大厦的结构图，脑内飞速运转：同事们肯定是从走廊到客厅再到房间一一破查，那么最后一个绑匪应该是带着人质从最里面的房间逃脱。

他脑中突然灵光一闪，奔向羊肠小径："你猜对了，果然是这个方向！"

两人跑到羊肠小径的墙外，抬头一看，一个瘦高的文身男正抱着一个被绑起来的小男孩从空调外机上往下跳。

文身男身手灵敏，迅速跳到小道上，使出吃奶的劲儿往前逃。

黄 Sir 立刻翻墙。

陆延看了一眼黄 Sir 的动作，再听到文身男越来越远的脚步声，留下一句"包抄"，便隔着一堵墙猛追文身男。

黄 Sir 在从墙上往下跳之前，看了一眼陆延和文身男相隔的距离，心里虽然对陆延的侦查能力十分佩服，但对他的体能毫无信心，毕竟一个大块头怎么可能跑得过一个瘦子。

文身男跑着跑着回头一看，见身后只剩一个体形小一号的警察，还

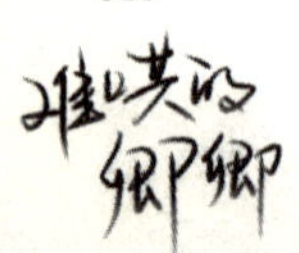

以为自己已经甩掉一个，于是铆足力气更是奋力地往前冲。

警察毕竟每年都要进行体能测试，何况文身男还抱着一个孩子，黄Sir逐渐拉近了距离，同时文身男也逐渐力竭。

文身男停下脚步，转过身，把刀架在小男孩脖子上，大喊：“别过来！把手举起来！转过去！”

黄Sir在心里咒骂：这绑匪怎么还抢警察的台词！

他转过身后，貌似语重心长地劝道：“你别冲动！人质没了你还拿什么威胁警察！”

黄Sir这么反向一劝，给绑匪也整不会了，文身男愣了两秒才回过味来，开始提要求：“给我准备一辆车……”

黄Sir心想：好几辆冲锋车等着你呢！只是车都停在外面进不来，等同僚赶过来还得等一会儿，绑匪要是见到来了更多警察会不会暴怒之下伤害人质。

正纠结万分时，只听身后一声惨烈号叫，黄Sir回头一看，陆延不知何时赶到的，已把文身男制伏在身下。

黄Sir忍不住大声喊：“干得漂亮！”然后火速上前，掏出手铐，接手绑匪。

他看着陆延走向小男孩帮孩子松绑，陆延虽然也跑得气喘，但并无脱力感，让他忍不住由衷地感叹：“你体能可真强。”

陆延轻描淡写地说：“平时有练。”

陆延蹲下身，先帮小男孩把他手脚上的塑料签绳扯断，力气之大让在场的其余三人再次震惊，最后撕开把小男孩的脸粘到变形的胶布。

胶布撕下的一瞬间，陆延愣住了，小男孩抬头看他，也愣住了。

因为这一大一小长得实在是太像了！

陆延先回过神来，揉揉小男孩的脑袋，笑着问：“小家伙没事吧，哪里受伤了吗？”

苏小童摇摇头，眼睛睁得大大的，目不转睛地仰望着跟自己长得一模一样的天降英雄，感觉从昨天到现在发生的一切都很不真实。等他慢慢有了安全感之后，情绪有了释放的空间，开始号啕大哭。

陆延抱起孩子，轻拍他的背，温柔地哄道："不怕不怕，警察叔叔来救你了。"其实他平时对小孩没这么有耐心，或许是这个小孩长得太像自己，让他打心底喜欢。

苏小童哭了一会儿就不哭了，看来陆延对他的安抚很有用，但是他像无尾熊一样，黏在陆延身上不肯下来。

重案组的人赶到后，一名年轻警员想接过孩子。

可是苏小童紧紧地搂着陆延的脖颈不肯放手。

年轻警员一时不知该如何处理："陆队，这……"

陆延看小男孩哭得眼睛通红，心里莫名一抽："没事，我带他去警署。"

苏小童莫名想要亲近这位天降英雄，听完笑得露出一排小白牙。

陆延见状也轻勾嘴角。

这一大一小似乎天生就有默契。

陆延抱着苏小童走向警车，一路上看着他，越看越惊奇，这小孩怎么会跟自己这么像。

他笑着问道："你爸长得是不是也跟我很像？"

小男孩原本亮晶晶的眼神瞬间黯淡了，低着头，小声答道："我没有爸爸。"

陆延笑容一滞，真是家家有本难念的经，这么可爱的孩子居然没有爸爸。

他忍不住摸了摸小男孩的小脑袋。

把小男孩送到西界警署，再录完口供，差不多也到了回滨城的集合时间。

陆延听黄 Sir 说已通知了孩子母亲过来接人，于是蹲下跟小男孩说：

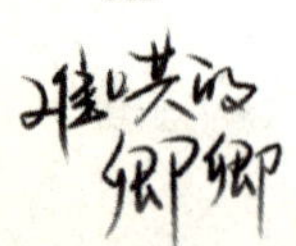

“叔叔要走了，以后要听妈妈的话。”

小男孩呆萌地点点头，眼中满是不舍。

至于为何不舍，他这个年纪也想不明白，可能是出于对英雄的崇拜，心生向往吧。

眼看着英雄的高大背影消失在警局办公室的门口，苏小童不自觉地跳下凳子，想要追上去。

可还没追到门口，就被拦了下来。

年轻的警员哥哥笑着说：“别再乱跑啦，你妈妈马上就到了。”

想起妈妈，苏小童安静下来，乖乖地坐回了凳子上。

苏卿这两天仿佛活在地狱，一想到自己把儿子弄丢了，她就像从万丈深渊跌落。

周令在执行任务联系不上。

苏卿无人可以依靠，感觉18岁时母亲破产自杀时她都没现在这么无助。

要是可以的话，她宁愿用自己的命去换儿子的。

当接到港城警方的电话，得知儿子被安全救出时，她感激得跪在地上直哭。

苏卿第一时间赶到警局，看到儿子安然无恙的那一刻，她跑上前紧紧抱住儿子。

小童也扑进了妈妈怀里。

母子俩重逢的画面，让在场的警察们无一不动容。

在办完警局的手续后，绑匪的相关审讯工作也结束了。

原来这三个绑匪是拿着通行证在港城做非法劳工的，结果受不了黑工的辛苦，被老板炒了鱿鱼。

无业游荡期间看到苏卿的热搜，他们以为她是富家千金或者富商情

妇，又那么美丽性感。为了满足窥视心里，他们点开了苏卿的脸书，津津有味地看起了美人的日常。

从她跟友人之间的聊天评论里得知她要一个人带着孩子在港城下飞机，于是走投无路的他们起了歹念。

他们正好在机场听到苏卿跟人通电话的内容，将计就计地假装成直通车司机，把苏小童骗走。

只是三个笨匪将人质绑了两天，还没想好怎么跟苏卿要赎金，就被警方一锅端了。

听说陆延都不是港城警察，只是没事闲逛，就顺手把他们一伙人拿下时，三个笨匪都不知道是该怪自己太倒霉，还是该怪这个程咬金太神。

港城警员录完他们的口供，气不打一处来："你们有脑子顺藤摸瓜去查别人的隐私，为什么不能把脑子用在正确的地方，正正经经地做一份工作不好吗？"

批评完三个笨匪后，港城警员嘱咐苏卿，以后千万要保护好个人隐私。

苏卿紧紧握住儿子的手，心有余悸，点头如捣蒜。

她接了儿子回到滨城的家时，已是傍晚。她五年没回来过，再次打开熟悉的家门，心中感慨万千。

周令在她们回来之前，找人打扫过房子。

母子俩折腾了两天都筋疲力尽，洗完澡之后，仍有后怕的母子俩都想要抱着对方一起睡。

苏小童躺在妈妈的怀里，回忆起那位天降英雄，满眼崇拜地说："妈妈，其实救我的是一个说普通话的警察叔叔。"

"嗯？不是港城警察吗？"

"他好厉害呀，一下就把坏蛋都打倒了！"

苏卿满眼爱意地听着儿子讲述他遇到的大英雄。

苏小童情不自禁地说："妈妈，我长大后也想当警察！当英雄叔叔

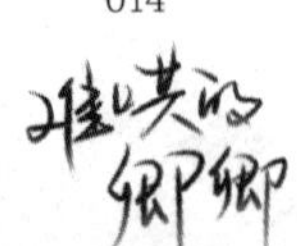

那样超级厉害的警察！”

苏卿轻抚儿子小脑袋的手顿了顿，像是想起了什么，眸里黯淡下来，只轻轻地“嗯”了声。

得知救下儿子的另有其人，苏卿感激不尽，想当面道谢。

她打电话到西界警署咨询，那边也仅能告知是滨城南区的刑警队长，更多关于警察的个人信息，不便透露更多。

苏卿理解。

她刚挂电话，周令的视频电话就打了过来。

听说了小童被绑的经过，周令气得自拍桌子：“哪儿来的蠢货！胆肥了，居然敢绑老娘的干儿子！”

苏卿叹了口气，说道：“好在小童没受什么伤……对了，我想当面去跟救出小童的南区刑警队长道谢，你说我带点什么见面礼好呢？”

苏卿觉得正常登门道谢都要送些小礼物的，但警察这职业太敏感，就算自己没坏心思，在别人看来也不妥。

周令一听是南区刑警队长，整个人愣住了。

苏卿问道：“怎么了？”

周令马上摇头：“没，没什么。”她眼睛看向别处，躲开苏卿的视线，接回刚才的话题，“给警察送礼不太好，你送面锦旗过去吧。”

苏卿恍然点头：“对哦！我怎么没想到，不愧是阿令。”

往常听到苏卿的赞美，周令都一脸美滋滋的样子，可今天她眼神飘忽，无比心虚。

两天后，定制的锦旗做好。

苏卿来到南区刑警队，问了负责咨询的女警员队长办公室的位置后，带着锦旗往楼上走。

负责咨询的女警员看着苏卿的曼妙背影，忍不住在同事微信群里赞

叹：【刚刚来了一个好漂亮的大美女！要给陆队送锦旗！】

【@陆延，陆队您得好好看看呀！说不定就千里姻缘一线牵了呢，您也不必总被家里和领导们催婚了！】

陆延坐在办公室里，看了一眼群消息，懒得回。

女人有什么好看的，是案子不够香吗？

门口响起“咚咚咚”的敲门声，很轻柔，一听便知对方是个斯文人。但粗人也好，斯文人也罢，对陆延来说都没什么区别。

他淡漠道：“请进。”

苏卿推开门时，刑警队长正背对着她把资料放进档案架。

他穿着黑衬衫，高大强壮，肩宽腿长，背影像极了那个男人。

苏卿顿时心跳暂停，仿佛世界都静止了。

但那个男人是北区刑警，眼前的是南区刑警队长，断不可能……

她正这么想着，刑警队长转过身来。

两人几乎异口同声——

陆延：“是你。”

苏卿：“是你！”

陆延想过无数种与苏卿重逢的场景。

可能是在两人都曾喜欢去的咖啡厅偶遇；可能是在法国校园看到她长发飘飘的样子；也可能是她衣锦还乡，成为了比她母亲更优秀的珠宝设计师……但不管怎么想，都没想到竟然是她来给自己送锦旗。

比起陆延的喜怒不形于色，苏卿明显更为震惊。

她甚至一时之间不知该如何反应。

她也曾想过无数种再次见到陆延的可能，不过每一种细想起来，都是她该如何躲避陆延。万万没想到，自己竟然“自投罗网”。

陆延很快就沉稳如常。

两人四目相望。

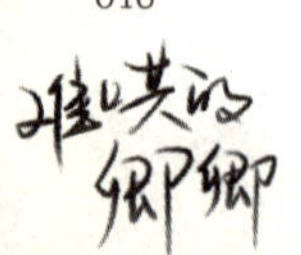

陆延依旧英挺俊朗，还更添了几分男人的成熟。

苏卿从震惊中缓过神来，望着他平静如旧的目光，忽然想起当初自己提分手时，他也是这般平静。

她低头垂眸，掩饰自己眼神中的黯然。

陆延先开口，语气平淡："什么时候回来的？"

苏卿心想：我的出现对他来说无足轻重吧，甚至可能是打扰。

心痛和释然是同时的。

苏卿抬头，嘴角挂上礼貌性的淡淡笑容，说道："前两天刚回来。"

陆延淡淡地"嗯"了声，看向她手里的锦旗，问道："给我的？"

他有些意外，因为苏卿是个胆小又乖巧的女孩，陆延想不到她怎么能跟案件扯上关系，还是自己手上的案子。

苏卿忽然不想送锦旗了，她想到了什么，她怕……

结果她想事情太入神，手里一松，锦旗掉在地上，卷轴展开。

陆延捡起锦旗，读出上面的字："见义勇为，正义卫士……"

他看向苏卿，满是疑惑。

而苏卿此刻慌乱的模样，就像被黑猫警长发现罪证的小老鼠。

陆延眼睛一眯，联想起她刚说的话和这两天自己碰到的案子，接着心里一震，严厉问道："那个小男孩是你儿子？"

陆延本就有不怒自威的气场，严厉起来把苏卿吓得肩膀一抖。

虽然苏卿低着头不作答，但见她这样的反应，陆延也知道自己猜对了。

此刻他心中犹如地震海啸同时袭来。

如果那只是个普通的孩子，无论如何他都会祝她幸福，但那孩子跟自己那么像，还没有爸爸……

陆延把锦旗放桌上，走向苏卿。

苏卿感觉到他的靠近，下意识地往后退，但很快就退到墙边，退无可退。

“孩子几岁了？”陆延的语气比刚刚更严厉。

“三、三岁。”苏卿故意少说了一岁，回答得结结巴巴，不敢与他直视，视线往旁边看。

这般低劣的撒谎技巧，哪能逃得过破案狂魔的法眼。

苏卿余光瞄到还没关上的门，想着自己就这么冲出去的可行性大不大。

可惜还没等她想出个结果来，陆延就看出了她的想法，长臂一伸，把门关上，锁死。

他双手撑墙，把她困在自己身前，居高临下地俯视她。

这样的对视角度，对他们俩来说都太过熟悉。

陆延以前常常以这样的角度把苏卿困在怀里，他动作熟练到有肌肉记忆。

而那时的苏卿对陆延别说抗拒了，简直就是百依百顺。

只要是陆延喜欢的，苏卿都会配合，哪怕她已经眼角含泪承受不住，但只要他要，她就任他索取。

如今五年过去了，她不再是他的宠物了。

苏卿收起回忆，语气疏离：“陆队长，谢谢您救了我儿……”

陆延像是没耐心听她说虚伪的客套话，不等她把话说完，直接问道：“孩子他爸是谁？”

他要的不是苏卿的答案，而是要她承认。

苏卿觉得天塌了就是这种感觉吧？

若是陆延知道孩子的事，跟见到自己一样平静，那苏卿倒也没那么担心。

怕就怕他在乎。

而向来喜怒不形于色的陆延，现在竟然情绪外露到行为出格，可见他很在乎这个孩子。

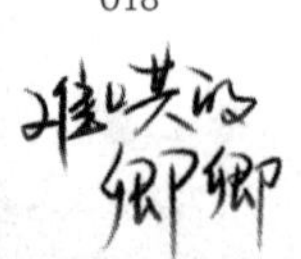

苏卿怕他跟自己抢儿子。

所以此刻她明明心虚得很，语调却突然拔高："反正不是你的！"

就算儿子长得像他又怎样，只要自己死不承认，他就不是孩子的爸爸！

她知道自己理不直气不壮，可面对的是陆延，她又能有什么更好的办法。

陆延什么穷凶极恶的罪犯没见过，他放在眼里过吗？

可眼前的小女人，就是有本事不费吹灰之力，气得他直咬牙。

孩子跟自己长得那么像，孩子他爸除了自己还能有谁。但一想到她确实可以跟别的男人生孩子，他太阳穴就突突地跳。

"你当时怀孕了为什么不告诉我？"

又是一个苏卿不愿回答的问题，甚至不愿回忆。

她彻底保持沉默。

陆延见她态度冷漠坚决，知道自己问不出什么，这么耗下去只怕会起反效果。他只好无奈收手，退后一步，暂时给她一个离开的机会。

苏卿开门，面上维持镇定，脚下却一路小跑。

等走出了警队十几米远，她才慢慢停下脚步，无力地靠在墙上。

周令的视频电话打了过来，试探着问："卿卿，你去送锦旗了吗？"

苏卿突然想到什么："阿令！你知道南区的刑警队长就是陆延，对不对？你为什么不告诉我？"她越说越激动，这么多年对陆延的复杂感情一下子涌上心头，控制不住泪如雨下。

自从苏小童出生后，周令都没见苏卿哭过了。

此刻她愧疚不已，急忙连哄带解释："卿卿你别哭啊！发生了什么事啊？我只知道陆队以前当了南区警队队长，但我在东区当值，早就听说他要升局长了，还以为他早就不在南区了呢。"

周令当然知道苏卿会遇到陆延，她有心想帮他们俩复合，只是她没

想到这对鸳鸯见面后，苏卿会那么激动。

往日里，苏卿说过的那些不在乎陆延的发言犹在耳边。现在想想，只怕苏卿从来没真的放下过陆延。

过了好一会儿，周令才把苏卿哄好。

也是苏卿不了解公安体系，所以周令说什么她就信什么，真的以为周令不知道现任南区刑警队长就是陆延。

周令刚跟苏卿挂了视频电话，陆延的微信又发了过来。

【苏卿的事你知道多少？】

周令叹气，想想苏卿刚才的激动劲儿，觉得还是别再刺激她了，便回：【陆队，您别问了。】

周令是陆延一手带出来的，她把陆延当成偶像，平时陆延交代她什么事，她都一百二十分地完成。但今天她让陆延别问了，可见她真的很为难。

陆延点了支烟，在办公室里来回踱步。

他有多久没想起苏卿了？

好像很久没想了，又好像没多久。

其实是不敢想。

因为每次想起苏卿，心口就像被一把刀生生剖开，不停地淌血。那伤口不会好，只会越来越严重，最后整个人都腐烂了。而自己，无能为力。

不知过了多久，有人敲门，敲门声雄壮有力，一听就是个粗人，那也就是自己人。

陆延沉稳道："进来。"

小孟推开门，见满屋子都是烟，这都傍晚了，灯也不开，陆队还一副很烦心的样子……

他顿时警铃大作："头儿！这是碰上什么特大案件了吗？"

是连环杀人案，还是恐怖袭击案？不管是什么刀山火海，只要我身

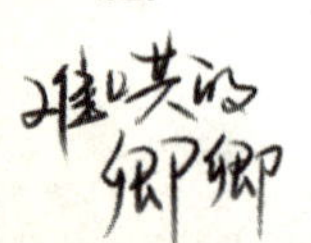

穿警服，就勇往直前！

陆延见小孟就差没举起右拳当场宣誓了，拍拍他肩膀，说道："没事，别一惊一乍的。走，喝酒去。"

"喝酒？"小孟诧异。

陆队，这不是您的作风啊！您遇到事情，向来是不解决完绝不罢休的！

警队旁边的烤肉店里，刑警们下班后换了便服，围在一起喝酒吃肉。

小孟见老大今天抽烟一支接着一支，着实不对劲儿，劝道："陆队，少抽点吧。"

同事们这才注意到烟灰缸里的烟头几乎都是陆队的。

跟随陆延多年的老李感叹道："你们这帮新兵蛋子不知道，陆队以前不抽烟也不喝酒，生活习惯可健康了。可自从来了南区当刑警队长，这烟酒就都沾上了。"老李举起酒杯，"陆队，照顾好自己，别一天到晚只想着案子。"

陆延跟老李碰杯，一大杯白酒一饮而尽。

同事们拍手叫好。

烈酒上头，陆延自嘲一笑。

自己是什么时候到南区当刑警队长来着？

哦，是从苏卿离开以后。

苏卿把家附近的幼儿园看了个遍，最好的那家是盛安幼儿园，一个月学费要两万，对她来说不是小数目。

可为了儿子，她把账算了又算，自己的开支能简则简，还是决定给儿子报盛安。

周一早上，是苏小童第一天上新幼儿园的日子。

苏卿给他穿上了干干净净的园服，牵着他的小手，来到幼儿园门口，把他交给老师。

由于是刚转来的插班生，所以老师在门口跟小童妈妈多聊了一会儿。

十字路口，红灯亮起。

一辆普普通通的灰色大众停在了盛安路上。

陆延坐在副驾驶，准备去看父母。

上次跟同事们喝完酒，马上就来了新案子，一连忙了好几天，今天凌晨才告一段落。

旁边的驾驶位上，坐着他的发小李维，一个话非常多的北区民警。

陆延一边看同事发来的工作汇报，一边对李维的滔滔不绝开启屏蔽模式。

突然，李维使劲儿拽他："天啊！那不是嫂夫人嘛！"

听到这个久违的称呼，陆延抬起头，望向李维指着的方向。

只见幼儿园门口，站着一位长发飘飘、纤细娇柔的女人。

可不就是他魂牵梦绕的苏卿。

"天啊！天啊！"李维继续惊呼，"你看她旁边那小孩，比你长得还像你！"

这是什么凌乱形容，陆延自动忽略。

他痴痴地望着幼儿园门口……

苏卿笑得那么温柔，就像让人迷醉的酒香。她把小不点的手交到老师手上，目送老师把小不点带进教学楼，然后三步一回头地离开了幼儿园。

陆延看着这一幕有些恍惚，苏卿在他心里还是个小姑娘呢，怎么忽然就成了妈妈？

他想让李维把车开到幼儿园门口，但这条路上不好掉头，现在还是早高峰的时间段，车多人多。

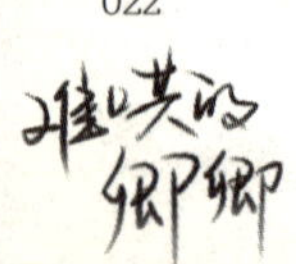

身后响起了车鸣声，前方已是绿灯。

陆延看看时间，再看了一眼幼儿园的名称，无奈道："先走吧。"

李维心领神会，推动手挡。

灰色大众驶向原定的路线。

茶楼里，陆延目光望着窗外却无聚焦，明显有些心不在焉。

话多的李维则一直陪着陆延的父母聊天。

陆延的父母都是退休的高干，见多了年纪轻轻就平步青云的年轻人，但二老从来不会看低事业平平的李维。

两代人坐在一起，有说有笑，其乐融融。

唯独陆延像是 P 上去的，跟大家不在一个频道。

陆母张慧芳见状，体贴问道："阿延，是不是新案子太棘手，最近一直没休息好啊？"

陆父陆建国也看向工作狂儿子。

只有李维端起茶杯，意味深长地嘬了一口，眼睛瞄着陆延，观察着他的反应。

陆延始终心不在焉，差点脱口而出自己见到苏卿了。还好警察队长反应迅捷、及时刹车，不然一想到在父母面前提到苏卿，那无疑是火星撞地球。

他欲言又止了两秒，才缓缓道："呃……是吧。我出去透透气。"

张慧芳望着儿子高大的身影走出茶楼，不免担忧："阿延这么大个人了，也不知道好好照顾自己，一忙起来就跟不要命似的，唉。你们说他什么时候能娶个媳妇儿，让我也抱抱孙子呀。"

陆建国摇摇头，似乎已经对儿子不抱希望。

李维看看门口，又看看陆延的父母，斟酌一番后，放下茶杯，像个说书先生似的卖起了关子："伯父伯母，或许你们的儿媳妇和孙子远在

天边，近在眼前。”

张慧芳和陆建国顿时齐刷刷地看向儿子的发小，两眼放光。

李维嘿嘿一笑：“你们猜我跟陆延刚才遇到谁了？”

二老身子微微前倾，瞪大了眼睛，齐声问：“谁？”

“苏卿！”

李维本以为自己说出这个名字，二老就不用担心陆延不肯找对象的问题了，没想到反倒像点燃了炮仗。

只见陆建国登时怒目一拍桌子：“又是那个小狐狸精，这么多年过去了，她怎么还缠着阿延，真是不要脸！”

周围的人听到动静，纷纷转过头来。

张慧芳左右看看，帮老头子顺了顺背，也是提醒他不要太激动。

李维这才意识到自己可能捅了篓子，连忙给二老斟茶，让二老消消火，问道：“伯父伯母，其实有个问题我想问很久了。就是你们为什么这么反感苏卿？”

他一直觉得当初陆延和苏卿会分手，二老的棒打鸳鸯“功不可没”。

张慧芳叹气：“你有所不知，那个女生不是好人家出来的，底子也不干净，她跟她妈妈都没少干龌龊事。”

李维满脸疑惑，总觉得伯母说的跟自己认识的苏卿不是一个人，当初刚跟陆延在一起的苏卿，单纯得像一张白纸。他问：“这中间会不会有什么误会？“

陆建国怒道：“能有什么误会！我们当初找了最好的公司仔细调查过，那个小狐狸精跟阿延在一起，摆明了没安好心！”

李维听到这儿还想继续问，却见伯母用胳膊肘怼了怼伯父，他意识到二老关于这事不想让自己了解更多了，便识趣地没再往下问。

不过不能光惹麻烦不立功，为了帮好兄弟缓和一下嫂夫人和二老的关系，他随即又扔出一个重磅炸弹：“苏卿身边还带着一个孩子……”

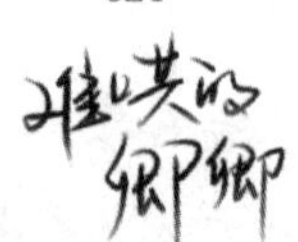

陆延在门口发了会儿呆，收拾好心情后，回来刚要落座，就听到李维在跟父母说：“伯父伯母，那小孩跟陆延相似得连亲子鉴定都可以省了！”

陆延听到这儿，心想完蛋了，立即给了李维一个闭嘴的凶狠眼神。

李维做了一个封嘴扔钥匙的动作，反正该说的都说完了。

陆延的母亲张慧芳激动得声音发颤：“阿延，那真是你儿子吗？”

陆延倒茶的手顿了一下，把茶壶放稳才答道：“苏卿说不是。”

“哼！”陆延的父亲陆建国用力地杵了一下拐杖，“她说不是就不是了？她还能前脚跟你分开，后脚就在国外找到个跟你一模一样的对象？天底下哪有那么巧的事！”

陆建国想了想，严肃地说：“先给孩子做个亲子鉴定，要真是我们陆家的种，就得认祖归宗！她凭什么不让我们认孙子！你工作稳定，我和你妈也能帮你照顾孩子，要打官司的话，我们胜算大……”

陆延的父母人脉甚广，他们想跟苏卿争孙子的话，苏卿抢不过的。

“爸。”陆延放下碗筷，直视父亲，“这是我和苏卿之间的事，你们不要插手。”

陆延也能想出一万种简单粗暴且有效的方法，但那样做的话，得对苏卿造成多大的伤害。即便现在苏卿已不是他的女人，他仍本能地想要保护她。

陆建国看了看儿子，不再多语。

当初陆延护那个女孩就护得紧，自己跟老伴儿完全插不进手，想不到这么多年过去了，他一点没变。

张慧芳握着茶杯却一口没喝，若有所思地垂眸，不知在想什么。

下午三点半，陆延开完市公安会议，收到了李维的微信消息——

【哥们儿，给你一个当我小弟的机会。】

【滚。】

【给盛安幼儿园送安全知识手册，去吗？】

【走。】

于是一米七五的片区民警李维，带着一米九的刑警队长小弟，一人拎着一捆安全知识手册，以护送国玺的架势走进了幼儿园。

“国玺”送到后，李维跟老师们打听了一下今天新来的小朋友。

陆延得到想要的信息后，便走出办公室，寻找小不点。

操场上。

幼儿园中班的小朋友们正在自由活动。

苏小童虽然是第一天上新幼儿园，但他长得白白净净，衣服上的味道也好闻，很快就成了焦点人物。

小朋友们都喜欢找他玩，尤其是女孩子。

一个比苏小童矮半个头的小男孩，看着小朋友们都围在新同学的身边，垮了小脸。

他走到苏小童面前，一副了不起的样子说：“我妈妈是模特，我爸爸是老总。你爸爸妈妈都是做什么的？”

他抬起下巴看着苏小童，就像使出了无往不利的绝招。

苏小童目光友好，礼貌回答：“我妈妈是珠宝设计师。”

小朋友们发出“哇”的声音，虽然不知道这个职业具体是干什么的，但设计师听起来就感觉很厉害！

第一回合，打平。

“那你爸爸呢？”

“我……”

我没有爸爸。

面对都有爸爸妈妈的同龄小朋友们，苏小童说不出这句话。

小朋友们都在看着他，他张张嘴又低下头，不知该怎么办。

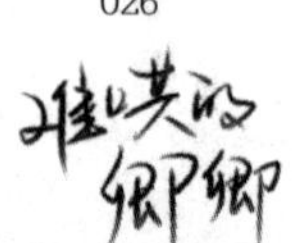

就在这时，远处传来一个男人浑厚的声音——

“小童！”

小朋友们齐齐望过去，只见一名高大俊朗的叔叔站在阳光下，一身正气。

他带着和煦的笑容走过来。

小朋友们惊讶地发现，苏小童长得巨像他！

苏小童揉揉眼睛，还以为是自己看花眼，手放下后，见不远处竟然真的是救出自己的陆叔叔，惊喜地睁圆了眼睛。

从远处走来的叔叔高大威猛，简直是所有男孩梦寐以求的样子。

矮苏小童半个头的小男孩刚刚还嚣张不已，现在看着陆延的眼神就像看到了绝版变形金刚！

小男孩羡慕地问道：“那是你爸爸吗？”

苏小童犹豫了一下，奇怪的心理作祟，他没有否认。

他知道撒谎不对，心里很自责，但他太想要爸爸了，所以此刻哪怕是虚假的幸福感，他也不舍得破坏。

苏小童火箭似的冲到陆延面前，眼睛里冒着星星，笑得露出一排小白牙，先小声地叫了一声“叔叔”，然后兴高采烈地问：“你怎么在这儿？”

“我来工作。”

陆延找到小不点，心里像被填满，终于明白自己为什么从第一次见到他就那么喜欢他。

其他的小朋友们见苏小童并没有分享“绝版变形金刚”的意思，便继续围成一团玩游戏。

陆延抱着苏小童来到足球门前。

他先娴熟地表演了一番花式颠球，把小童看得一愣一愣的，再教苏小童怎么带球、怎么射门。

阳光在陆延身上照出一层光晕，苏小童崇拜地看着他，宛如望着神。

苏小童跟陆延一样，运动细胞发达，陆延示范一遍，苏小童就能学会，一大一小玩得开心极了。

男孩子都喜欢运动，但平时根本没人陪苏小童玩这个。

妈妈很完美，但不会踢球。

初秋明明是凉快的天气，苏小童愣是玩出了一身汗。

他现在已经敢从陆延脚下抢球了，虽然十次里面有九次抢不到，但这短短的一个多小时已让他觉得自己的世界变得更大了。

夕阳西下，火烧云晕染了操场。

老师在远处喊道："小朋友们，都过来集合准备放学啦！"

苏小童回头望望老师，失落地捡起球，跑到陆延面前，用袖子抹了把汗，一脸不舍地仰望着陆延。

他在妈妈面前是个精致有礼的小绅士，但在陆延身边简直解放了天性。

陆延伸手摸了摸孩子湿漉漉的头发，觉得这个下午时间过得太快。

"去吧。"陆延声音低沉而温暖地说。

苏小童回头看看老师，再看看陆延，低头想了想，鼓起勇气问道："陆叔叔，我可以加你微信吗？"

陆延笑道："当然可以。"

苏小童咧嘴一笑："那你等我一下！"

他先跑到老师那儿集合，跟着队伍走进教学楼，不一会儿后又背着小书包下来，手上拿着一个 iPad。

陆延跟他加完好友，看到他把 iPad 放回小书包。

书包里整整齐齐，一看就知道孩子被教得很好。

陆延想起以前苏卿在自己身边时还像个半大的孩子，没想到现在做了妈妈竟然像模像样的。

他忍耐了一下午，终究还是没忍住，问了关于苏卿的问题："你跟

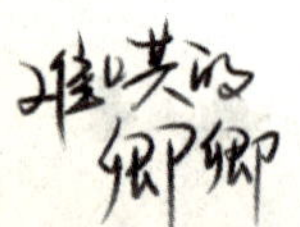

你妈妈……过得好吗？”

苏小童笑着点头：“好呀！我妈妈是全世界最好的！”

陆延嘴角勾起，眼神中溢满了温情与深切，看来很喜欢这个答案。

苏小童的目光挪到了幼儿园门口，开心地喊道：“妈妈！”

陆延心头震了一下，缓缓站起身，看着小不点跑到了自己忘不了的那个女人身边。

可是……

她却一脸防备地看着自己，还把孩子挡在了身后，仿佛自己是个会伤害她的坏蛋。

陆延的心被深深刺痛。

他走到苏卿面前，目光深邃，心中有千言万语，却化成了一句轻描淡写的话：“来接孩子？”

苏卿淡漠地“嗯”了声。

苏小童自行跳到两人中间，看看妈妈，再看看陆叔叔，满脸惊喜：“妈妈，陆叔叔，你们认识？”

陆延也“嗯”了声。

苏卿则握紧了儿子的手，说道：“小童，跟叔叔说再……说拜拜。”

陆延：“……”

苏小童诧异地看看妈妈，心想：妈妈，你跟陆叔叔既然认识，不一起吃个晚饭吗？

小孩子想不明白，却还是听话地挥挥手，眼带期盼：“陆叔叔再见！”

苏卿：“……”

夜里下起了雨，雨声凌乱，一如苏卿的心情。她坐在书桌前，教儿子画画，尽量不去想别的。

苏小童的心思还停留在下午踢球的快乐时光。他兴致勃勃地说：“妈

妈，你知道吗，陆叔叔踢足球可厉害了！”

苏卿握着画笔的手顿了顿。

她怎么会不知道？

陆延以前就特别爱踢球，经常下班后带她去球场。

她坐在操场边，望着他一路过关斩将，远射破门。

那气势如乘破风浪，引来全场欢呼。

苏卿心跳不已地望着球场上荷尔蒙爆发的男人，他推开跑过来庆祝的队友，当着所有人的面跑向自己，然后脖子一伸，霸道地让自己帮他擦汗。

他炙热的体温犹在指尖……

苏卿抿紧唇，停止回忆，指着图纸问道：“红色跟蓝色混在一起是什么颜色？”

苏小童嘟起嘴：“妈妈，我们看看足球比赛吧。”

苏卿心里不是滋味，以前自己教儿子画画，儿子都很认真，怎么陆延一出现，就轻而易举地把儿子的心思都勾走了？

“小童不喜欢画画了吗？”

“妈妈，我喜欢踢球。”

这时，窗外响起一声闷雷，苏卿脑袋里仿佛有根弦绷断了。

她感觉像自己跟陆延同时站在儿子面前，儿子却选择了陆延。难道自己怀胎十月，辛苦地把他养大，还比不上陆延只陪他玩了一下午？

这么多年一个人在国外养大孩子的心酸涌上心头，苏卿控制不住地委屈，眼泪一颗接着一颗从脸颊滑落。

小童惊了！妈妈很少哭的。

他小手摸到妈妈脸上，帮妈妈擦眼泪，着急得不得了，说话都带上了哭腔：“妈妈不哭，妈妈不哭……”

苏卿见自己吓到儿子了，立马擦干眼泪，握住儿子的小手，强撑起

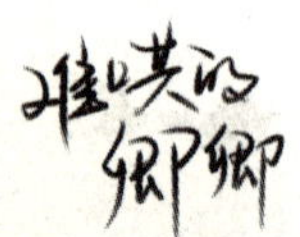

一抹不自然的笑："妈妈没事。"

她说完站起身，走出儿子的房间，不想让儿子看到自己脆弱的一面。

苏小童想到眼眶泛红的妈妈，心里很难受，但小小年纪的他又搞不清楚出了什么问题。

人在无助时总想求助最强大的人。

苏小童看了看书包，掏出 iPad，发了条微信语音。

他奶声奶气，一边吸鼻子一边带着哭腔说："陆叔叔，我惹妈妈生气了，妈妈哭了，呜呜呜……"

夜里下着雨。

陆延不顾路滑，还是把车开到了市内最高限速。

想到小童可怜巴巴的哭声，他就像心头被人狠狠掐住，又不知苏卿遇到了什么事，就更加心急如焚。

苏卿家的小区车位满了，陆延只能把车停在小区门口，冒着雨一路跑到苏卿家。

苏卿刚哭完，听到门铃响，看看墙上的时钟，心想：都十点多了会是谁呢？

她打开门一看，竟是陆延像座山似的站在门口，还淋成了落汤鸡。

苏卿上下打量他，问道："你怎么搞成这样？"

她转身想去给他拿那条毛巾，却被他拉住手腕。

陆延把她拉回来，握住她的双肩，见她眼眶红红的，一看就是刚哭过。

他最见不得她这副委屈的模样。

以前也是，不小心惹她生气了她就哭鼻子，让陆延恨不得把心掏出来给她看。

"你怎么哭了？"

苏卿张张嘴，没法回答。难道要告诉他，因为儿子更喜欢你吗？

她冷硬道："与你无关。"

他干吗还装成以前那副假装在乎自己的样子，好像自己还是他什么人似的。

苏卿别过脸，挣了挣肩膀，示意他放手。

陆延这才慢慢地放开，问道："到底发生了什么事？"

苏卿反问："你怎么会过来？"

陆延如实作答："我跟小童下午加了微信，他刚才告诉我的。"

苏卿仿佛后院着火，激动道："我不是跟你说过了，我儿子跟你没关系！你干吗还要接近他？"

陆延没想到苏卿会这么大反应。

"卿卿。"陆延深情问道，"你为什么这么恨我？"

一句"卿卿"，唤起了苏卿内心最深处的记忆，那曾是夜夜在她耳边呢喃的称呼，也是她最想忘掉，却始终忘不了的声音。

她有一瞬间的恍惚，仿佛回到了过去，她跟陆延在一起的种种甜蜜侵占着她的脑海。

可甜蜜还没碰到，无边的伤心与绝望又瞬间将她吞没。

她深呼吸，想要调整好情绪，可眼泪已不争气地落下。

陆延粗粝的手指抚上她白皙的脸庞，帮她擦眼泪。

可是对苏卿来说，只要是与陆延有关的，越是熟悉的，越像一把残酷的刀。她好不容易才等伤口结痂，那把刀却又将伤口剖开，让它血淋淋地暴露在外。

她挥开陆延的手："我不恨你，但我不想再见到你了。"

如果她没有泣不成声，也没有哭得肩膀都在发抖，那么或许陆延会信了这句话。

苏卿见他还是一动不动地站在自己面前，气得想推远他。

陆延的体格，她是最了解的。她心想大不了就是推不动，可没想到

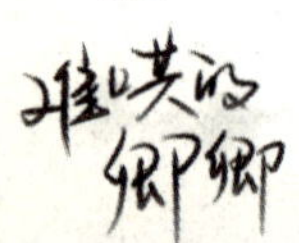

她才伸出手，陆延就借势把她拉进怀里，紧紧抱住。

“恨我，不想再见到我，真的吗？”

苏卿挣扎：“当然是真的！”

“可我想你。”

第二章
谁的孩子

我跟你抢什么抚养权，我想抢的明明是你。

苏小童担心妈妈，听到外面的声音后，悄悄地打开门探出一颗脑袋，接着就看到了震撼的一幕。

陆叔叔竟然抱着妈妈！

他吃惊地张大了嘴巴，大到能塞进一颗鸡蛋。

陆延看到小不点滑稽的神情，不知道他听到了多少，但怀里这个还哭着呢，他得先哄好大的。于是陆延朝小童摆摆手，让他回房间。

苏小童十分配合，立刻点点头，轻轻地关上房门，生怕打扰到陆叔叔和妈妈。

陆叔叔这是在追妈妈吗？那他是不是要当我后爸了？那我以后是不是可以大声地在同学们面前管陆叔叔叫爸爸了？

他的小心脏扑通扑通地跳，仿佛抽奖抽到了最喜欢的变形金刚！

陆延外套上的雨水把苏卿的睡裙沾湿。

她在湿热的怀抱里逐渐冷静，低声道："抱歉，刚才是我太激动了。"

"没关系，你电话多少，我们常联系。"

"你先放开我，我去拿手机。"

"好。"

卿卿还是那么好哄，陆延轻轻地放开她。

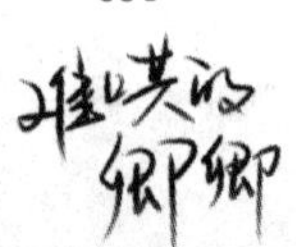

苏卿退后一步，笑容温柔美丽，像纯白无瑕的昙花。

“陆队长，不早了，再见。”

接着，大门“啪”的一声，关上了。

就这样，身经百战、破案无数的刑警队长，上当了。

陆延咬牙。

她学坏了！

陆延能感觉到苏卿对自己还有感情，可她现在像只刺猬，根本不让自己靠近。好在借着李维小弟的身份，他还可以去幼儿园陪小不点玩。

下午的操场上。

陆延拧开矿泉水瓶递给小不点，看着他咕咚咕咚地喝水，笑着提醒：“慢点喝。”

苏小童学着陆延的动作擦擦嘴角，坐到陆延旁边，似乎想跟陆延说什么，又不好意思说。

陆延问道：“怎么了？”

苏小童眨眨天真无邪的眼睛，欲言又止，最后还是忍不住说了出来：“陆叔叔，你那天为什么抱着我妈妈？”

正在喝水的陆延被呛到，苏小童还伸出小手帮他顺了顺宽厚结实的背。

怎么跟小孩子解释这种问题呢？向来沉稳的刑警队长犯了难。

“那个……你妈妈不开心，我安慰安慰她。”

安慰人是这样的吗？苏小童小小的眼睛里出现了大大的疑惑。他失落地低头，这不是他想要的答案。

空气静止了一分钟。

陆延犹犹豫豫地问道：“你妈妈在国外……有……有男朋友吗？”

听到这个问题，苏小童又燃起希望，马上抬头看向陆延，开心回答：

"没有！"

小孩子藏不住心事，嘴上虽然没说，但眼睛里却在直勾勾地问：是我想的那样吗？是我想的那样吗？是我想的那样吗？

陆延笑着揉了揉小家伙的脑袋，心想：小不点人小鬼大的，怎么好像什么都懂，可他明明才四岁。

苏小童莫名其妙奶声奶气地说了句："加油！"

陆延被他逗笑了，心里却在想着别的事。

既然苏卿一直单身，为什么回国后还要躲避自己？

苏卿在回国前已选好了一家处在上升期的珠宝品牌，这家公司给出的薪资待遇不是最高的，规模也只能算中等，但老板非常重视设计，并且允诺尽量不让苏卿参与应酬，最后这点对于要照顾儿子的她来说很重要。

苏卿跟老板通过电话后，确定下周一开始正式上班。

她计划六点起床做早餐，六点半叫醒儿子，帮儿子穿好衣服，陪儿子刷牙洗脸，吃完早餐七点出门，七点半之前把儿子送到幼儿园，然后自己再从北区坐地铁到南区，车程约 40 分钟，八点半左右到公司。

周一当天，前面都能按照计划顺利进行，但苏卿低估了地铁早高峰的人流量，最终竟然是正好九点到的公司，再晚一分钟，第一天上班就得迟到。

好在是虚惊一场。

公司老板知道苏卿晚上要去接孩子，所以特意在中午办的欢迎宴。

幼儿园下午五点放学，苏卿五点半才下班，所以她给小童报了晚托班。

晚托班在幼儿园边上的居民楼二楼。

苏卿下班后第一时间赶去晚托班，但接到小童时已是六点半。

夜幕降临。

苏卿拉着小童的小手走在人行道上。

小童耷拉着脑袋不说话，不像之前放学后都叽里呱啦地说个不停。

“小童，今天在幼儿园遇到不开心的事了吗？”苏卿声音轻轻柔柔的，像是在安抚受了委屈的小奶猫。

小童噘着嘴抬起头，可怜巴巴地说：“妈妈，我饿。”

苏卿错愕，没想到是因为这个：“刚刚在晚托班没吃饱吗？”

小童摇摇头：“晚托班的饭好难吃，有苦瓜。”

小童不算挑食，但有几样菜的味道吃不习惯，特别是苦瓜，他闻到味道都想吐。

苏卿蹲下来，心疼地抱住儿子：“小童想吃什么，妈妈带你去饭店吃吧。”

小童眼睛一亮，笑着说：“我想吃妈妈做的秘制火锅！”

南方的深秋虽然不冷，但天气已转凉，正是火锅诱人的时候。

苏卿笑了笑：“好！”

小童乌溜溜的眼睛一转，问道：“妈妈，我可以叫一个朋友来吗？”

“可以呀。”苏卿笑得眼睛像月牙弯弯。

儿子已经有要好的小朋友了，那她当妈妈的当然要支持！

买完火锅食材后，苏卿在厨房里洗菜，门铃声响，她让小童去开门，接着玄关处传来成年人的脚步声。

苏卿停下手里的活，心想：难道是小朋友的家长也来了？然后看了眼买回来的食材，担心不够。

她走出厨房，想跟小朋友和家长打个招呼，结果竟然看到了陆延。

苏卿一愣：“怎么是你？”

陆延看起来心情不错：“小童叫我来吃火锅。”

苏卿意识到儿子和陆延的感情可能超出自己想象，心里酸溜溜的，下意识地微微噘嘴，但在儿子面前还要继续维持大人之间和睦的假象。

小童抱住陆延的大腿，笑得露出一排小白牙：“妈妈，我想让陆叔叔也尝尝你的秘制火锅！”

苏卿突然想起了什么，心虚地低下头。

陆延眼神温柔，问道：“几年不见，你都有秘制手艺了？”

苏卿不自在地“嗯”了声，低着头说：“你们先去洗手吧。”

洗完手后，小童拉着陆延来到餐桌边坐下。

汤底已摆在桌上。

陆延看到汤底的颜色，眸光中闪过不明的情绪。

小童指着奶白色的汤底，像在分享宝藏：“陆叔叔，这个牛奶汤底是我妈妈的独门秘籍，我最喜欢了！”

苏卿端着洗好的青菜走过来，听到小童的话，下意识地看向陆延，与陆延视线碰撞后又马上移开。

陆延挑眉看她，慢悠悠地问道：“独、门、秘、籍？”

苏卿脸有点红，小声说：“我的汤底没加辣。”

因为小孩子不能吃辣，但除此之外，其实和某人的做法完全没分别。

苏卿和陆延刚认识的时候，也是深秋天气转凉的时候。苏卿喜欢吃麻辣火锅，却又怕辣，陆延就想出了这个加牛奶的汤底，柔和了辣味。

陆延没想到苏卿一直记得做法，还成了小童的最爱。他嘴角勾起，心头莫名满足。

小童等陆延吃完一口，马上问道：“陆叔叔，你喜欢吗？”

陆延看了苏卿一眼，意有所指地说：“喜欢。”

苏卿耳尖发烫，夹筷子的手顿了顿，假装没听到。

吃完饭后，陆延帮苏卿收拾桌子，小童也来凑热闹。

三个人像一家三口似的在厨房进进出出，这让苏卿极为别扭。

本来她以为这次的意外聚餐应该结束了，没想到儿子拉着自己来到正在换鞋的陆延跟前，强烈建议：“妈妈，陆叔叔可能不熟小区的路，

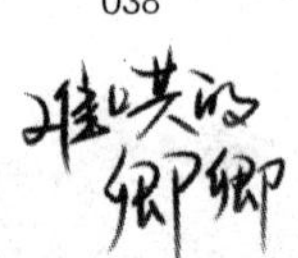

你送送他吧。”

苏卿抿唇，心想：他熟。

陆延揉揉小不点的脑袋，露出一副“孩子真懂事”的笑容。

“走吧，我有话跟你说。”他对苏卿说，用很正经的口吻。

苏卿幽幽地看了陆延一眼，似乎不太情愿。但陆延不是说虚话的人，她想了想才点点头。

天已全黑，小区的路上只偶尔匆匆路过一两个人。

苏卿和陆延并排而行，中间隔着两个人的距离，是苏卿故意拉开的。

小童不在，她不用维持跟陆延和睦相处的假象。

陆延无奈地看了苏卿一眼。

夜风凉凉。

苏卿穿着家居服就出来了，领口灌风，她缩了缩脖子。

马上，温暖的男士休闲外套就披到了她身上。

熟悉的男人味道袭来，苏卿脚步一顿，马上把外套塞回陆延手里，说道：“谢谢，不用。”

陆延看看手里的外套，再看看苏卿冷漠的神情，索性拎着外套，自己也不穿了。

“你要跟我说什么？”

“我听说你开始上班了。”

“嗯。”

“你一个人又要上班又要带孩子，忙得过来吗？不如我……”

苏卿心口一闷，他果然还想打儿子的主意，没等陆延把话说完，她就抬头打断道：“不用，我一个人能照顾好小童。那是我儿子，我在法国的时候也是一个人把他照顾得很好，不劳陆队费心。”

她说话像放连环炮似的，又把陆延推远。

陆延咬紧后牙槽，是真拿她没办法。强迫她，他舍不得；好好哄，她又油盐不进。

他最后从兜里掏出一张名片，强硬地放到苏卿手里，不容她拒绝，说道："这个你收好，有需要随时找我。"说完，他贪恋地看了她一眼，转身离开。

苏卿捏着名片往回走时，路过垃圾桶时，在垃圾桶边上站了好一会儿，左想右想，最后她还是把名片揣进了兜里。

陆延开车回家的路上，收到了母亲的微信语音。

"阿延，孙子的事怎么样了？"

"妈，苏卿把孩子照顾得很好，你们别担心。我自己来处理我和苏卿之间的事。"

意思是你们别插手。

陆延母亲一声叹息。

小童吃不惯晚托班的菜，晚托班也不可能为了小童一个孩子换菜单，苏卿只能自己做。

于是她刷起了一周备菜视频，就是把食材提前洗好切好放到保鲜袋里冷藏，然后下班后拿出来直接下锅，这样就可以大大缩短做饭时间。

之后她再下班接小童回到家，七点左右就可以开饭。

虽然时间上还是稍稍晚了点，但暂时也没有更好的办法，唯有周末给孩子多做点好吃的作为补偿。

周五下午，苏卿难得可以提早下班。

她来到幼儿园时，有个白发苍苍、穿着精致的老太太站在门口伸脖子往里望。

老太太见到苏卿，很仔细地打量了苏卿一遍，然后拿出手机，看看

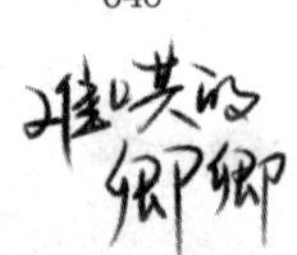

苏卿，再看看手机，搞得苏卿莫名其妙。

苏卿有些不自在地握了握单肩包的包带，继续静静地站在门口一旁。

老太太朝着苏卿走过去。

苏卿满头问号，但仍礼貌地微笑。她的笑容如白色花瓣，轻轻落下，不给人造成一丝负担。

老太太原本也很紧张，但发现眼前的人跟自己想象中不一样，先是怔了怔，接着也放松地笑了笑，问道："你是苏卿吧？"

苏卿点点头，可怎么也想不起这位老太太是谁。

"我是陆延的母亲。"

苏卿彻底僵住，以前的回忆涌上心头。

那时她刚和陆延同居，她在房间偷偷听外面的对话——

李维很着急地说："伯父伯母说了，你不跟她分开以后就别回家了，而且……你想想她的情况，伯父伯母多的是方法让她在滨城待不下去……"

还有一次，陆延想带苏卿去吃他最喜欢的一家粤菜。饭店经理认识陆延，提前迎上来，笑容可掬地说："陆先生，您父母在东海包房。"

饭店经理以为陆延来找父母一起吃饭。

谁知陆延皱起眉头，拉着苏卿的手说："我们换一家吧。"

……

一阵凉风吹过，苏卿回过神来，有礼貌地说："伯、伯母，您好。"尽管陆延的母亲看起来没恶意，但苏卿仍然拘谨到结巴。

陆延母亲肯定是为了小童来这儿的，苏卿越想越害怕。

她敢冷漠地推开陆延，但面对陆延的父母……她甚至不敢深想他们的手段。

张慧芳见孩子妈妈像受惊的兔子，忽然萌生出一股保护欲。

她上前握住苏卿的手，惊讶道："你手怎么冰凉的？"她轻轻搓搓

苏卿的手，帮苏卿暖和暖和，然后握住，谆谆劝道，“我听说你不承认孩子是阿延的，但刚才孩子自由活动的时候我看到了，他长得跟阿延小时候一模一样，他怎么可能不是阿延的孩子。”

苏卿抿唇，确实如此，是自己在跟陆延蛮不讲理。

“你应该了解阿延，他是个有责任心的人，我相信他会是个好爸爸的。”

是啊，小童那么喜欢陆延。

今天明明是大晴天，苏卿却仿佛置身冷雨中。

“你也是单亲家庭长大的孩子，你应该能体会到小孩子从小没有父爱的缺憾。难道你想让自己儿子也有这样的童年吗？”

苏卿眼神一晃，忽然想起自己母亲跳楼前，绝望地、不停地跟自己说对不起……

当母亲跳下去后，苏卿在这个世界上连一个亲人都没有了。她心里彻底动摇，不敢想象小童也要经历这样的感受该怎么办。

泪水很快涌上眼眶，苏卿手都在颤抖。

张慧芳握着苏卿的手，知道自己的话触动到她，放缓了语速说：“阿延说过很多次，不让我们插手你们之间的事，但我……”张慧芳也带上了哭腔，“我实在是想孙子啊！阿延你也了解，他就一心破案，我本来还以为这辈子都抱不到孙子了……”

苏卿从包里掏出纸巾递给陆延的母亲。

张慧芳接过，抹抹眼泪，继续劝道：“你要是真爱孩子，就应该给他一个完整幸福的童年。”

她退休前在司法部门工作，最是知道什么时候该点到即止：“我不是来逼你的，我也不想打扰你的生活，但是你要好好想想。”

真诚地说完这番话后，张慧芳没有继续逗留，她不舍地望了望幼儿园操场，转身离开。

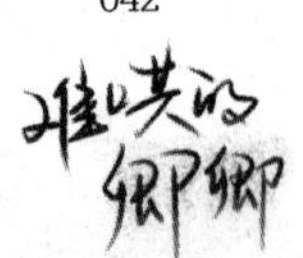

张慧芳回到家时，陆建国拄着拐杖刚从书房里出来。

老爷子声音洪亮，不怒自威：“你去哪儿了？平时这个点不都在家做饭吗？”

但是张慧芳对他的威严免疫，她把包随手一放，坐在沙发上，心事重重。

陆建国猫腰看看她，一脸诧异：“你眼睛怎么红了？红眼病吗？从外面回来记得先洗手。”

张慧芳没好气地翻了个白眼，长叹一声后，心酸地说：“我去看孙子了。”

陆建国停下脚步，明明心里很重视，却假装不在意地问道：“那孩子真跟儿子那么像？”

张慧芳强调：“一模一样！”

这下老爷子坐不住了，拄着拐杖走来走去。

“对了，孩子妈妈我也见到了。那姑娘，跟传闻中的不一样啊……”张慧芳想不明白，“我本以为她会是个很难对付的女人，可刚才看到她分明是个很单纯的人，她听完我自报家门后受惊的小模样……哎哟，我想想都心疼。”

她捂住心口，叹气。

陆老爷子不屑地一哼：“那小狐狸精没点本事，能把你儿子迷得神魂颠倒？阿延到现在还护着她呢！”自己儿子什么都好，就是被那个小狐狸精迷了心窍，陆建国一想到这儿就气不打一处来。

张慧芳皱起眉头，在见过苏卿之后，不太喜欢老伴儿再用这个词形容苏卿。

苏卿见过陆延的母亲后，魂不守舍地站在幼儿园门口，连小童出来

了都没发现。还是老师领着孩子走到她旁边，叫了她两声，她才被吓了一跳似的抬起头：“不好意思，我刚才想事情走神了。”

老师笑着说：“没事。”她把孩子交给苏卿，“对了，小童妈妈，园里下周六要举行亲子运动会，你能来吗？”

苏卿周末双休，马上答道：“可以的，我需要准备什么吗？”

“运动会当天要家长准备便当，中午在操场野餐。”

苏卿点点头，心领神会。

小童在法国上幼儿园的时候，参加过这种亲子运动会。孩子们当天的体育成绩不是最重要的，玩得开心就行。

野餐环节才是小朋友们之间真正的胜负大比拼！

苏卿握着儿子的手，心中暗暗鼓劲：妈妈一定要做出好看又好吃的便当！

周六当天。

亲子运动会上午十点才开始，但苏卿早上七点就去了超市买食材，回来后忙活了一个多小时，又是煮又是煎又是烤的，终于大功告成，做出了整整三盒便当，外加一包曲奇饼干。

运动会开始后，先是两人三足，再是接力跑。

苏卿跑完妈妈的份，还要跑爸爸的份。

本来运动细胞就不太发达的她，自然拖了家庭总成绩的后腿。

好在小童继承了某人异常发达的运动细胞，再加上某人这段时间的“秘密训练”，使得小童的体育成绩在一众小朋友中遥遥领先。

最终家庭成绩居然还能排在第三。

小童上台领奖时，苏卿在台下举着手机“咔嚓咔嚓”地拍个不停，简直比她拿下珠宝设计大奖时还激动。

旁边的家长羡慕地问道：“你们家小童好厉害啊，你给他报了体育班吗？”

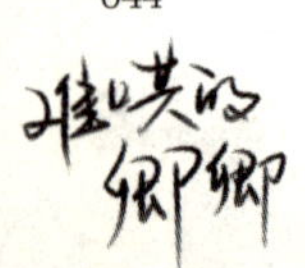

苏卿心中自豪不已，却还要“谦虚”地说：“没有，他天生的。”

旁边的家长：“……”这就是凡尔赛吗？

到了野餐环节。

苏卿拿出精心准备的便当，小童坐在席子上张望。

别人家的坐席上大多是三个人，有的小朋友甚至爷爷奶奶外公外婆全都来了，一大家子围在一起像在过年。只有两个人的不止自己一家，虽然那位同学的爸爸是因为出差来不了。

小童家的坐席上只有自己和妈妈，他的笑容慢慢消失，不像跑步时那么张扬了。

苏卿把早上现烤的曲奇饼干递给儿子，说道：“小童，你去把饼干分给其他同学。”

小童接过，乖乖地“嗯”了声。

苏卿的曲奇饼干是正宗法式西点的做法，味道香浓，口感酥脆。

小童回来的时候笑呵呵的，一看就知道曲奇饼干广受好评。

他盘腿坐下，大口地吃起了妈妈做的鸡肉三明治和蔬菜沙拉，渴了还有新鲜的果汁喝，小家伙开心到扭腰！

矮他半个头的小男孩手里拿着一盒精致的巧克力过来，先跟苏卿说了声：“阿姨好。”

苏卿笑着回道：“你好呀。”

矮个小男孩眨了眨眼，觉得小童的妈妈真漂亮，笑得那么温柔，眼睛亮晶晶的，像有星星。

他喜欢这位漂亮阿姨，连对小童的态度都不像以前那么嚣张了：“小童，这是我爸爸从美国带回来的巧克力，你尝尝。”

小童咬了一口，并不好吃。

他回头看看妈妈，想起妈妈平时的教导，转过头对矮个小男孩说道：“谢谢，我很喜欢。”

矮个小男孩咧嘴一笑。

他的视线在小童和漂亮阿姨之间来回转，鼓起勇气问道：“小童，你爸爸呢？你们下次踢球可不可以带上我呀？”

苏卿一愣，看向儿子，心想：难道是陆延跟儿子说了什么？但以陆延的为人，没经过自己允许，应该不会……

这时小童也回头看看妈妈，小脸惊慌失措，像是犯了什么弥天大错。

苏卿怔住，她也从小没爸爸，瞬间意识到是什么情况。

陆延妈妈的话，犹在耳边——“难道你想让自己儿子也从小就没有父爱吗？”

矮个小男孩见小童不搭理自己，心想自己要是有绝版变形金刚肯定也不想分给别人，于是耷拉着脑袋走开了。

小童见妈妈失神，也不说话，急得快哭了：“妈妈，对不起，我错了！”

席上的便当颜色鲜艳、营养丰富，但苏卿忽然觉得有些东西是不可替代的，无论自己再怎么努力都没用。

她把儿子揽进怀里，脸贴在他头顶上，心疼地轻抚着他，心里在说：不，我的宝贝没错，错的是妈妈。

晚上，苏卿把儿子哄睡后，回到自己房间。

她抱膝坐在床上，把脸埋住，想了一整夜。

天亮时，她慢慢下床，打开衣柜，拉出最下面的抽屉，再翻到最底下被护照、银行卡、房产证压着的……陆延的名片。

周日清早，陆延还在睡觉，手机响了。

他以为有急案，马上拿起手机一看，竟是陌生号码。

“喂，哪位。”他声音带着刚睡醒的沙哑，语气是一贯的冷硬。

电话那头犹豫了一下才回道：“我是苏卿。”

陆延瞬间清醒，接到苏卿的电话让他喜出望外，但苏卿肯定不会是

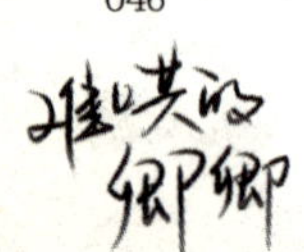

因为想他了才打电话，所以心情又马上紧张起来：“你遇到什么事吗？”

“没有……”苏卿那边欲言又止，像是在进行什么心里斗争。

陆延一直耐心听着。

苏卿过了一会儿才继续说话：“你今天有空吗？”

“有。”

当然有！除非有案子，不然值班也得请假。

“那……我们见个面吧。”

“好。”

见面地点约在了北区的一间咖啡厅。

陆延下车后，一步跨三四级台阶，跑上二楼。

苏卿坐在二楼靠窗的位置，眼神忧伤地望着窗外，她周围没什么人，画面显得更加冷清。

陆延走到苏卿对面坐下，靠近了才看清她面色憔悴，眼下发青。

“怎么了？”他大概只有跟苏卿说话时，语气才会这么温柔。

苏卿手里拿着张纸巾，指尖下意识地搓来搓去，断断续续地说：“我……有件事想跟你说。”

陆延屏住呼吸，眼神坚定，心想不管苏卿遇到什么麻烦，哪怕要了自己的命，也要帮她解决问题。

“小童确实你是儿子。”

“嗯？”陆延愣住，幸福来得太突然，让他觉得很不真实。

苏卿见陆延不说话，抬眸看他，却见他一脸不敢置信的样子。她有点生气：“怎么，你不信啊？”

她下了那么大决心才承认的事，他居然是这个反应？

回过神来的陆延低声笑道：“这有什么好不信的，小童本来就是我儿子。”

哪怕苏卿口头上不承认，事实也摆在那儿。

他心情豁然开朗，有种守得云开见月明的感觉。苏卿愿意承认自己跟小童的父子关系，是不是代表她也愿意重新接受自己了？

一向沉稳的男人开始不受控制地满心都是期待。

苏卿顺了顺气，但心里还是很不甘，自己含辛茹苦养大的孩子，现在居然要分给别人一半。

“我有一个条件。”

陆延听到这句话时错愕了一下，因为他们俩认识这么多年，苏卿从来没跟他提过条件，苏卿本身也不是喜欢谈判的性格。

“你说。”

陆延纳闷：你有什么要求我会不答应？用得着你郑重其事地跟我提条件？

“我要你答应我，永远不会跟我抢小童的抚养权。”

陆延蒙了：“抢什么抚养权？我们一家三口过日子，存在抚养权的问题吗？”

苏卿瞥了他一眼：“谁跟你一家三口，你是你，我是我。我找你来是因为小童需要一个爸爸，你以为是什么？”

陆延以为苏卿要跟自己和好了，自己抓心挠肝地想了那么多年的人，终于可以回到自己身边了。

哪知道才高兴没三秒，就被当头泼了一盆冷水。

他双手环胸靠在椅子上，紧皱眉头注视着苏卿，想不明白她那么好看的脑袋里，到底在想些什么鬼东西。

智商一百八的心理变态都没这个女人难懂。

陆延始终顺不过来这个拐，问道：“我们俩一起好好地把小童养大不好吗？还有比这更幸福的蓝图吗？怎么就能扯到抚养权上去？”

苏卿抓的重点明显跟他不一样：“我一个人也可以把小童养得很好！你只要在小童需要爸爸的时候，陪在他身边就可以了。”

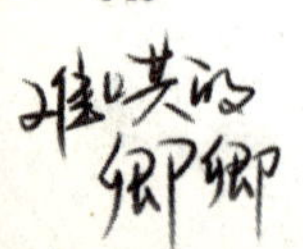

你只是小童人生中的配角，我才是主角。

陆延听懂了她的潜台词，忽然觉得她的大脑构造跟正常人不一样。

他回忆起之前苏卿种种让人想不明白的反应，再结合她今天的话，一下子就明白了。

“你之前一直不承认小童是我的孩子，就是怕我跟你抢抚养权？”陆延语气冰冰凉凉的。

苏卿察觉到陆延的不爽，也知道自己这种想法很小心眼，心虚地低头，无声地默认。

陆延气得直咬牙，心想：不愧是你，也就你能把我气成这样。

他食指用力点桌子，话几乎是从牙缝里一字一句蹦出来的：“我跟你抢什么抚养权，我想抢的明明是你！”

苏卿没想到他会这么直白，慌乱地看了他一眼，与他视线撞上，又马上撇开脸：“你别瞎说，我们俩没可能的。”

如果刚才当头泼的是冷水，那这句话直接把他冻冰箱里了。

陆延看着她，沉默了，眼神难以捉摸。

苏卿莫名地战战兢兢起来，突然共情了他抓捕的那些罪犯……这个刑警队长认真起来太可怕了！

可是自己又不是他的犯人，怕什么。

“你到底答不答应？”苏卿问得好像很嚣张，其实心里没底。

以陆延的背景，想拿到儿子的抚养权实在是轻而易举的事。

苏卿敢提这个条件，就是在欺负他，仗着过往的情分无理取闹。

被欺负的陆延似乎想通了什么，收回蛇王盯笨鼠的目光，说道：“好，我答应你。”

苏卿没想到他这么爽快就答应了，要是自己的话肯定死都不会答应的。在陆延来之前，她甚至还在手机上看了一会儿《谈判技巧》。

为什么呢？

她默默地想了会儿，想出了答案。

男人嘛，迟早要结婚的，身边带个孩子，以后的老婆肯定会介意。

苏卿搅着杯子里的咖啡，心里酸溜溜的，知道自己不该有这种情绪，在心里对自己大喊：别想了！别想了！别想了！

“什么别想了？”陆延突然问道。

苏卿惊得一哆嗦，没想到自己竟然把心中所想说了出来，太傻了，忙摇头道：“没什么。”

陆延没继续追问，这个小女人一直让他捉摸不透。

“卿卿。”他忽然深情而认真地喊出了她的名字。

苏卿抬头看他。

她漂亮的大眼睛比起十八岁时的天真无邪，更添了风情万种的韵味，让陆延被怎么欺负都甘之如饴。

他放软了语气，问道：“以前……我让你很失望吧？”

当初分手匆忙，两人一直没有机会好好谈谈。

“都过去了。”苏卿看似云淡风轻。

整整五年，有什么事想不开呢？

但陆延心中仍然很自责：“你恨我，我认了，过去都怪我。以后我会好好照顾你和小童的。”

苏卿可不苟同，并再次强调：“你只需要偶尔辅助性地陪小童玩一会儿就行了。”

陆延无奈叹气。

不过不要紧，他擅长潜伏，渗透，再行动，并且经验丰富。

他的卿卿，他绝对不会再放手了。

陆延开车载着苏卿回她家。

小童正在看动画片，听到开门声回头，看到陆延，开心地跳下沙发，

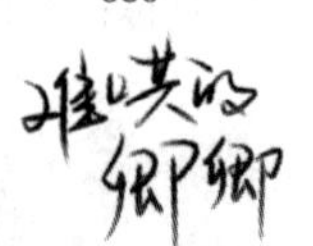

蹦蹦跳跳地来到他身边，抱住他的大腿，开心叫道："陆叔叔。"

陆延一把抱起儿子，不自觉地笑了起来："以后不能叫陆叔叔了。"

"为什么？"苏小童还以为是最喜欢的陆叔叔不想跟自己玩了。

陆延看向苏卿。

苏卿抿抿唇，还是有点舍不得，但为了孩子的健康成长，她抑制住自己自私的想法，淡淡地说道："以后管他叫爸爸。"

小童眼睛睁圆，嘴巴张成了"O"型，慢慢地看向陆延，然后绽放出巨大的笑容："陆叔叔！你成功了！"

陆延被孩子逗得笑出了声："嗯。"

苏卿在一旁吃飞醋，什么成功不成功的，这父子俩才刚相认就有我不知道的小秘密了吗？

她悄悄瞪了一眼陆延，仿佛他是只狐狸精。

陆延看着儿子说："还管我叫陆叔叔？"

小童乐开了花，笑得见牙不见眼，响亮地叫道："爸爸！"叫完就像抱住稀世珍宝一样，紧紧地搂住了陆延的脖颈。

我也有爸爸啦！我爸爸还是我最最最喜欢的陆叔叔！我太幸福啦！

陆延高兴地应着："欸！"

苏卿看着父子俩相认，心里又感动又别扭，但看到儿子那么高兴，又觉得一切都值了。

小童像无尾熊似的吊在陆延身上不肯下来，叽叽喳喳地说个不停——

"爸爸，我想去欢乐谷玩。"

"爸爸带你去。"

"爸爸，我以后也要当警察。"

"好，爸爸教你擒拿。"

"爸爸真好，我一定会当你是我亲爸的！"

"哎……嗯？"陆延意识到了不对劲儿，"儿子，我就是你亲爸。"

小童眨眨懵懂的眼睛：“妈妈的男朋友，不就是我后爸吗？”

原来小童之前看到陆叔叔抱妈妈，又见陆叔叔问妈妈有没有男朋友，以为是陆叔叔要追妈妈。陆延却以为儿子跟自己心有灵犀，以为儿子也看脸就能猜到所以然，所以父子俩信息认知错轨。

现在要怎么跟小孩子解释这个问题呢？人高马大的陆延犯了难。

一旁的苏卿适时走过来，微笑着对儿子说：“陆叔叔是妈妈的前男友，所以他确实是你亲生爸爸，不过现在爸爸和妈妈只是普通朋友。”

陆延觉得“前男友”和“普通朋友”这两个词很刺耳，他看了苏卿一眼，女人温柔美丽，对着儿子笑得那么好看，怎么就这么气人。

而且这样解释大人之间的关系，小童能听懂吗？

陆延视线挪回儿子身上。

只见在法国长大的小绅士，眯着眼点点头，一副“我懂，我见过太多这种”的样子。

陆延：“……”

小童问道：“爸爸，那你还追妈妈吗？”

“当然……”陆延才说了两个字，苏卿立马打断，气鼓鼓地问陆延：“追什么追！你都跟小孩子说了些什么？”

陆延百口莫辩：“我就问了儿子你有没有男朋友。”

苏卿微微错愕，没想到他会关心这个，忽而想：到那他呢？这些年他身边有没有过别人？

脑海里只萌生出一丝想象，苏卿就已经觉得心口堵得慌。

她平时待人温和有礼，偏偏在面对陆延时一点都不讲道理，心里不爽就拿他撒气，故意气道：“当然有，法国男人可浪漫了，我男朋友能从法国排到中国。”

其实一个要上学还要做兼职的单身妈妈，睡觉的时间都不够，哪还有时间谈恋爱。

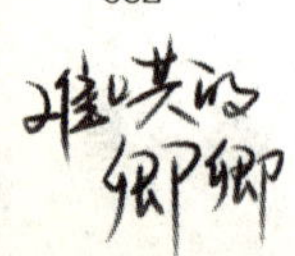

陆延虽然不清楚苏卿在法国的生活情况，但儿子都明确告诉过自己答案了，所以他心里很清楚苏卿说这话就是在气自己，当没听见就完事了。

可是……

谁叫这话是从苏卿嘴里说出来的，陆延还是上了头。

小童给了爸爸一个“你不行呀”的眼神，肉乎乎的小胖手拍拍一米九壮汉结实的肩膀，一本正经地说：“继续加油。”

被誉为歹徒的噩梦、警队的利刃的陆延，忽然觉得这一刻就是他的人生低谷。

苏卿假装生气，轻轻地掐了一下儿子的小脸蛋：“你在加什么油，爸爸妈妈就是朋友，不会变了。”

陆延：“……”

看来孩子妈觉得他的低谷还不够低。

小童嘟嘟嘴，耷拉下脑袋，马上又眼睛一亮，问道：“那以后妈妈有新的男朋友，我是不是就有两个爸爸了？”

苏卿被儿子逗笑了：“对呀！”

“对什么对！”陆延表示强烈抗议，义正词严地对儿子说，“你就一个爸！”

看来儿子是长相随自己，脑子随他妈妈。

临近中午。

苏卿去厨房准备午饭，陆延陪孩子在客厅看电视。

听到厨房传来“哗啦哗啦”的水声，陆延回头看，厨台前的苏卿系着围裙，背影纤细婀娜。

他的小姑娘真的长大了。

以前的苏卿十指不沾阳春水。

有次她心血来潮，想给陆延做饭，结果连放多少水都不知道。

当时陆延正握着枪跟歹徒对峙，兜里手机振动，让烈日下的他更加心急如焚。等把歹徒抓回局子里，他才抽出空看手机。

他担心是不是小女朋友出了什么事，打开手机一看，竟是卿卿发了张图片问：【你看电饭锅里放这么多水可以吗？】

陆延又无奈又好笑，回复道：【你是想做锅巴吗？】

陆延每次想起这事儿都忍不住笑，再看看现在厨房里的苏卿，洗完菜后从墙架上拿出菜板，熟练地切菜。

她是长大了，可陆延心里却异常酸涩。

他舍不得。

陆延摸摸儿子的小脑袋，交代道："你自己看会儿动画片。"

小童听话地点点头。

陆延走进厨房。

苏卿回头看他一眼，问道："你进来干吗？"

厨房本来就不大，人高马大的陆延特别占地方。

可陆延像不知道自己块头大似的，挤到苏卿身边，从她手里取过菜刀，说道："出去，我来做饭。"

苏卿眸光晃了晃："我现在会做饭了。"

"我要让儿子尝尝我的手艺。"

如果说是为了她做饭，那她肯定不同意，这时候只能拿儿子当借口。

苏卿想想也是，当爸爸的肯定想在儿子心中全面树起自己的高大形象，而且陆延厨艺确实好。

她踮起脚尖，越过陆延高大的身影，看了几眼他厨神般的刀法，慢吞吞地走出厨房。

菜还没做好呢，厨房就传出阵阵肉香。

小童嗅嗅鼻子，连动画片都不看了，跳下沙发跑到厨房里，问道："爸爸，你在做什么，好香啊！"

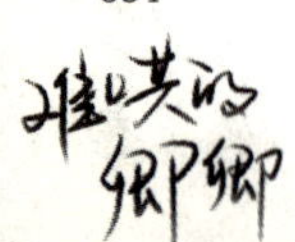

陆延回头一笑："红烧肉。"你妈最喜欢的。

"哇！"从小吃西餐长大的小孩没见识过红烧肉的威力，他闻着肉味，眼睛里期盼的星星都快冒出来了。

苏卿在客厅听到"红烧肉"三个字的时候，在心中默默哭泣：我输了。

等到陆延把红烧肉端上桌，小童口水都快流出来了。

陆延给儿子夹了一块。

小童的小胖手用不习惯筷子，笨笨地夹菜，怎么也夹不起来。肉在碗里却吃不着，他急得快哭了。

苏卿端起儿子的碗筷，小口小口地喂儿子吃饭。

小童终于吃到香香的肉肉，比他想象中还好吃，激动地说："妈妈，我今天要吃三碗饭！"

苏卿笑着帮儿子擦擦嘴角："好好好，小童多吃点长得高。"

小童回头看爸爸，问道："我能长得像爸爸那么高吗？"

陆延笑道："你是我儿子，当然可以。"

苏卿低头看看自己的小短腿，心想：这一点还是像他爸吧，我就不争了。

其实苏卿的腿不短，毕竟是能让陆延痴迷不已的一双美腿，只是谁的腿跟陆延的大长腿比都显得短。

陆延见苏卿一直在照顾孩子，一刻都闲不下来，小童都吃完一碗饭了，苏卿碗里却几乎没动过。

陆延说道："我来喂儿子，你先吃饭。"

苏卿摇摇头："没事，我等儿子先吃完。"

"一会儿菜都凉了。"

"没事。"

女人当了妈妈后，孩子永远是首要的。

这样的苏卿很伟大，却让陆延心疼。

钝刀子碾磨心头肉的疼。

吃完饭后，小童想让爸爸陪自己玩，但陆延接到局里电话让马上回去。

苏卿主动说：“我送你。”

陆延嘴角微勾：“嗯。”

两人站在电梯里。

苏卿抬头看着楼层数从高到低，陆延看着苏卿。

电梯门打开，两人走到小区花园。

苏卿还是跟他拉开了距离，边走边说：“我不会再反对你见儿子，但是你也别忘了答应我的条件。总之，你不能影响到我们的正常生活。”

陆延的心刚暖和了一点点，又被扔进冰箱里了。

“我怎么会影响你们，我想照顾你们。”

“不用，我自己一个人就可以照顾好小童。儿子想要爸爸的时候，你陪他玩一会儿就行了。”

“你又要上班又要带孩子，忙不过来的……”

“我可以！”苏卿停下脚步，眼神倔强。

“好好好，都听你的。对了，你怎么突然想通，让我们父子相认了？”

苏卿想了想，没把陆延母亲找过自己的事情说出来：“小童不知道你是他爸，但是偷偷地跟同学们说你是他爸。”

陆延了然。

怪不得小童每次在幼儿园见到自己都那么兴高采烈，但总要跑到自己身边时，才小声地叫“陆叔叔”。

“唉。”当爸的叹息一声。

苏卿把陆延送到小区门口，说完拜拜，转身要走。

陆延拉住她胳膊，说道：“加我微信，验证发过去了。”

手机就在苏卿手里，但她看都不看一眼，盯着被他大手抓住的地方，眼神冷漠。

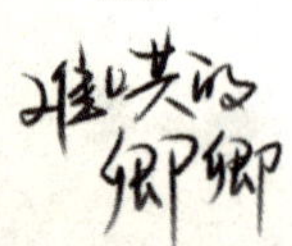

陆延再次搬出法宝："儿子想我了随时叫我。"

他把姿态放得很低。

苏卿抬眸看看他，不情不愿地通过了验证。

等苏卿走远后，陆延从车上下来，走到小区保安亭，问道："停车年卡怎么办？"

老城区的小区车位一般都不够，陆延每次来苏卿这儿都只能把车停路边。

多花点停车费和容易被开罚单都没什么，关键是有时候连路边的停车位都抢不到，只能停到更远的隔壁小区或者隔壁街道。

这要是哪天老婆孩子不舒服或者下雨了，她们下车后还要走好长一段路才能到家。

陆延住的地方是全滨城最好的小区，他当然想让老婆孩子搬过来，但看苏卿现在的态度，他得做好长期战斗的准备。

苏卿业务能力强，很快就适应了新公司。

公司老板名叫罗晶，她很体谅苏卿当单身妈妈的不易，平时尽量不占用苏卿私人时间，但现在行业竞争大，总有需要加班的时候。

这天，苏卿来到罗晶的办公室："罗总，您找我。"

罗晶拿出几个残次品，摆在桌上："你设计的这款戒指在制作工艺上不好完成，你亲自去工厂跟师傅交流一下比较好。"

滨城寸土寸金，工厂都在外地偏郊区的位置，没有地铁，一般过去都是开车，往返要六七个小时。

工厂周一到周五上班，跟小童上幼儿园的时间重叠，如果苏卿要亲自去工厂的话，那天肯定没法照顾小童。

罗晶平时已经很照顾苏卿了，不是万不得已，肯定不会提出这个要求。

苏卿也是有事业心的，只是为了孩子一直在牺牲事业。

罗晶建议道："你看看有没有朋友能帮你照看一下，或者跟晚托班商量商量，让孩子在那儿住一晚？"

苏卿除了孩子，没有别的亲人，能让她放心托付的朋友只有周令，但周令在重案组，一天到晚忙得脚打后脑勺，至于晚托班……小童讨厌晚托班。

老板是没有义务帮自己分担家事的，苏卿微笑道："孩子的事我来想办法，罗总，您定去工厂的时间吧。"

"那就周四。"

"好的。"

苏卿回到自己的工位，点开了陆延的微信，因为没有其他选择。

她轻声叹息，想起之前跟陆延说过她一个人就可以照顾好小童，现在就好难再跟他开口。但为了孩子和工作，自己的小小颜面就放下吧。

她磨蹭了一会儿才把消息发出去：【你这周四晚上有空吗？】

陆延秒回：【有。】

【我周四要去趟外地，晚上很晚才能回来。你去接小童，陪他等我回家，可以吗？】

【可以。】

沟通完了，苏卿把手机放到一边，手里拿着画笔，却静不下心改设计。

苏卿心想：也不知道陆延会不会笑话我，我之前信誓旦旦地说了那些话，现在这么快就要找他帮忙……

某刑警队长此时放下了手里的案子，走到办公室窗前，看着外面的太阳，心情舒畅。

老婆孩子终于用得上我了！

周四下午，陆延准备早点去接儿子，市公安局局长突然来了。

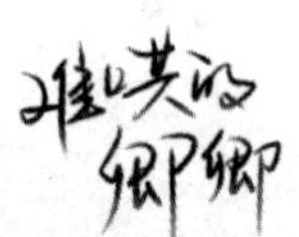

陆延只好先作陪："局长，有新情况吗？"

五十多岁的局长和蔼地笑了笑："没有，没有，我就是来看看你。"

陆延："……"

局长问道："阿延啊，我上次跟你说过的事，你考虑得怎么样了？"

陆延心想：哪件事？

局长也是老刑侦了，一眼看出陆延所想："就是给你介绍对象的事！你呀，别把心思都放在工作上，也要适当考虑一下婚姻大事。男人嘛，先成家，后立业。

"你别总是想都没想就拒绝。这次要给你介绍的是检察院检察长的女儿，陆老爷子肯定满意，你好好考虑考虑。人家女孩子 27 岁，名校毕业，已经明确表示过了，很有意愿跟你交往！照片我看过了，挺漂亮的，我发给你？"

陆延看看时间，从沙发上站起来，说道："局长，您没别的事的话，我先走一步，我有点急事。"

局长也从沙发上站了起来，关心地问道："怎么了？"

陆延一脸平常地说："我得去幼儿园接我儿子放学。"

局长愣了一下，然后笑着问道："谁家孩子运气这么好，居然能让你瞧上眼，收了当干儿子？"

要知道陆延一心扑在工作上，哪有工夫哄小孩，但要是谁家小孩能有这么个干爹，那真是赢在起跑线上了。

陆延想起儿子，不自觉地勾起笑容："我亲儿子。"

他见局长满脸问号，继续一脸平常地补充道："局长，您一直替我操心婚姻大事，我真的心领了。劳烦您以后还得多问女方一下，介不介意我有个四岁的儿子。我儿子很可爱，也很黏我，我得经常去孩子妈妈那儿陪他。"

陆延心想：这要是哪个女人能不介意就见鬼了。

陆延走后，局长站在原地发蒙，等缓过神后，给陆老爷子打了个电话。

“喂，陆老，下午好。是这样的，陆延刚才说他有个儿子，这个这个……您知道这事吗？”

陆建国拄着拐杖走到沙发坐下，语气严肃、不怒自威：“他怎么跟你说的？”

局长如实作答：“他说要去幼儿园接孩子放学，还说那是他亲生儿子！”

陆建国握紧了拐杖，看来孙子的事有进展，回复道：“对，是有这么个事。”

局长惊了！

他还以为这是陆延新想出来搪塞自己的说辞，没想到陆延竟然真的有个儿子！

“那那那……我还用继续给陆延介绍对象吗？”

“用啊！我们家阿延还单身呢。”

“哦哦哦，好好好。”

陆建国挂了电话后，在一旁织毛衣的张慧芳问道：“怎么了？”

陆建国若有所思地说：“阿延既然大大方方地承认自己有个儿子，肯定是孩子妈妈那边松口了。”

一听到是关于孙子的事，张慧芳马上停下手上的活，关切地问：“那我们可以见见孙子了吗？”

陆建国用力敲拐杖，气得直哼哼：“这个阿延啊，这么重要的事也不跟我们汇报一下，搞得我们还得从外人嘴里知道消息。”

张慧芳看着老伴儿，知道他倔脾气拉不下脸主动去问孙子的事，于是她走到院子里给儿子打了个电话。

“阿延啊，苏卿是不是承认你是孩子的亲生父亲了？”

陆延正在开车，心想不愧是局长，“通报警讯”的效率一流：“嗯，

卿卿让我们父子相认了。”

张慧芳露出欣慰的笑容：“太好了！那你看什么时候带孙子回家，让我跟你爸见见孙子呢？”

陆延想了想，说道：“再等等吧。”

过去父母和苏卿给对方的印象都不太好，他不想给苏卿太大压力。

张慧芳点点头，相信儿子会做出最好的安排。

“对了，苏卿怎么突然愿意让你们父子相认了？”她试探地问，怕儿子知道自己偷偷去找过苏卿会不高兴。

“她发现孩子还是需要父爱就同意了。”

张慧芳一听，知道苏卿没把自己供出来，心里松了一口气，对苏卿的印象更好了一点。

陆延是第一次接儿子放学，小童也是第一次可以在同学们面前大声地叫爸爸，父子俩都高兴得不得了。

其他小朋友看到小童的爸爸一直抱着他，都露出了羡慕的眼神。

小孩子都喜欢让爸爸妈妈抱，但是四五岁的小孩子已经不轻了，普通的爸爸妈妈抱一会儿可以，一直抱着体力可吃不消啊！但是小童的爸爸像个巨人，小童对他来说就像没重量似的。试问哪个小朋友不想要一个这样顶天立地的爸爸呢？

陆延把小童接回苏卿家里，让小不点先自己看动画片，他去厨房做饭。上次的红烧肉大获好评，这回他又做了葱爆羊肉和椒盐虾。

小童再次吃得唇齿留香！

父子俩把苏卿家的大米吃得少了一截。

晚上十一点多的时候，小童都睡着了，苏卿才风尘仆仆地回来。

陆延一直在她家等着。

苏卿先去了小童的房间，看到儿子睡得很香，轻轻地在儿子额头上

落下一吻，她一天的疲惫都被抚慰了。

她走出房间，来到客厅，对陆延说：“谢谢，麻烦你了。”

“我照顾我儿子，你谢我什么。”

苏卿本来就柔弱，今天又坐了六七个小时的车，现在累得话都不想多说一句。

陆延看在眼里，心疼得很，可是又没法帮她挨累，轻声说道：“赶快洗洗睡吧，我走了。”

“等等……”

陆延停下脚步，回头看苏卿。

苏卿有点不好意思，但想到工作上的麻烦，还是得跟陆延说：“今天事情没忙完，我周末还得去工厂，所以……你周末还有空吗？”

陆延很难保证一整个周末都空闲，如实地说：“怕有急案。”

苏卿了然地点点头，看来还得再想办法。

一边是非她不可的工作，一边是没她不行的儿子，苏卿叹气，感觉更加疲惫了。

“要不……”陆延留意着苏卿的神色，“周末我带儿子去我爸妈那儿吧，他们有空。”

一提到陆延父母，苏卿明显慌张了一下，双手焦虑地摩挲。

陆延马上又道：“我就随口一提，你别太大压力。”

苏卿见过陆延的母亲，还记得老太太一提到孙子时急切的模样。她想来想去，最后小心翼翼地问道：“你爸爸会不会不喜欢小童？”

因为我是小童的妈妈，所以厌屋及乌。

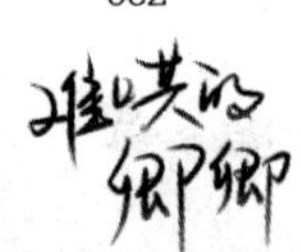

第三章

回 不 去 的 从 前

/

她什么时候才愿意再亲亲自己?

“怎么会呢，他们都盼着见孙子呢。”

可苏卿还有别的疑虑……

陆延猜得到，安慰道：“你放心，我记得我答应过你什么。”

苏卿眸光晃动，思忖片刻才应道：“那好。”

“嗯，我走了。”

“拜拜。”

陆延开车路上给母亲发了条微信——

【妈，我周末带小童去看您和爸。】

周六的天气很好，陆延开车，小童坐在副驾驶。

小家伙平时叽叽喳喳的，今天倒安静，一直看着车窗外不说话。

红灯停车的时候，陆延问道：“儿子，想什么呢？”

小孩子眨眨天真无邪的眼，有些不安：“爸爸，爷爷奶奶是什么样的，他们愿意跟我玩吗？”

小童对爷爷奶奶这层身份的认知很单薄，他只知道他们是爸爸的爸爸妈妈，但自己跟他们的关系他没有概念。今天坐在车上，他感觉就像爸爸要带自己去陌生人家。

陆延笑道：“爷爷奶奶当然愿意跟你玩，他们像爸爸妈妈一样爱你。”

小童用眼神在问：真的吗？

陆延笑着揉了揉儿子的小脑袋瓜。

绿灯亮，车子继续行驶。

陆延的父母住在高端别墅区。

到地方后，陆延先把车开到自家的停车库，再领着儿子来到正门口。

陆建国和张慧芳早早地就在等着了，听到外面停车的声音，迫不及待地走出来，想早点见到孙子。

小童牵着爸爸的大手，看到前面有一个白发苍苍的老奶奶和一个拄着拐棍，头发梳得一丝不苟的老爷爷，他不自觉地握紧了爸爸的手。

张慧芳还没等孙子过来呢，就先蹲下来准备抱抱孙子了。

陆建国板着个脸，觉得自己当爷爷的要在孙子面前竖立起威严的形象，然而他没注意到自己激动得手都在抖。

小童走到他们面前，还是有点怕，下意识地往爸爸身后躲。

陆延淡笑道："小童，叫爷爷奶奶。"

陆建国和张慧芳满眼期盼地看着孙子。

小童奶声奶气地叫了声："爷爷好，奶奶好。"

张慧芳听到后心都要融化了：孙子怎么这么可爱，比他爸小时候还可爱一万倍！

陆建国也彻底绷不住了，不顾老伴儿早就准备好了要抱孙子，他上前一步，拄着拐杖费劲地蹲下来，抢先一步抱住了孙子："小童乖！"

陆延马上上前搀扶，陆建国还嫌他碍事，一甩手，让他上一边待着去。

陆延摸摸鼻子，看着爷孙相聚的温馨画面，眼底满是暖意。

小童被爷爷奶奶领着进屋前，不忘回头看一眼爸爸。

小孩子心想：爸爸好惨，追不到妈妈不说，在他自己的爸爸妈妈面前好像也没什么地位。爸爸只有我了，我一定要孝顺！

走进客厅后，苏小童看见茶几上摆满了各种各样的零食，惊喜地叫道：

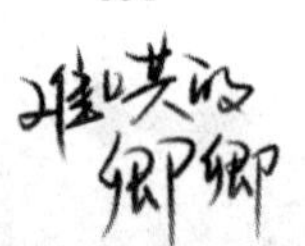

“哇！”

陆建国见孙子喜欢，笑呵呵地帮孙子撕包装。

张慧芳鄙夷地看着老伴儿，跟儿子嚼舌根：“你爸昨天还说我是要把超市搬回家，你看他现在，多会邀功，明明这些小零食都是我买的！”

陆延低声笑了。

祖孙三代相聚的场景令人感动，但陆延觉得不够完美，要是他的卿卿也在就好了。只是想起过往……他无声叹息：唉，难啊。

快到中午时，张慧芳问孙子想吃什么。

小童说想吃爸爸做的红烧肉。

陆建国不服气：“你爸做的红烧肉是仿制品，爷爷给你做咱们老陆家最正宗的红烧肉！”边说还边给自己比了个大拇指。

一大桌子菜做好，十个人都吃不完，但老两口不觉得浪费，恨不得给孙子做满汉全席。

小童吃得津津有味。他喜欢爷爷奶奶，在爷爷奶奶家他感觉自己像个小皇帝！

小童问道：“爸爸，我们什么时候回家呀？”

听到孙子的问题，张慧芳和陆建国互相看了看。

陆建国问道：“小童，以后跟爷爷奶奶一起住好不好啊？”

“爸！”陆延马上出声警告。

陆建国撇撇嘴。

小童摇头，仿佛桌上的饭菜都不香了：“我想妈妈。”

大人们神色各异。

陆延听儿子提到苏卿，笑得温柔：“妈妈明天就回来了。”

“嗯。”小童点点头，看着桌上的美味佳肴，心想能不能打包回家给妈妈。

周日晚上，陆延送小童回家。

到了苏卿家门口，陆延按门铃，等了一会儿，没人开门。

陆延纳闷：卿卿不在家吗？

接着他又按了一次。

小童突然想起了什么，心疼地说：“一定是妈妈腰又疼了！爸爸，我们多等一会儿。”

陆延疑惑：“又疼？你妈妈腰怎么了？”

“妈妈每个月总有几天会腰疼，疼得坐都坐不起来。”

陆延心想：卿卿以前没这个问题，来例假冰可乐冰奶茶都照喝不误，为什么现在会腰疼？

门终于开了。

苏卿面无血色的小脸露出来，看得陆延心头一抽。

“小童回来啦。”苏卿身体十分不适，看到儿子却还是从心底笑了出来。

小童抱住妈妈，问道：“妈妈，你是不是腰又疼了？”

苏卿摇摇头：“妈妈没事。”

时间不早了，她准备带小童去洗澡。

陆延站在她身后观察，见她走路硬挺着腰，姿势明显跟平时不同，像身上拴着千斤重的石头。

他跟在后面来到浴室门前，看着苏卿扶着玻璃门框一点一点地蹲下去，隐隐地还能听到“嘶嘶”的抽气声。常年面对危险的陆延知道，那是忍痛的声音。

他看不下去了，大步上前，挽起袖子，从苏卿手里夺过花洒，然后像是扶着易碎的珍宝，轻轻地把她扶起来，让她站到一边，说道：“我来帮儿子洗澡，你先歇着去。”

“你会吗？”苏卿问道。

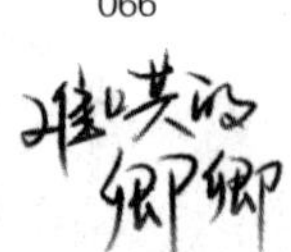

帮小孩洗澡可是技术活！

陆延蹲着，回头看她，视线从头到脚扫了她一遍，又迎上她的目光，仿佛在反问：你说呢？

苏卿被他看得似乎想起了什么，脸都红了。

她乖乖退出浴室，把儿子交给他爸，但还是不放心，一直站在浴室门口看着他们爷俩，生怕陆延粗手粗脚的把儿子搓疼了。

没想到父子俩配合得还挺好，不一会儿就洗完了。

小童睡前要听妈妈讲故事。

陆延看苏卿柔弱的样子，明显辛苦了一个周末加上身体不适，现在她才是最需要休息的。

于是他对苏卿说："你先去睡觉，我给儿子讲故事。"

苏卿又露出不信任的眼神，心想：你能会讲儿童故事？

陆延下巴往她房间的方向一抬，用曾经惯用的、苏卿很熟悉的强硬口吻命令道："快去！"

小童等妈妈回到房间后，忍不住提醒："爸爸，你这么凶，女孩子不会喜欢的。"

陆延被噎住："你个小孩懂什么。"

法国长大的小孩叹气摇头，被国产直男蠢到了。

陆延确实不会讲儿童故事，可也不能给儿子讲案子吧，毕竟儿子才四岁，而且他手上很多还是命案。

他想了想，讲起了武侠小说里的故事。

小童越听越精神："爸爸，我也想练凌波微步！你带我去段誉掉下去的山洞好不好？我们一起练北冥神功，称霸武林！让妈妈当武林盟主！"

陆延头疼，眼瞅十二点了，小孩怎么还不困。

男人这边正伤脑筋呢，女人那边像心有灵犀似的，敲门进来，气鼓

鼓地问："你们怎么还在讲故事？小童明天要上幼儿园的，现在还不睡，他明早能起来吗？"

柔柔弱弱的小女人，几句话就把父子俩一起训了。

小童马上闭眼，假装睡觉，但满脑子都是爸爸讲的天龙八部。

陆延跟苏卿一起出来。

她看着女人扶着墙走路，问道："你腰怎么了？"

"老毛病了，没事。"

"你以前没这问题的。"

"嗯，生小童落下的病根。"

苏卿转过身，靠在墙上缓解腰部压力，同时微笑看着定海神针似的陆延，用眼神示意：您是不是该回家了？

陆延也看着苏卿，眼神深邃，继续追问："怎么落下的病根？"

看来他非要"破案"不可。

苏卿无语："你又不是大夫，问那么多干吗？"问清楚了又能怎么样，又不能止痛。

陆延像是能听到她心里怎么想的，长腿往前一迈，将她打横抱起。

苏卿身体悬空，吓一大跳，伸手搂住陆延的脖颈："你干吗呀！"

五年过去了，陆延对苏卿做这种事，还是这么顺手。

他走到她门前，踢开房门，把她轻轻地放到床上，掀开被子，强硬地说道："进去。"

苏卿不敢动，满眼防备地看着他："你你……你想怎么样？"

陆延冷笑："我想怎么样的话，你能怎么样？"

苏卿瞄了眼他黑色衬衫下遮不住的强壮胸肌线条，想想也是。

陆延见苏卿还是一动不动，继续催促："快点。"语气像教官训兵。

苏卿噘嘴，似乎对他这种强硬又委屈又习惯。她慢吞吞地缩进被子里，不知道陆延下一步会做什么，脑海里挥之不去的都是他以前兽性大发的

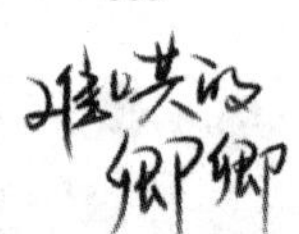

场景。

等苏卿躺平后，陆延帮她盖好被子，然后把靠墙的椅子搬到床边，坐在上面看着她。

苏卿又问道：“你到底想干什么呀？”

陆延继续问：“你的腰到底怎么回事？”

苏卿叹气，心想今天审讯王者陆大队长肯定不会放过自己，只好老实交代：“法国那边没有坐月子一说，我当时也不太懂这些，所以坐月子时没养好身体。以前来例假时没有的毛病，现在全都有了。”

她说得轻飘飘的，就像在说我今天早上吃了什么。因为她不想跟别人说太多这些事，搞得像自己在卖惨，尤其不想对陆延说。

本以为陆延听完会安慰自己，她都想好客套话了，但陆延一直没说话。

苏卿纳闷：就算是听到陌生人说这样的经历，也会礼貌性地安慰几句吧，陆延对自己就这么冷情？

她抬眸看了眼陆延，呆住了。

陆延的眼神很复杂，有心疼、有愧疚、有怨恨，还有很多很多其他的情绪夹杂在一起，竟让铁血铮铮的汉子红了眼眶。

苏卿从 18 岁认识他到现在，还是第一次见到他流露出这么脆弱的神情，她一下子不知道该说什么了：“喂，你没事吧？腰疼的是我又不是你，你不至于吧？”

陆延宁愿疼的是自己，可话到嘴边，却还是语气强硬地说：“睡觉！”依旧是教官训兵的语气，甚至更凶。

苏卿被他凶得往被子里缩，只露出一双水汪汪的眼睛，心想：他干吗凶我？

她转过身子，背对着男人，心里骂他是狗。

过了一会儿，身后没动静，她又转回头来，竟见陆延一直盯着自己看，眼神还是那么复杂、悲伤。

“喂，你不会想在这儿坐一晚上吧？”

“问什么问，快睡你的。”

苏卿搞不懂这男人到底想干什么，懒得管他了，心想：狗男人就是狗，才温柔没两天就打回原形。

周末的工作已经让她很疲累，再加上身体不适，躺下放松后很快睡着。

陆延听到她平稳的呼吸，长长地叹息。

难怪她回来后，不愿意接受自己。

这些年，她一个小姑娘独自生养孩子，不知道吃了多少苦。而自己作为“罪魁祸首”，连她经历过什么都不知道。

陆延开始后悔当初不该放手。

夜里，苏卿踹被子，他帮她盖好。

苏卿睡觉时手会不自觉压着胸口，容易做噩梦，他帮她把手放到身侧。

这一晚，被人伺候着的苏卿舒舒服服地一觉睡到天亮，睁开眼睛时，竟见陆延坐在凳子上睡着了。

他该不会在这儿守了一夜吧？

她坐起来，被子摩擦发出轻微的声响。

陆延觉轻，马上醒来。

清晨的光透过纱帘照到女人微微凌乱的头发上，她睡眼惺忪地看着男人，男人温柔地笑了笑。

陆延帮她倒了杯温水，问道：“腰还疼吗？”

苏卿接过水，咕咚咕咚地都喝完了，摇摇头道：“白天还好。”

“那好，我晚上再过来。”

苏卿心中一惊：“不用了吧，我过两天就好了。你的好意我心领了，你这样休息不好会影响工作的……”

陆延伸手，打断她的客套话：“把你家钥匙给我。”

苏卿在想怎么拒绝。

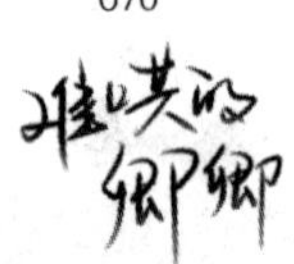

陆延强硬催促："快点。"

苏卿下意识地乖乖听话，她发现自己竟跟以前一样，对严肃起来的陆延不敢不从。

"送完小童后，我送你去上班。"

"不用了。"

"高峰期挤地铁你得站一路。"

陆延浑身散发着不容拒绝的气场，苏卿想了想后，决定闭嘴。

苏卿把儿子送进幼儿园，回来打开后车门时，陆延说道："我不认识你公司的路，你坐前面来帮我指指路。"

苏卿没多想，坐到了前排。等车开起来，导航开始工作，苏卿才反应过来：他不认识路，但导航认识啊！她斜瞄了瞄陆延，觉得狗男人就是在骗自己过来坐到他身边。

陆延表面上一本正经，背地里其实一套一套的，让苏卿心烦意乱了一整天。

她白天时不时地看手机，心想：狗男人会不会发点什么过来？但手机上系统消息、微信消息、各种推送什么都有，就是陆延的对话框安安静静的。

苏卿忍不住在心里骂道：他就是狗！

晚上她照旧下班接儿子回家，一切都跟往常一样，直到她领着儿子走到家门口——

小童嗅嗅鼻子，问道："妈妈，你做了什么菜？好香啊！"

她也才到家，哪有空提前做饭做菜。

难道……

苏卿推开门，看到陆延高大的背影正在厨房里忙活。

小童开心地扑到爸爸身上，陆延抱起儿子给他看今晚的菜肴："这

是上汤菠菜、当归羊肉、乌鸡汤……”

全是补气血的菜。

苏卿听着菜名，心里是感动的。

吃完饭，男人去洗碗、做家务，睡前帮孩子洗澡、哄孩子睡觉。

苏卿躺在被窝里像个太后，一晚上什么也没干，打从她生完孩子，还是头一次这么清闲。她不太习惯，心想：陆延也不会一直这么“二十四孝”吧？

她不知道陆延会不会像昨天一样守着自己，心里忐忑的像某种“第一次”，对象还都是同一个男人，这也太“昨日重现”了。

果不其然，陆延又推门进来，坐到了床边的椅子上，盯着苏卿。

这个男人，明明干的都是伺候人的活，偏偏能摆出大将军审视俘虏的架势。

苏卿真是服了他。

“喂，你不会又想在这儿守一晚上吧？”

“嗯。”陆延直接干脆。

“真不用，你这么熬着很伤身体的。”

“你在关心我？”陆延声调往上扬，带着些挑逗。

见苏卿别别扭扭不知道该怎么回答的傻样，他一时兴起，火上浇油：“我可不要你口头上的关心，该怎么行动表示，你知道的。”他眼神坏坏的，笑得痞痞的。

苏卿哪会不知道他在指什么，以前都是他手把手教她如何行动的。她脸红到脖子根儿，恼羞成怒，抓起手边的枕头，朝他扔了过去。

陆延轻而易举地接住，笑着说道：“快睡。”

苏卿气鼓鼓地躺下，可睡得好香甜。

陆延看着苏卿的睡颜，回忆起过去。

他认识苏卿的时候，她才十八岁。

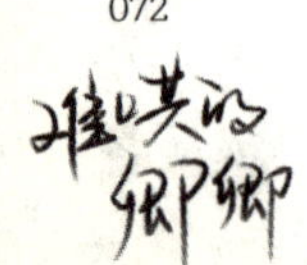

女孩看着自己的时候，眼睛里有星星，他知道女孩喜欢自己，但她太小了，他不能当禽兽。

年轻的警察叔叔没发现，自己在心里拒绝女孩的理由是她年纪太小，而不是不喜欢她。于是本就满脸写着生人勿近的男人，对她最是凶恶，就是想把她吓走，让她离自己远点。

可女孩跟狗皮膏药似的，又怕他，又黏他。

那时他为了救她而受伤，左胳膊打着石膏，行动不方便。

女孩悄悄地潜进他的卧室，见他睡着了，蹲到床边，静静地看着心上人的睡颜。

看着看着，心生邪念。

其实女孩一进门时，陆延就醒了，但他懒得搭理她，心想她看到自己睡着了应该就走了。

直到一双温润柔软的少女唇瓣贴上来，他才猛地睁开眼，右手一把推开胆大妄为的女孩。

“你知不知道你在干什么！”那是他对她最凶的一次。

苏卿被陆延吼得一哆嗦，点了点头。

陆延气得够呛，她还敢点头？

年轻的警察叔叔没想到自己居然会被人偷吻，心里乱七八糟的，还在想该怎么教育女孩，女孩又视死如归地扑上来，继续吻他。

就这样，十八岁的少女勇敢地强吻了心爱的警察叔叔，奉献了自己的初吻，也夺走了他的初吻。

兽魂一旦觉醒，就没法变回人了，苏卿把陆延逼成了“禽兽”。

“某禽兽”每次回想起当初那么主动的苏卿都觉得意犹未尽，经常旧事重提，故意逗她。

女孩每次都百口莫辩，恨不得找个地缝钻进去，娇滴滴的小脸通红，急得都快哭了：“我当时要是知道你也喜欢我，我才不亲你呢！”

坐在椅子上的陆延，现在想起来还是忍不住笑。但看着现在已经当了妈妈的苏卿，他又想：她什么时候，才愿意再亲亲自己？

苏卿来例假这几天，面对陆延强硬的无微不至，搞得她既感动又生气，都快对他产生依赖了。

可就在陆延觉得胜利近在眼前时，来大案子了。

滨城接连发生多起恶性抢劫伤人事件，造成全城恐慌，社会对此案高度关注。歹徒全程佩戴防人脸识别面具，并且对作案地点十分了解，每次都能找到天眼盲点及时逃脱。

案子本来由西区负责，但西区迟迟未能破案，所以案子转到了陆延手里。由于此案产生的舆论压力太大，所以上头下令南区刑警队必须在一周内破案。

整个刑警队忙得连轴转。

小童一个星期没见到爸爸了，天天问妈妈："爸爸呢？爸爸呢？"

苏卿也只能看本地新闻了解警队的最新情况。

终于，在陆延接手的第五天，南区刑警队将犯罪嫌疑人悉数抓捕。

苏卿跟儿子看着晚间新闻，刚松了一口气，就听主持人说："南区刑警队长因公受伤，已送往市一医院……"

苏卿耳边"嗡"的一声，一颗心悬到了天上。

"妈妈，是不是爸爸受伤了？"

苏卿看着满脸担心的儿子，心里也同样担心，但给陆延发的微信里却说：【你怎么样了？儿子看到新闻很担心你。】

陆延的左胳膊被歹徒砍了一刀，正在拍片子，手机是小孟在拿着。

苏卿的头像是在法国时拍的风景照，看不出个所以然来，所以小孟直接喊道："头儿，有个叫卿卿的问你怎么样了，还说小童很担心你。"

他咦了一声，小声嘀咕："这人居然叫卿卿？太肉麻了。"他心想：

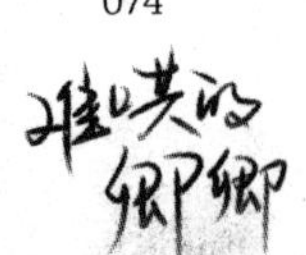

头儿对这种娇滴滴的女孩子向来无感，这妹子怕是要错付了。

殊不知，卿卿是他的头儿亲自打上去的备注名字。

苏卿的微信名叫小童妈妈。

陆延出来后，一把拿回手机：“卿卿是你叫的吗？”

小孟一脸蒙，心想：人家名字就叫卿卿，那不叫卿卿叫什么？

陆延亲自给卿卿回复：【没事，别担心。】

要是真没事，怎么会上新闻？

苏卿看着微信上的“没事”两个字，越发担心起来，在客厅里走来走去。

小童问道：“妈妈，我们去看看爸爸好不好？”

苏卿想了想，点点头。

她带儿子坐上出租车，又给陆延发了条微信：【我带儿子过去看看你，二十分钟后能到市一医院。】

陆延看着屏幕上的字，心想：你光提儿子，那你呢？你在不在乎我？

市一医院的急诊室里，医生正在给陆延上药。他光着膀子，肌肉尽显，看得年轻女医生脸红心跳。

小孟用胳膊肘撞了撞小张，让她看女医生跟队长，小张习以为常地笑了笑，喜欢陆队的女人太多了。

陆延怕伤口吓到老婆孩子，跟医生说：“麻烦帮我把伤口包起来。”

年轻女医生脸红归脸红，对治疗方案可是说一不二：“不行，打完破伤风再说。”

“那现在就帮我打。”

“得一步一步来。”

“……”

二十分钟后，苏卿领着孩子匆匆忙忙地来到急诊室。在人来人往的空隙间，她看到陆延坐在墙边的凳子上闭目养神，但左胳膊上的伤口狰狞。

苏卿一颗心像被狠狠抓住，难受到窒息。

陆延听到靠近的脚步声，睁开眼，看到苏卿红着眼眶。

他笑了笑，说道："没事。"

刚跟大的说完，小的就哭了起来。

小童扑到他腿上："呜呜呜，爸爸疼不疼？"

苏卿这才意识到陆延的伤口对小孩来说太过血腥，马上捂住了儿子的眼睛，但小童还是哇哇直哭。

陆延朝远处喊道："小孟！"

小孟跑了过来，跟头儿旁边的女人简单地打了招呼，低头看到她身边的小孩，愣住了。然后小孟的视线在小孩和头儿的脸上反复横跳……天啊，他们怎么长得这么像！亲戚吗？

陆延说道："带我儿子出去玩会儿。"

"好嘞。"小孟习惯性地接受指令，答应完才反应过来，"啊？您什么人？"

"我儿子。"

小孟惊了！视线在头儿、头儿旁边的女人和小孩之间来回穿梭。

小童还在哭，陆延看小孟呆头呆脑的模样，看不下去了，催促道："赶紧的，没看到孩子吓哭了。"

"哎！"回过神的小孟牵起小孩的手，走出了急诊室。

苏卿坐到陆延左边，看着伤口，眼泪都快掉下来了。

陆延还有心思逗她："哭吧，眼泪杀菌。"

苏卿漂亮的大眼睛含着泪瞪了他一眼。

陆延被她这一眼娇的，别提多得劲儿了。

他忽然很想搂住苏卿，可她偏偏坐到左边，自己左胳膊现在动不了。

苏卿擦干泪痕，问道："医生怎么说？"

陆延淡淡地说："伤口没伤到筋骨，但也不浅。刚打完封闭，等会

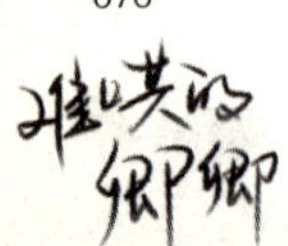

儿护士过来包扎。”

刚说完，女医生就拿着纱布走过来了。

女医生说道：“你刚才不是着急包扎伤口吗，现在可以开始了。”她把手中的纱布晃了晃，准备动手。

陆延却从她手里取过纱布，说道：“医生您先去忙吧，我这儿有专门的看护。”他边说边把纱布塞到苏卿手里。

女医生见陆延壮硕的身躯下意识地往苏卿身边靠近，心下了然，又看了看苏卿，没多说什么，静静走开。

苏卿看着手里的纱布，无法理解陆延的安排：“有医生在，你还让我包？”

陆延却说：“我这条胳膊，是你欠我的。”

苏卿想起了什么，乖乖地帮他包扎伤口，动作温柔，技术娴熟，似乎是经常做的。

急诊室里人来人往，吵吵闹闹。

两人安静地坐在墙边的凳子上，偶尔四目相对，有些东西在流淌，深情、暧昧。

处理完伤口后，“一家三口”走出医院大楼，准备去停车场。

“陆队长！”

三人齐齐回头，身后是刚才的年轻女医生。

女医生走上前，像是看不见陆延身边的女人和小孩，朝陆延明媚一笑，自我介绍道：“其实我就是杜局给你介绍的对象，检察院检察长的女儿，郑薇。”

陆延连忙看向苏卿。

这医生脑子有问题吧？当着卿卿的面胡说什么呢？

小童看看慌张的爸爸，再看看淡定的妈妈。

苏卿像是怕打扰到二人，十分体贴地说：“陆队长，你们先聊，我跟小童打车回去就行。”

说完，领着孩子转身就走。

陆延连忙抓住她的胳膊，看着她若无其事的样子就来气。他从兜里掏出车钥匙，硬塞到她手里，说道：“到车里等我。”

别看他一脸凶巴巴的样子，其实是在恳求苏卿给自己一个缓和的机会。

但苏卿不给，一手领着孩子，另一手揣兜里不肯接钥匙，笑容礼貌客气：“真的不麻烦您了，陆队……”

陆延沉下一口气，半转过身，把左胳膊展示给她看：“不是麻烦我，是我现在开不了车，劳烦您充当一下代驾。”

苏卿他的左胳膊，眼神动摇。

小童拽拽妈妈的手，助力道：“妈妈，爸爸好惨呀。”

好吧，看在儿子的面子上，苏卿不情不愿地接过钥匙，领着儿子往停车场的方向走去。

小童跟随妈妈的步伐，不忘回头看一眼爸爸，小孩子的眼神故作深沉，仿佛在说：父亲，孩儿只能帮到这儿了。

陆延叹气，转身面对郑薇，神情冷峻，完全没有刚才看着苏卿时的情深意切，甚至眼神中还带了几分敌意，警告意味十足。

郑薇心里开始发怵，但面上依旧保持镇定，微笑道：“陆队，虽然以前我们没正式认识过，但我一直关注着您，也一直很欣赏您。您上次让杜局问的问题，我现在可以给您正式回复，我不介意您有个四岁的儿子。”

至于陆延还说要经常去孩子妈妈那儿，她相信等陆延爱上自己后，会忘了那个女人的。

她说完后，脸上染了一抹红晕，觉得这是伟大而浪漫的表白。

陆延眼神中露出厌烦：“你没看到我老婆孩子在那儿吗？”

“老婆？”郑薇不以为然，“我见那位小姐似乎对您没意思。”

陆延更烦她了。

“而且……”郑薇得意一笑，继续道，“我听说陆老爷子对儿媳妇的要求很高，陆老爷子退休前在海关工作，我爸是检察院检察长，咱们两家正合适。我名校毕业，是个医生，也配得上你。”郑薇自信地看着陆延，仿佛对他志在必得。

夜风凉凉。

陆延的眼神比夜风还冷：“我不拿婚姻当交易，并且我老婆只能是我儿子他妈，请郑医生另觅佳偶。”

郑薇面上挂不住，张嘴还想说什么。

陆延没给她机会，转身大步离开。

走向停车场的路上，他计划着等下卿卿开车，自己坐副驾驶，可要好好哄哄孩子他妈，得把事情解释清楚了，别让半路杀出来的女鬼影响到他的追妻大计。可等他走到车前一看，副驾驶上放着苏卿的包。

苏卿这是有心防着他，还是无意的？

陆延打开副驾驶车门，想把她的包放到后面。

苏卿看懂了陆延的意图，下巴往后座一扬：“病号坐后面。”

女王下令，陆延不得不从。

一路上，苏卿笑着回答儿子的各种问题，温柔耐心至极。

就是一眼都不看陆延。

陆延心里急啊，又不敢在她开车时打扰她。他好不容易等到了一个红灯，故意搭话道：“卿卿，周末我们一起带儿子去玩真人CS吧。”

苏卿冷冷回道：“不去。”

小童眼冒金光，转过身问道：“爸爸！是野战游戏吗？”

陆延笑着“嗯”了声，再瞄了眼苏卿，想着有儿子助攻，应该没问题。

小童激动地对妈妈说：“妈妈！我们去吧！我一直想玩那个！”

“不行，危险。”苏卿拒绝儿子也干脆利落。她边看路况边想：我连作训服都穿不明白，怎么带孩子打打杀杀的，这是什么鬼提议？

陆延提醒道：“有我在呢。”

苏卿在后视镜上给他一个冷冷的眼神，意思是：就是有你才更不想去。

在妈妈霸权的威压下，爸爸和儿子各自沮丧。

苏卿觉得自己很冷静，她才不在意谁给陆延介绍对象呢，也不在乎陆延刚才单独跟“对象”说了什么。

她反复对自己说：我就是不在意！

到了苏卿家楼下，陆延想跟母子俩一起上楼，却在电梯前被苏卿挡住。

“你在这儿等我。”

小孩在有些话不方便说，陆延点头同意。

过了一会儿，苏卿从电梯里出来，面无表情地走向车子，依旧看都不看陆延一眼。

陆延高大的身躯挡住她的去路，让她不得不面对他。

“卿卿，我不认识那女的。”

“你不用解释，跟我又没关系。”

“卿卿……”

“陆队，时间不早了，大家明天都得上班呢。”

苏卿家在北区，陆延家在南区，一来一回至少得一个小时的车程。

陆延当然想留下，但现在还不是时候。他舍不得折腾他的卿卿，说道：“不用你送，我找个代驾就行。”

苏卿瞪他一眼，腹诽道：你既然能找代驾，刚才还非要我开车！

既然如此，她也不跟陆延客套，把车钥匙还给他：“前阵子有劳陆队照顾，但您工作忙，以后别费心了，麻烦把我家钥匙还我。”

苏卿伸手。

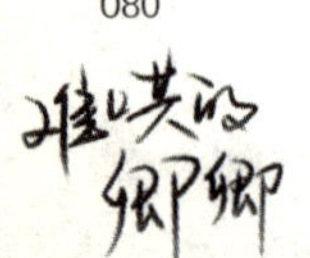

陆延一动不动，之前好不容易让卿卿心软了点，现在居然前功尽弃。

苏卿学他的强硬语气，催促道："快点！"

陆延拿她没办法，十分不情愿地把钥匙还给了她，再目送她走进电梯。

他在离开苏卿家小区之前，回头遥望她家还亮灯的窗，心想：这座堡垒也太难攻了。

男孩子天生对野战有极大兴趣，小童一直缠着妈妈想让她同意周末去玩真人 CS，但苏卿对那些运动一窍不通，她真的应付不来。

陆延也没放弃，一直积极地约她，想一家三口一起出去玩。

那苏卿就更不愿意了。

周五晚上，苏卿接到周令的视频电话，久未见面的闺蜜在视频里兴高采烈的。

"卿卿！我这个周末终于能休息了！我们去逛街吧！"

苏卿笑着说道："好呀，我们去儿童乐园吧，顺便给小童买几件新衣服。"

"别吧，不是我说你，你现在脑袋里只有孩子，你看看你的衣柜和化妆台，都多久没添置新物品了。明天咱们俩过个 girl' s day，把孩子扔给他爸。这么多年陆队都没尽到父亲的责任，此时不用待何时！"

逛街、买买买、girl' s day……

苏卿即便当了妈妈也才 25 岁，怎么可能对这些不心动，只是在法国时没人能帮她分担，她才不得不压抑心中的向往。

陆延的微信又发了过来：【我们周末带儿子出去玩吧，你不喜欢真人 CS，我们就去欢乐谷。】

小童也不知道是不是跟他爸约好了，恰好此时从房间里跑出来，扑进苏卿怀里："妈妈，我们周末跟爸爸一起去玩吧！不过我还是想玩真人 CS。"

陆延那只老狗可以无视，但儿子的请求，苏卿很难硬下心肠拒绝。

她想了想，给陆延回复：【周末你带儿子去玩真人 CS，我要跟阿令去逛街。】

对陆延来说，带儿子玩肯定没问题，但他看到苏卿发来的微信，第一想法是想把卡给她刷，不过她肯定不会要。

于是陆延给周令转了两万块钱，发微信说：【卿卿喜欢什么就给她买，不够的话跟我说。】

过了一会儿，他又补充道：【就说是你请客。】

周令目瞪口呆，接下转账，心想：谁说女人跟孩子的钱最好赚？明明是追妻男人的钱最好赚！

周末。

苏卿和周令在奶茶店聊天。

苏卿故作风轻云淡地说："对方是检察院检察长的女儿，跟陆延家里挺般配的，我衷心地祝他们幸福。"

周令埋头吃蛋糕。

苏卿偷瞄闺蜜，疑惑她怎么毫无反应，跟自己一起骂骂狗男人嘛。

"蛋糕有那么好吃吗？"

周令怎么会闻不到酸味儿，说道："嗐！一个区区检察院院长的女儿，值得你吃醋嘛。"

苏卿立即反驳："我没吃醋！"

周令不以为然，但也不跟吃醋的女人强辩。

"你想想陆队的业绩、家世、外貌……你不在的这些年，只要有女儿的领导都恨不得把陆队抢到家里当女婿。杜局啊，成天恨自己生的为什么是儿子，不然他哪能让肥水流到外人田。"

苏卿只淡淡地回应了一个字："哦。"

然后她开始专心喝奶茶，只见黑色的珍珠在吸管中突突突地往上升，气势犹如火炮上弹。

周令本意是想让苏卿别当回事，但看她现在的反应，周令意识到自己说错话了，心里对陆队说了一万遍对不起。

小童在野战基地玩得可高兴了！

战无不胜的爸爸，身手敏捷、枪法神准，没有他上不去的地方，也没有他干不掉的人。

总之他们这一小分队就是在虐菜，对面的 CS 爱好者们哪知道这几个都是警队精英中的精英，直接被虐到怀疑人生。

小童则在绝对公平的真人野战游戏里体验到了开挂般的快乐。

傍晚，陆延送儿子回家。

开车的时候，他收到周令的微信——

【陆队，我对不起您。】

系统消息收到转账 20000 元，红包 200 元。

陆延：【卿卿知道我让你给她买东西了？】

周令：【不是，卿卿不让我请客，反倒请我喝奶茶。你给我的钱花不出去。】

陆延：【那你还给我两百红包干吗？】

周令：【我向您忏悔。】

陆延隐隐有种不好的预感。

桌上已摆好香喷喷的饭菜。

苏卿坐在沙发上，等着陆延送儿子回来。

客厅里没开电视，她也没看手机，安安静静的环境让人容易胡思乱想……

看来这么多年陆延一点都没变，什么都不干，只是往那儿一坐都能招蜂引蝶。

虽然她很清楚但凡陆延动过一丁点的心思，他都不可能单身到现在，但吃起醋来的女人不讲道理，她就是觉得陆延脏了！

门铃“叮咚”一响。

女人心里吐槽怎么这么晚才回来。

打开门一看，她惊了！

只见自己养得白白净净的小绅士，此时像个小泥球。

小童脏兮兮的小脸上，眼睛笑得像月牙弯弯，露出一口小白牙：“妈妈，我今天拿了五个人头！”

什么玩意儿?

苏卿在心里责怪陆延怎么也不知道帮儿子整理干净，转头怒视他……这才发现他也没比儿子强多少。

她无语望天叹气，蹲下来帮儿子擦脸：“你们怎么搞得这么脏啊！”

陆延笑着说：“野战嘛，肯定要伏地爬树的。”

糙老爷们儿还没察觉到自己被孩子他妈嫌弃，拉起衬衫领子就往脸上擦了把汗，心里羡慕儿子有卿卿的专享优待。

苏卿见儿子脸上的泥巴用手擦不掉，起身要领儿子去洗澡。

陆延跟上去，却被挡在门外。

苏卿心想：那些领导们的女儿肯定只见过这男人载满荣誉、风光霁月的一面，哪知道他私底下有多糙。

她再一想到自己 18 岁时，连自己都照顾不好，却精心细致地帮这狗男人洗澡洗衣服吹头发按摩的，越想越气，越想越觉得委屈。虽然她准备了三个人的饭，但她现在一点都不想再看到这个狗男人了！

“陆队，您也早点回家洗洗吧。”

接着，“嘭”的一声，门关了。

苏卿设计的钻石戒指终于做出了成品，公司找了最好的广告公司拍大片，她作为设计师当然要到场助阵。

摄影棚里几十号人都在为模特服务。

苏卿在摄影机后方的角落里找到了广告总监安迪。

安迪给苏卿介绍："我们这次的主题呢，就是LOVE AND HOT！男女模特在拍摄过程中，展示出象征爱情的钻戒，保证让不想结婚的人看到了，都有想结婚的冲动！"

苏卿在人群的间隙中看到帅气男模特赤裸着上身，于是问道："这么拍会不会太大胆了点？"

安迪酷酷地说："不大胆怎么吸引眼球。"

广告人做事当然以广泛传播为前提。

在这方面苏卿是外行，她不再多言，反正能把她的作品拍得好看就行。

安迪带她穿过人群往前走，来到男模特的正对面。

摄影师正在对着男模特做试光，造型师在往男模特身上补粉。

安迪骄傲地介绍道："霍希是现在最炙手可热的男模特，平时要找他拍片至少得等半年。这次是你们公司运气好，刚好他今天有档期。我可是费了不少人情才把他请过来的！"

男模特的身材犹如古希腊雕塑，英俊的脸庞散发着冷酷性感的气质。

周围的小姑娘们一个个都春心荡漾了。

苏卿看了看，只觉得还好。

毕竟看多了某个一米九的肌肉男，再看这种精致boy就没什么感觉了，就像喝完了威士忌再喝清酒，没味道的。

苏卿低头回微信，感觉有道视线在注视自己。她抬头一看，与赤着上身的男模特霍希四目相撞。

对方玩味地勾起嘴角，饶有兴趣地看着苏卿。

性感男模特的眼神像钩子，时不时地看向苏卿，似乎等着她回应自己。

周围的工作人员察觉到他的视线，好奇地看向霍希感兴趣的女人。

苏卿转头问安迪：“我脸上有东西吗？

安迪不知该羡慕，还是该嫉妒，不由得翻了个白眼。

苏卿一脸问号。

手机又振了一下，她低头看，还是那个狗男人。

陆延：【西区新开了家烤肉店，儿子肯定喜欢，我们一起去吧。】

苏卿面无表情地回复：【地址发我，我带儿子去。谢谢。】

她回完消息，女模特也到了。

苏卿抬头望向摄影棚门口，只见长发飘飘的女模特穿着一件白色浴袍，锁骨尽露，踩着十几厘米的高跟鞋，性感妖娆地朝霍希走过去。

尽管今天的拍摄主题对苏卿来说有点超纲，但两个模特都是人间尤物，她不禁开始期待自己作品的广告大片。

女模特脚步很快，一副想马上就扑进霍希怀里的样子，以至于没看清脚下的线路，鞋跟打滑，摔了个大跟头。

工作人员全部围了过去，担心她摔伤。

安迪也跑了过去，扶她起来。

女模特脚上使不上劲儿，又摔了一跤，脚踝处以肉眼可见的速度肿了起来。

安迪立马叫人把她送去看医生。

女模特走后，安迪开始发愁，霍希就今天有档期，这临时让他上哪儿找个够得上霍希咖位的女模特。

拍摄现场乱成一锅粥。

安迪走到霍希跟前，努力地跟他经纪人进行沟通，但霍希的经纪人似乎很不好说话。

苏卿在远处望着一切，但她也帮不上忙，只能祝他们顺利。

她发现霍希又在看着自己，像是在打什么主意，接着不知道他跟安迪说了什么，安迪、经纪人和霍希齐齐望向自己。

苏卿被盯得寒毛竖起，就见刚刚还酷酷的安迪十分热情地朝自己跑来。

苏卿隐隐有种不好的预感。

安迪握住苏卿的手，说道："苏小姐啊，现场情况你也看到了。咖位配得上霍希的女模特也得提前半年预约，但马上就要开拍了，我上哪儿找去呀！"

他指了指霍希的经纪人，小声说道："而且霍希的经纪人也很难搞，不过……"

他嘿嘿一笑，继续说道："霍希很 nice！他说了，只要你来代替女模特，他就可以不计较合作对手的咖位。而且我也很替你着想，你不用像女模特那样把整个胸部弧线都露出来，你只要裸个背就行了！"

"不行。"苏卿拒绝得很干脆。

安迪一副快要哭出来的样子："苏小姐，算是求你了，今天实在是特殊情况。你也希望自己的作品能顺利拍完吧！"

苏卿当然想自己的作品好，但让她跟陌生男人当着几十号人的面卿卿我我，最后还要全国播放……

她做不到！

"安迪老师，很遗憾这个问题我帮不了您。这是您工作上的问题，请您自己想办法。"

远处的霍希和经纪人一直在看着苏卿，见她摇头拒绝，经纪人气不过，没好气道："多少女明星排着队想跟你合作，这个女人摆什么架子呀！真是不知好歹！"

连站在旁边负责补妆的化妆师都跟着点头，心想：要是霍希让我上，让我干什么都行！

霍希没听周围的人在说什么，他专注地望着苏卿，望着她好看的眉眼，温柔的气质。他望着这个特别的女人，像是在欣赏艺术品。

霍希穿着白色长裤，像天使落地一样跳下高脚凳，引来全场人的目光，他光着脚走向苏卿……

随着半裸的男人靠近，全场的视线都汇聚到苏卿身上。

苏卿有些不自在，尽管她跟霍希之间还隔着半米的距离，但除了陆延之外，她还没跟哪个光着身子的男人这么接近过。

周围的人都在看着她，她依然保持落落大方。

霍希长长的睫羽微动，又近距离地“欣赏”了她一会儿，露出了更满意的眼神，温柔问道：“苏小姐不同意拍广告，是有什么顾虑吗？”

苏卿心想：这人是在明知故问吗？当着这么多人的面，跟陌生男人又摸又亲的，谁能没顾虑？

但这话没法直说，她只好随便扯了个体面的理由：“术业有专攻，我希望我的作品由专业的模特来拍。”她笑容得体，自信大方，是恰到好处的商业微笑。

霍希也微微笑着，眼神温柔地看着她，说话语气像在哄心爱的女孩：“你的外形条件不比刚才的女模特差，我觉得你来拍效果会更好。”

他的眼神像涂了蜜，换作一般女生，早就跪拜在他的白色长裤下了。

可惜苏卿不是一般女生，在法国比霍希更直接、更浪漫的追求者多了去了，她有丰富的拒绝经验。

“既然大家都是为了拍摄效果好，不如霍先生同意安迪找一位新的女模特来合作。”

还没等霍希回答，他的经纪人就冲了上来，大声说道：“不行！模特可是讲究格调的，我们霍希哪能跟不入流的小模特合作！”

苏卿虽然对娱乐圈了解不多，但霍希和他的经纪人之间谁主谁从一眼就看得出来。她没理会经纪人说了什么，迎上霍希的目光，给了他一

个询问的眼神：可以吗？

霍希却看着苏卿说："可以。"短短两个字，满是宠溺。

苏卿垂眸，不对他释放出来的暧昧讯号做任何回应。

全场一片哗然，没想到一个新人设计师说话竟然这么好使。

经纪人还在啰唆个不停，听到霍希的话一愣，还以为自己听错了。他想劝霍希不能答应："霍希，你不……"

霍希打断他的话："我说可以。"他眼神冷静清明，意思是别再让他说第二遍。

经纪人无奈闭嘴，只好跟安迪沟通下一步的操作。

霍希没有过多纠缠，回到了拍摄区继续自己的工作。

周围的人都在窃窃私语，说霍希对苏卿好好哦！

苏卿隐隐听到，有些反感。这本来就不是她的工作问题，为什么最后人情却算在了她头上。

剩下的拍摄工作没有苏卿能帮上忙的，避免事情越来越麻烦，她提前离开了此处。

拍摄开始后，霍希很专注，直到拍完他才发现苏卿早就走了。

他呆呆地看着人群中第一眼见到苏卿的位置，心中怅然若失。

三天后，成片修完，发给了老板罗晶。

苏卿跟其他几位同事一起在罗晶的办公室里挑选照片。

同事们一边挑，一边赞叹："不愧是霍希，表现力太强了！三万的戒指经他展示就能卖到十万！"

这话虽然夸张了些，但大家确实都对这次的广告片十分满意。

另一位女同事八卦问道："苏卿，我听说霍希好像对你有意思？"

苏卿错愕了一下，马上恢复淡定的微笑："没有，你听谁瞎说的。"

女同事目光狐疑，显然不信苏卿所说。

秘书敲门，一脸激动地进来：“罗总，霍希来了！”

女同事挤眉弄眼地看了苏卿一眼：“哈！还真是说曹操，曹操就到。”

苏卿：“……”

罗晶马上从办公桌走到门口，说道：“上班时间别聊八卦，跟我出来招呼名模。”

苏卿和同事们跟在罗晶身后一同出去。

霍希和经纪人带了蛋糕来探班，女同事都被霍希迷住了，同事群里疯传他的照片，大家都说他真人比上镜还帅！

苏卿一出现，霍希的目光就精准地落到了她身上。

刚才八卦的女同事用胳膊肘撞了撞苏卿，苏卿假装无事发生。

霍希跟罗晶寒暄了几句，把场子交给了经纪人。

经纪人走到苏卿面前，不顾所有人的注视，对苏卿说道：“能借一步说话吗？”

全场屏住呼吸，心想霍希可是名模啊，这也太无所顾忌了吧。

苏卿看看老板罗晶，一副不好意思的样子说：“我在上班呢，不太方……”

“便”字还没说完，罗晶就大大方方地说：“没事，给你半个小时的假！”

罗晶可是个生意人，像霍希这种现象级的名模，她当然要趁机搞好关系。

苏卿别无他法，只好保持微笑，带霍希来到会议室。

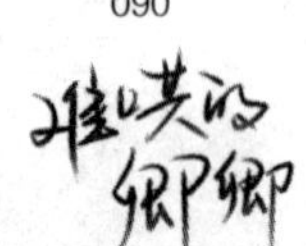

第四章

新的追求者

/

你那么爱他，为什么不跟他在一起？

孤男寡女共处一室，苏卿特意半敞开门。

霍希将她的小心思收尽眼底，笑着说道：“把门关上。”

苏卿：“……”

霍希拎着一个大大的黑色包包，放在了会议桌上。等苏卿把门关上后，他拉开拉链，从里面拿出一个半米长的长条形礼物盒，递给了苏卿。

苏卿看着礼物盒，没敢接。

霍希淡淡地说：“收下吧，不是什么贵重礼物。”

苏卿勉为其难地收下，打开一看，是一朵盛开的红玫瑰。

送花只送一朵，也是别致。

苏卿继续淡淡道：“谢谢。”

霍希眼神温柔，沉浸在与苏卿单独相处的氛围中：“你在我心里，就是这朵玫瑰。”

什么意思？

再多一个字，他都不肯说，只让苏卿自己猜。

可惜苏卿对这种明显是放线钓鱼的情话毫无感觉，仍是淡淡地说道：“谢谢。”

霍希挑眉，没想到苏卿会这么冷淡，可他非但没失望，反倒对与众

不同的苏卿更感兴趣。

“晚上有空吗？”

苏卿摇摇头，说话掷地有声：“我下班后要去接我儿子放学。”

霍希的笑容戛然而止：“你……儿子？”

苏卿笑容加深，掏出手机，找出儿子的照片给他看：“你看，我儿子很可爱吧！”

霍希显然没想到年轻漂亮的苏卿已经当妈妈了：“我听说你是单身。”

“单身也可以当妈妈呀。”苏卿回答迅速、反应从容，明显不是第一次回答这类问题。

她把装着玫瑰花的礼物盒重新盖好，还给霍希。

霍希不知是没从震惊中缓过神来，还是不愿苏卿退回自己送的花，总之他就是不接。

苏卿只好把盒子放到了会议桌上，说道：“谢谢你把我当作玫瑰，但我只想收到儿子送的康乃馨。”

见霍希仍然不敢置信地看着自己，苏卿温柔雅致地笑了笑，走出了会议室。

下班后，苏卿接儿子回家。

小童一晚上都闷闷不乐的，无论苏卿怎么引导他说出心事，他都不肯说。

苏卿看着儿子这样心急如焚，想到平时儿子跟陆延无话不说，无奈之下只好主动联系陆延。

陆延晚上要值班，接到苏卿的电话后，一下班就赶了过去。

陆延到了之后，不断地鼓励儿子，告诉他爸爸妈妈最爱他，他有任何想法都可以告诉爸爸妈妈。

小童看着爸爸妈妈，犹豫了好一会儿才说出心事。

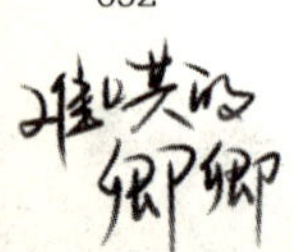

原来是圣诞节快到了，同学们都有父母陪着玩，而他只能在爸爸妈妈之间二选一，所以很难过。

解开心结后，小童吵着要和爸爸一起睡。陆延知道苏卿还很排斥自己，但是儿子又很黏自己，搞得陆延也很为难。

苏卿低头想了想，跟陆延说："儿子要你陪你就留下来吧，刚好上次我买的亲子睡衣里面还有一套男款的，你凑合穿一宿。我家没有你的换洗衣服，洗衣机在生活阳台，你自己去把身上的衣服洗一洗，然后早点睡。"

说完，她落寞地走出儿子的房间，去浴室放了一套备用的牙刷。

陆延把儿子哄睡后，心里还惦记着孩子他妈，怕她因为孩子更亲近自己心情不好。于是他来到客厅，果然看到苏卿坐在阳台上看星星吹冷风。

他倒了杯温水，拎着毛绒毯子，朝心爱的女人走了过去。

夜里只有十七八度。

苏卿一个人吹冷风，并没有采取任何保暖措施，因为冷冷的夜风袭来，跟她现在的心情很配。

但是某人看不惯。

一条毛毯盖到她身上，她抬头发现自己被一道高大的身影笼罩，手里又被塞进一杯温水。

"别冻着。"明明是给人压迫感的黑影，却传来温柔的话语。

自我矫情中的苏卿本来还想把东西还给陆延，但是柔软的毛毯实在是太舒服了，在矫情和温暖之间，她本能地选择了后者。

男人在旁边的椅子坐下，视线落在杯子上，再给她一个眼神，眼神中有他一贯不容拒绝的命令感。

苏卿端起杯子，喝了一口，一阵暖流从喉咙通向五脏六腑，更舒服了。她眼睛微眯，缩卷在毛毯里，像一只慵懒的猫。

陆延问道："想什么呢？"

苏卿抿唇，酸溜溜地看了他一眼，又失落地低下头。

陆延了然，静静地陪着她。

过了一会儿，苏卿越想越憋闷，急需一个宣泄口，这才自言自语地说道：“我真的很努力了。”

她抱住膝头，埋住小脸，声音被毛毯挡住一半，传出来闷闷的：“小童出生后，我一直对自己说要成熟，要像个大人，要做个好妈妈。可我没有任何经验，也没人教我，我真的很怕自己照顾不好小童。我把全部精力都放在了他身上，自己的喜好、梦想，都变成了次要的，可是……”

为什么还是会让孩子难过？

她越说声音越小，最后哽咽得说不出话。

陆延怎么会不懂她。

她生孩子时也不过才二十一岁，在那之前，他把她当女儿一样宠，常人该有的烦恼她一样都不用考虑，她突然当了妈妈，自己还不在她身边，过往的依靠全无。

陆延一想到她一个人带着孩子在国外艰难地生活，就愧疚得恨不得亲手把自己活埋。

“你已经做得很好了，你是个好妈妈。”

温热宽厚的大手落在她头上，苏卿藏着无数委屈的心被慢慢抚平。她侧过头，露出小半张脸凝视陆延，思绪回到了第一次遇见他的那个晚上……

那晚她躲在床底下瑟瑟发抖，房间里十几号人都是来讨债的。

他们凶神恶煞，嘴里骂骂咧咧，手上拿着棍子和刀，不时地敲击床沿，故意吓唬胆小无知的少女。

苏卿不知道自己会被如何处置，可能会被扔到夜总会卖身还债，也可能被人摘掉器官……

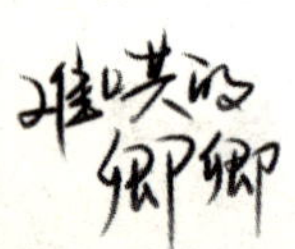

无数惨绝人寰的故事被她带入自己，在脑海中一一上演。她越想越怕，怕到甚至不敢睁开眼睛。

明明上个星期她还是妈妈掌心中的娇娇女，现在却成了过街老鼠人人喊打。

突然，苏卿被人从床底拽了出来。

迎面而来的是一个牙齿发黄的丑陋男人，正一脸淫邪地朝着她笑。

苏卿吓得泪流满面，以为自己在劫难逃。

就在肮脏的手即将触碰到她的前一刻，黄牙丑男被人猛地一脚踹飞。

苏卿转头一看，是一名身穿警服的年轻警察救了自己。

他身形高大、长相俊朗、眼神冷硬，跟另外几名警察一起迅速制服了上门讨债的人。

坏人被扣上手铐，在墙边蹲成一排。

年轻英俊的警察走过来，问道："你没事吧？"

那是陆延第一次跟苏卿说话。

得救的少女泪眼婆娑地仰望着警察，犹如望着天神降临。

也不知是因为他身上的警服，还是因为他的个人气质，总之那时的陆延给孤苦无依的苏卿带来了无比的安全感。

缩在毛毯里的苏卿忽然想到，初相识时的陆延正是自己现在的年纪。

为什么他的二十五岁那么稳重可靠，自己的成熟却这么吃力？

回忆中的年轻陆延与现在的成熟陆延慢慢合成一体，五年的时间没有让这个男人变老，反倒更添他的魅力。

曾经的心动再次重现，苏卿的目光变得深情柔和。

陆延被她看得心都颤了，女人忽然变得那么温顺，仿佛还是那个什么都依他的少女。

他望着她诱人的唇，慢慢靠近。

两人像磁铁一样互相吸引。

男人专属的温热逐渐袭来，跟阴凉的风形成鲜明对比。

苏卿一个激灵清醒过来，在陆延亲上自己的前一刻，突然站起身，眼睛看向别处，慌里慌张地说道："不、不早了，睡、睡觉吧。"

陆延怀抱落空，真想把女人抓回来，亲哭她！

圣诞节当天，小童在游乐园里玩得犹如脱缰野马，好在陆延能驾驭住这匹小野马，要是只有苏卿一个人，她肯定忙得团团转。

小童再怎么上蹿下跳对陆延来说都不成问题，但是陆延转头一看，身后的小女人已累得气喘吁吁。

他抓住跑向过山车的儿子，说道："这里排队的人太多，我们先去玩射箭。"

射箭属于静止运动，苏卿能歇会儿。

小童毫不犹豫地答应，在需要运动的场合，爸爸的话就是圣旨。

射箭场里人不多，"一家三口"进场了才开始排队。

陆延先给儿子示范了一遍如何射箭，只见他眼神专注、肌肉紧绷，随即一击即中。

小童惊呼："哇！爸爸好厉害！"

他对爸爸崇拜得不得了，撑起儿童专用弓箭，认真地学习起来。

陆延手把手教了儿子几遍，让他自己练练，转头看向苏卿。

苏卿一个人站在旁边，完全参与不进来。

陆延朝她招招手："过来，我教你。"

苏卿摇摇头，运动方面她不行的。

小童也转头对妈妈说："妈妈也试试嘛，你有我的基因，说不定也能射中的！"

小童这话说得辈分颠倒，把苏卿逗笑了，她心想：你能射中是因为你有你爸的基因，不是因为妈妈。

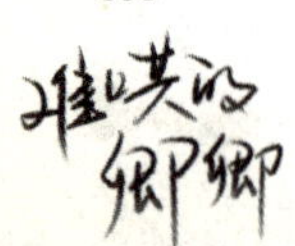

但儿子对她有期待，她便也想试试。

她来到射台前，弓箭有点重，她举起来手臂一直在发抖。

陆延站在她身后，托住她的手臂。

男人低沉的声音和温热的气息扑到她耳边："瞄准靶心。"

瞄不准……

她的背抵着男人结实的胸膛，心都在发烫，扑通扑通直跳，也不知道他会不会听见。

"拉稳，放！"

男人认真教导，她全程分心。

箭飞出去之后，她小小地期待了一下，然后箭就很不给面子地飘到了地上，距离箭靶还有一米多的距离。

周围传来一阵哄笑，身后的男人也在闷声笑，儿子给了她一个"妈妈你不行呀"的眼神。

苏卿恼羞成怒，回头瞪了陆延一眼，把气都撒到他身上。

陆延憋住笑，握住她的手，鼓励道："这次一定能射中。"

虽然你是我带过最差的一个学生，但是我来瞄准，我来使劲，你不可能射不中。

苏卿不抱希望了，没想到箭一射出，即中靶心！

她睁大眼睛，惊喜转头，想大声说：我射中了！

可她忘了自己跟陆延之间的距离，一转头，唇碰上唇，两人吻到了一起。

唇上熟悉的触感，唤醒了两人身体的记忆。曾经的深情拥吻、耳鬓厮磨都历历在目，但心跳之后是心惊。

苏卿忙转回头，看向四周。

好在周围的人都把目光集中在正中的靶心上，没人注意到他们俩一瞬间的亲密接触。

苏卿松了一口气，回想刚才的莽撞，她红了脸，背对着陆延说："对不起。"

对不起，不小心碰到你了。

也不知道陆延能不能理解自己只说了一半的道歉，他会不会觉得自己很莫名其妙？

女人控制不住地胡思乱想。

后方男人却云淡风轻地说："没事。"

没事？什么叫没事？怎么搞得还真像她犯错了一样？狗男人真的不是在得了便宜还卖乖吗？

苏卿偷瞄他。

只见陆延从她身后走到旁边的射台，动作利落地抽出一支箭，瞄准前方靶心，看起来完全没把刚才的意外之吻放在心上。

苏卿莫名地有些失落，原来只有自己乱了方寸。

陆延将再次大展身手，立刻获得了全场的注意。

全场人都屏住呼吸，等待再次见证正中靶心的神技。

陆延一箭射出，箭头迅猛出击，结果箭竟直直地射到了靶子后面两米多远，连靶边都没碰到。

如此发挥失常，可见陆延心思都不知道飞哪儿去了，假装淡定地射箭，只是为了掩饰什么。

苏卿很不给面子地直接笑出声。

陆延咬牙切齿道："笑什么？"

苏卿不作答，见到他别扭的样子，笑得更欢了。

他无奈看她，却是满眼宠溺。

玩到傍晚，苏卿去上卫生间。

出来的时候，她望着远处旋转木马旁边领着孩子等自己的男人，他人高马大，浑身充满了力量感，肩上却背着一个粉色背包。那粉包跟他

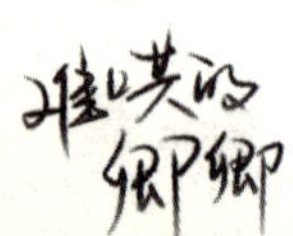

极不相衬，他却背得坦坦荡荡，仿佛心甘情愿被谁套上了专属印记。

苏卿忽然觉得这一刻很美好。

不得不说，有个人帮自己看孩子还真是轻松不少，至少不用像在港城机场时，儿子上个厕所都会被绑架。

苏卿多发了一会儿呆，见男人看了看手表，又转头看向卫生间门口找自己，她笑着朝父子俩走了过去。

游乐场在郊区，回到家的时候，天都黑了。

小童疯玩了一整天，再精力旺盛也是小孩子，到家之后连澡都不想洗，就想直接睡。

苏卿也早就筋疲力尽。

好在陆延在，他给孩子洗完澡，再把孩子哄睡着，全部独自操办，没让他的卿卿再受一丁点累。

临走前，苏卿到门口送他。

见陆延转身走向电梯，她又叫住他："喂！"

陆延回头，面上不动声色，心里却觉得能跟卿卿多待一秒也好。

苏卿说道："元旦节那天，幼儿园有汇报演出，你一起来看儿子表演吧。"

小童的爸爸妈妈同时正式出现在他的小朋友圈里，大人们能想象得到孩子到时候会多开心。

陆延笑着答应："好。"

周末，陆延照例去陪父母喝茶。

陆建国说道："元旦带孙子回家吃饭。"在他看来，小童是陆家血脉，逢年过节当然要跟他们过。

但陆延很清楚，孩子是属于苏卿的。他不跟父亲争执，只是通知道：

“元旦那天我中午陪小童他们过，晚上回来跟您和妈过。”

言下之意，孙子您就别想了。

陆建国气得重重地敲拐杖：“你该不会还想跟那个女人在一起吧？我告诉你，有我在一天，你都别指望我同意！”

陆延放下碗筷，这顿饭他吃不下去了。

张慧芳看看老伴儿和儿子，愁得直叹气。

匆匆用完餐后，陆延去前台结账，张慧芳跟了过去。

“阿延，你跟苏卿现在是什么关系？”

陆延思忖片刻，虽然母亲也一直反对他跟苏卿在一起，但她不像父亲那么激动，至少还能讲理，于是他才如实地说：“我想跟卿卿和好，但她不同意。”

张慧芳诧异，心想：当初不是苏卿硬赖着阿延吗，怎么现在倒成了她不同意？

不过年轻人的事，她知道自己管不了那么多，她只是惦记乖孙子。

“你爸也是想孙子，你有空就常带小童回家看看我们。至于苏卿，她毕竟是孩子的妈妈，我也希望她能好好的。”

张慧芳的说话风格是不能听她说了什么，而是要听她没说什么。她没说希望陆延跟苏卿和好，就代表她心里也不接受苏卿。

陆延很了解自己母亲。

他皱起眉头，觉得以后还是要把父母和苏卿隔离开来，大家各过各的比较好。

元旦过后，苏卿的公司迎来了准备已久的新品发布会。

这还是苏卿的作品首次面向市场，她心情激动的同时还有点小紧张。

发布会当天，她穿了一条白色鱼尾裙，佩戴上她自己设计的珠宝，将她的好身材和好气质展露无遗。

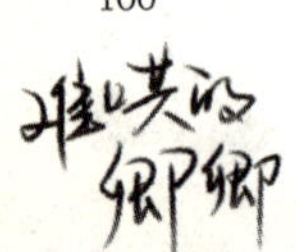

发布会进行到最后环节时，主持人说一位神秘来宾即将登场。

苏卿不知道有这个环节，好奇地望着舞台。

直到幕布拉开，霍希登场，引来全场尖叫。

霍希穿着白色西装，给人的感觉还是一贯的清冷疏离，但当他的目光撞上苏卿时，眼底却燃起火焰。

苏卿没想到霍希会出席发布会，惊喜鼓掌的同时，被他看得浑身不自在。

发布会结束，来宾在台下觥筹交错。

苏卿作为设计师免不了要被轮番敬酒，但她酒量一般，喝到第五杯时开始有些晃。

男人骨节分明的大手撑住她的背部，她回头一看，竟是霍希来到她身旁。

霍希拿过苏卿手中的酒杯，替她接下一轮敬酒，再风度翩翩地帮她跟来宾们说失陪。

霍希带她来到偏僻的走廊角落，这里没什么人，凉凉的夜风让苏卿清醒了不少。

他靠在围栏上笑："不会喝酒，别人过来敬酒你还照单全收？"

苏卿撩起被风乱的头发，美不自知，风情万种："那别人来敬酒，我总不能拒绝吧。"

霍希不接话，安静地看着她，将她酒后的娇憨收进眼底，心想：以她的姿色，是怎么单纯地活到现在的？

酒后人会变得率直，苏卿被他看得莫名其妙，直接皱起眉头。

霍希看着她生气的小模样，修整精致的剑眉一挑，嗔道："傻子。"

时间不早了，他拉起苏卿的手，说道："走，我送你回家。"

他心想，以苏卿现在这股娇俏劲儿，要是让别的男人送她，保不准要被占便宜。

上车后，苏卿和霍希坐在后排，前面有专属司机开车。

陆延发来语音消息：“发布会结束了吗？我去接你。”

男人浑厚低沉的声音在车内传开，霍希眼中闪过一丝嫉妒：“男朋友？”

苏卿摇摇头，回复道：“不用了，有人送我回来，你早点休息。”

苏卿没到家，陆延哪能睡得着。他把儿子哄睡后，到楼下等苏卿。

元旦他们“一家三口”过得相当温馨快乐，陆延觉得自己跟苏卿的关系也是时候更进一步了。

今天对苏卿来说是个重要的日子，陆延提前准备了一大束玫瑰花，想为她庆祝。

他站在苏卿家楼下的大门口，手拿着花束背到身后，等待佳人归来，却见远处停下一辆豪车，苏卿跟一个陌生男人从车里下来。

虽然苏卿跟陌生男人保持着一定的距离，但男人对女人的非分之想，从眼神就能看得出来，何况还是同为男人的刑侦专家。

小区里是石板路，苏卿穿着高跟鞋走得很不方便，一个不小心没踩稳，眼瞅要摔倒。

霍希眼疾手快扶住了她。

苏卿站稳后，说了声“谢谢”，但他还没放手。苏卿轻轻挣脱，却听男人说：“不请我上去喝一杯吗？”

苏卿酒醒得差不多了，回道：“我家只有儿童牛奶，没有酒哦。”

霍希知道这是她的搪塞之词，胸口鼓胀发闷。但女人越是拒绝，越能激发男人的征服欲。

苏卿又推了他一把，霍希这才慢慢松手。

两人都没注意到，远处一个手持玫瑰花束的高大男人，正在疾步赶来。

霍希眼神勾人，声音有种蛊惑的魅力：“就这么回家了？”

“对。”回答他的是刚才苏卿微信里的低音炮。

苏卿惊呼：“你怎么在这儿？”

陆延走到苏卿旁边，不动声色地将人往自己这边带过来点，转头对陌生男人说：“谢谢你送苏卿回来，但她到了该休息的时间。”

意思是：招呼不到，您请回吧。

霍希眼神冷下来，眼前的男人比自己高、比自己壮、男人味十足，一看就是个狠角色。不过……这么优质的男人喜欢苏卿，证明苏卿确实有魅力，挑战性加强，让霍希更想得到苏卿了。

他勾起笑容：“苏卿，不介绍一下吗？”

苏卿站在两人中间，明明她跟两个男人都清清白白的，此刻却莫名尴尬。

她尽量忽略心中的莫名，先介绍右手边这位：“这是霍希，我作品的模特。”接着介绍左手边这位，“这是陆延，呃……”

卡壳了。

该怎么介绍陆延的身份呢？朋友？他们哪里是朋友。前男友？哪有人这么做介绍的。

陆延自我介绍道：“我是她儿子的爸爸。”

这是核能级杀伤性武器。

霍希笑不出来了。

本来苏卿的孩子就是霍希的心理障碍，现在情敌居然是孩子的爸爸，他瞬间觉得小丑竟是自己。

“呃？嗯……是的。”苏卿犹豫了一下，并没有反驳或解释。

陆延的话从字面上理解没毛病，但他的心思苏卿清楚得很，可若能借机劝退霍希，那她将计就计吧。

阵阵冷风吹过。

霍希手插进兜里，语气疏离了很多：“那不打扰了，再见。”

他回到车里，看着苏卿在车窗外挥手道别。她笑起来真美，符合他对女人的一切幻想。这么好的女人，旁边那个粗人怎么配得上？

陆延见男模特还盯着苏卿看，腹诽道：他还有完没完了。

霍希心口堵得慌，觉得陆延手里的玫瑰越发刺眼，于是按下车窗挑衅道："苏卿不喜欢玫瑰，她喜欢康乃馨。"

说完，他冲着陆延嚣张一笑，再给苏卿抛了个媚眼，关上车窗，扬长而去。

苏卿这才注意到陆延手上拎着一大束玫瑰，哪有人朝下拎着花的，一看就知道这人没有送花的经验。

苏卿凝视着男人手上的玫瑰，就像看到儿时得不到的糖果。

她以前跟陆延同居了两年，陆延从没送过她花，不是她不喜欢，而是陆延觉得送花很傻，她就没再提过。过去的自己，一点都不敢忤逆陆延，真的好卑微啊。

陆延气炸了，心想：那个男模特怎么可能比自己更了解卿卿。再转头一看，苏卿看着玫瑰花的眼神竟有些淡淡的忧伤。

她该不会真的喜欢康乃馨吧？

陆延看看手上的花，又看看远处的垃圾桶。

苏卿猜到了什么，忙问道："你想干什么？"

蠢直男真诚地说："你要是喜欢康乃馨，我就把玫瑰扔了重买。"

苏卿真的被他蠢到了："你是傻子吗？康乃馨是送长辈的！"

她等了七年才等到的玫瑰花，他居然要扔掉？

陆延不好意思地摸摸鼻子，送康乃馨是什么意思他当然知道，只是他搞不清楚女人到底是喜欢花的样子，还是花的含义。

苏卿霸道伸手："给我！"

陆延双手奉上。

她板着小脸接过，捧到手上后闻闻花香，情不自禁地笑起来。

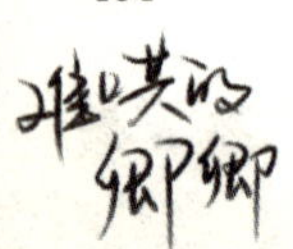

陆延心中得意，看来她很喜欢玫瑰，那个男模特才不了解卿卿。

他有些吃醋地说：“一眼没照顾到，你就被别的男人盯上了。”

苏卿忍住笑意，故意不理他，往电梯里走。

陆延得不到回应，心里没底，快步跟上。

走到家门口的时候，陆延按住苏卿开门的手，往回一拉，单手撑墙，霸道地把她困在身前。

他用身高优势居高临下地俯视她，让纤细娇柔的小女人变成了待宰的羔羊。

两人这样太靠近了。

面对陆延侵略性十足的动作，苏卿脸红心跳，不知道他下一步会干什么，又觉得他什么都敢干。

陆延也是的，明明是个正直的警察叔叔，此时却一身匪气：“收了我的花，可就是我的人了。”

他好像在暗示什么，但苏卿现在脑子转不过来。

“那还你。”苏卿把玫瑰隔在两人中间，往他胸前一塞。

陆延不接：“晚了，强买强卖，恕不退换。”

他倾过上身，更靠近她，玫瑰花都被挤扁了。

花瓣压碎的声音像在昭示着她也将被揉碎碾烂，一如从前，他要起流氓来根本没底线。

她眸光颤抖，迎上他暧昧的视线，见他嘴角勾起坏笑，眼神蒙上一层想把她烧尽的火焰，便知他此时所想肯定跟自己一样。

苏卿脑袋里“轰”的一声，彻底无法思考了。

陆延觉得这才是属于他们俩的相处方式，去她的孩子父母，去她的前任关系……

他们俩就是纯粹的男人和女人的关系。

陆延从来没忘，看来苏卿也根本没忘。不过忘了也不要紧，他会帮

她再想起来。

他慢慢低头，采摘他的花朵。

苏卿呼吸急促，虽然她一直在拒绝陆延，但其实抗拒不了他。

她余光不经意间瞄到屋顶的红外线，这才惊慌失措地找回一丝理智，忙挡住陆延的唇，说道："有摄像头！"

趁他不注意，她开门进屋。

陆延怀抱又落空，咬牙切齿的！

苏卿冲进浴室，一是忙了一天想洗个澡，二是趁机冷静一下。假如刚才她顺了陆延的意，那他们就顺理成章地恢复男女朋友的关系了吧？

可是……

以前年纪小，觉得来日方长，很多事情可以暂时逃避。现在孩子都这么大了，为人父母需要把每个问题都考虑周全。

陆延的家庭一直很排斥苏卿，还有很多无法释怀的过去。

重新接受陆延，苏卿感觉自己会被二次伤害，但这段时间"一家三口"的幸福生活，又让她留恋不已。

苏卿蹲在地上，任花洒像雨水一样淋到身上，妄想让水流冲开她纠结的心。

洗完之后，她换了套睡衣，边走出浴室边擦头发。

没想到陆延竟关了客厅的灯，在餐桌上点了蜡烛。

昏暗的光线下，气氛撩人。

陆延站在烛光旁，说道："本来想跟你喝两杯的，但你今天已经喝了不少就算了。"他朝她伸出手，"过来，我给你准备了礼物。"

苏卿告诫自己：不能过去！不能过去！过去了之后的发展你控制不了！

可是脚好像不听她的，自己走了过去。

陆延握住她细白柔嫩的手，多久没这么牵过她了，他像握着珍宝一

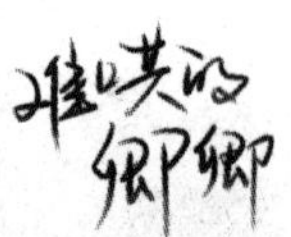

样将她握在掌心，拿出了身后的礼物盒，放到她手上：“拆开看看。”

盒子不重，不知道里面是什么。

在陆延期待的注视下，苏卿也满怀期待地打开盒子。

里面竟是一条钻石项链。

陆延精挑细选的项链，他觉得卿卿一定会喜欢。

可苏卿的笑容却渐渐消失，眼神愈发冷漠：“你这么喜欢给人送项链吗？”

她就知道，陆延老狗怎么会送玫瑰花，还烛光礼物，跟谁学的？还没开始细想，只是有个可能，她已经气到心口堵得慌。

看来五年的时间没有解决他们之间的任何问题。

苏卿面无表情地扣上盖子，把礼物盒硬塞回陆延的手里。

陆延听出了她的情绪变化，但不懂她是什么意思，问道：“你不喜欢项链？”

“呵。”苏卿轻笑，心想他在装什么傻。

这下好了，她不用再纠结什么“一家三口”和“二次伤害”了。她抬起头，眼中一片清明：“陆延，我们还是把话说清楚吧。”

陆延隐隐地觉得她说不出什么好话，所以选择沉默

苏卿说道：“我觉得我跟你继续保持之前的相处模式挺好的，一起陪着小童长大，做好父母的角色。至于别的，没可能。”

她语气坚定，不是在跟他商量，而是在通知。通知完了，她也不给他提出抗议的机会，眼神冰冷地走回房间，说道：“不送。”

客厅里只剩下陆延一人。

他也有点生气，心想这女人变脸怎么比翻书还快，并且毫无逻辑。

苏卿设计的对戒大卖，借着霍希的广告效果还上了热搜，逐渐成为时尚博主们的年度必买品。

臻馥一直做的都是中低端的产品线，老板罗晶是个很有野心的女强人，这次天赐良机，她必不会错过，趁势追击，邀请霍希出一款联名的高端产品。

霍希以往出的联名款都只跟高端品牌合作，如果跟臻馥出联名，除了赚钱毫无益处，他的经纪人是一万个不同意，但他同意了，要求只有一个——设计师只要苏卿，美其名曰欣赏她的设计。

这么简单的要求，罗晶怎么会不答应。

就这样，罗晶先创建了一个微信群，把霍希和苏卿拉了进来。

苏卿礼貌性地在群里跟霍希问好，霍希毫无反应。她以为霍希因为知道了陆延的存在，所以不愿意再跟自己有工作以外的交流。

不过，连问好都免了吗？

她正想着，微信收到验证信息，头像正是霍希。

苏卿愣了愣。

验证通过后，霍希马上发来消息：【我对联名款的设计要求都很高，我希望你能认真对待。】

苏卿马上就认真起来：【当然！】

霍希：【既然我要参与设计，那么在微信里三言两语说不清，请你来咖啡厅找我。】

苏卿没想太多，回复道：【好的。】

咖啡厅位于CBD最高大厦的顶层，私密性很好，是名流出没的地方。

苏卿到了之后，拿出画板、画笔，还有笔记本，准备好好跟霍希交流设计想法。

霍希托腮望着窗外，忧郁地问道：“你喜欢他什么？”

苏卿握着画笔，闻言愣住：“啊？”

霍希见她一头雾水，不情不愿地提醒道：“你儿子他爸。”

“哦。”苏卿这才明白他在问什么，不太高兴地说，“我们不是要

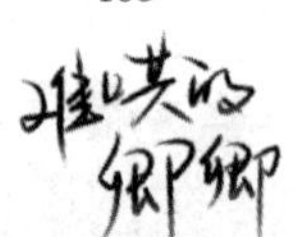

讨论工作吗？”

这个问题难不倒霍希：“我想好了，设计主题就叫刺痛，所以我现在需要被刺痛的感觉，把你们俩的事告诉我，来刺痛我。”知己知彼，方能百战百胜。

苏卿感觉霍希就是在胡扯，但设计的主导权在他那儿，而且这个也算是正当理由。

霍希又问了一遍：“你喜欢他什么？高？壮？帅？”

前面两项陆延更强一点，但最后一项，霍希有信心跟陆延一较高下。

苏卿见霍希不问出个所以然来是不会罢休的，再一想他知道了也没什么，索性实话实说。

“他在我最狼狈最无助的时候救了我，他是我人生中的曙光，是我的英雄。如果你问我具体喜欢他什么，我的答案是，全部。”

苏卿说这番话时，眼神中有信仰，爱的信仰。

霍希深呼吸，他真的被刺痛了：“那么爱他，为什么不跟他在一起？”

吊陆延胃口？可霍希觉得苏卿不是那种人。

苏卿眼神变得冷漠，垂眸道：“他做过一件我永远都无法原谅的事。”

“什么事？”

苏卿抬起头，脸上带着商业性的微笑，眼中却毫无笑意：“如果要聊这个，那这项工作我要推了。”

真正伤心的事，连回忆都是一种伤害。

霍希明白碰到苏卿底线了，便转移了话题：“好，不聊这个了。我觉得被刺痛时要有血液……”

他开始正经地跟苏卿谈起了设计。

苏卿认真记录，画出草稿给他看。后来罗晶也过来了，三个人从设计到工艺制作到宣发，大致地过了一遍，等谈完已经是晚上九点多。

苏卿回到家时，陆延正在给小童讲《天龙八部》。

小童躺在床上，问道："爸爸，为什么虚竹遇到西夏公主之后就不想当和尚了？"

陆延头疼，为什么小孩会关注到这种问题，他又要如何跟小孩解释这种问题……

苏卿推门一看："小童，你怎么还没睡？"

小童对妈妈说："妈妈等我听完这段！"然后转头跟爸爸说，"爸爸继续讲。"

孩子期盼的目光让陆延不忍拒绝，只要儿子别再问奇怪的问题，再讲一段也行。

他对门口的苏卿说："你等我一会儿，我有件事跟你说。"

苏卿点点头："好。"

自从上次苏卿跟陆延把话说清楚之后，两人一直相敬如宾，陆延再也没纠缠她。

苏卿觉得时间还是有点用的，至少把感情冲淡了，大家都能说放下就放下了。

她先洗了个澡，出来时陆延坐在长沙发上等她。

她坐到旁边单人沙发上，问道："什么事？"

陆延说："我帮你约了一个妇科医生，给你看看腰疼的问题。医生下周到滨城，想跟你确认一下，你什么时候有空。"

陆延没说的是，这位妇科医生是全国数一数二的名医，有钱都请不到的那种。他是借着私交，才把名医从北方请来了南方。

苏卿在法国时也看过医生，但最后法国医生也只能开点止疼药，治好腰疼这件事她早就不抱希望了。

"谢谢，不用麻烦了。"苏卿不想在孩子以外的事上跟陆延牵扯太多。

"不麻烦，已经约好了，就等你定个时间。"陆延很坚持。

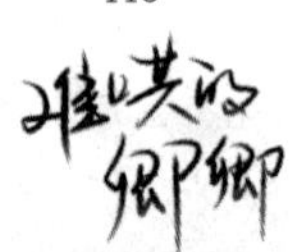

苏卿想了想，决定有话直说：“我说了我们没可能的，你不用为了我……”

陆延打断苏卿的话：“苏卿，别的事我可以不管，但你腰疼的毛病我一定要帮你治好，毕竟你是给我生孩子才落下的病根。”

苏卿纠正：“我不是为了你生的小童！”

“可小童终究是我的孩子，罪魁祸首是我，所以这事听我的。”

陆延极少连名带姓地叫她名字，苏卿了解到陆延对这件事的执着，心想：反正也治不好，让他死心也好。

过年前夕，陆建国的弟弟陆建业一家来串门。

长辈们坐在客厅里聊天，陆媛埋头玩手机。

陆建业看女儿不顺眼，斥责道：“难得来你大伯家，也不知道跟大伯和伯母聊聊天！”

二十出头的陆媛跟五六十岁的老头老太太有什么好聊的，但一直玩手机确实不好，只好硬着头皮给长辈们分享自己正在看的内容。

她坐到陆建国和张慧芳中间，放大手机上的图片：“大伯，伯母，这是现在最红的戒指，我老公霍希做的广告！”

张慧芳惊讶：“我们媛媛都有男朋友啦！”

“嗐，不是，这是我爱豆。”陆媛又费劲巴拉地给老人们解释了一通饭圈常识。

陆建国无语：“什么乱七八糟的，你一个女孩子怎么乱叫人老公。”

陆媛撇撇嘴，就知道大伯这个老古板不懂年轻人的世界。

为了完成串门 KPI，她又找了点正能量的事物跟大伯伯母分享。

“大伯、伯母，你们看！这是这款戒指的设计师，她是史上最年轻的法国珠宝设计大赛的获奖者！成名后放弃了国外的纸醉金迷，一心为祖国的珠宝设计事业添砖加瓦……”

侄女还关注了这么正能量的人物，陆建国和张慧芳听完果然露出了满意的笑容。

陆媛再接再厉，找了张照片，继续说道："这位华人女设计师不仅有才华，长得还超漂亮！你们看，这就是她当初获奖时的照片，美到上热搜！"

陆建国和张慧芳伸长脖子一看，竟是……

陆媛大声宣布："她叫苏卿！"

陆建国和张慧芳面面相觑，要不是看到照片，他们肯定以为只是同名。

张慧芳意外极了："她这么厉害？"

陆媛重重点头，说道："可惜我不是男人，要不然这种人间绝色，我肯定不会错过！"

陆建国疑惑陆家年轻这辈怎么都被这女的迷了心窍，他沉下了脸，冷冷地说："她真像你说的这么厉害？保不准背后有多少推手。"

陆媛纳闷：刚刚大伯和伯母还赞赏有加，怎么突然就变脸了？老人家就是不好聊天。

她不能对长辈多说什么，只能挪到一边以自言自语的方式说出恰好能让他们俩听到的音量："大伯怎么把人想得那么复杂呀。"

陆建国和张慧芳假装没听到，但也在反思自己对人不对事的思考方式。

送走弟弟一家后，张慧芳感叹："想不到苏卿现在这么优秀。"

陆建国不屑一哼："你信她是靠自己闯出一片天的？"

张慧芳皱眉："别这样揣测人家。"

"什么叫揣测？你想想正当人家的姑娘，会让刚认识的男人花一百多万吗？她当初才十八岁就把你儿子骗得团团转，心思都用在歪魔邪道上的人，怎么可能好好拼事业。"

张慧芳见过苏卿后，总觉得她跟传闻中不一样："你说，当初会不

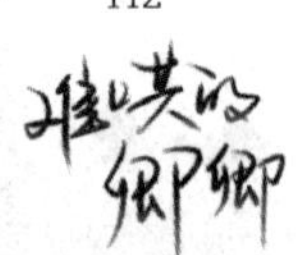

会有什么误会？”

“能有什么误会？阿延的银行卡原本放在你那儿，自从他认识了那个女人，钱就全没了。一百多万呀，那是阿延从小到大的存款。他要不是警察，我都想替他报警了！”

张慧芳想想也是，不免叹息苏卿怎么就是个表里不一的人呢，但又一想，人都是会变的，现在的苏卿会不会改邪归正了？

电话铃声打断了她的思路，她拿起电话一看，竟是老闺蜜徐鸯。

张慧芳接起电话，笑着问道：“哎哟，我们徐大医生今天怎么有空给我打电话了？”

徐鸯在电话那头也笑呵呵地说：“我这不是要去你们滨城了嘛，得提前向领导汇报呀！”

“你怎么突然要来滨城了？再说挂你号的人都排成万里长城了，你们医院肯放人？”

不是张慧芳不欢迎徐鸯，而是徐鸯作为他们医院的镇院之宝，一般人跨市根本请不到，何况还是从北方到南方这么远的距离。

“你们家陆延没跟你说吗？他女朋友不是落了月子病嘛，每个月都要腰疼几天，听说可严重了，三催四请的要我来看看。这也就是你们家陆延，换成别人说什么都不带好使的。”

“哦……”张慧芳已经猜出来是什么情况，“可能是阿延怕我担心，所以没跟我说。对了，你看完了记得跟我说一下，但别告诉阿延。”家丑不可外扬，儿子的前程名声要紧，她得帮兜着。

徐鸯笑道：“你们娘俩感情可真好，哪像我们家那小子……”

老闺蜜开始闲话家常。

两天后，陆延按徐鸯的要求，先带苏卿去医院体检，然后再带苏卿到徐鸯下榻的酒店面诊。

陆延给徐鸯开的是套房，一室一厅。

他们坐在客厅的沙发上，徐鸯帮苏卿把脉。

见徐鸯眉头紧皱，不时叹气，陆延紧张地问道：“徐姨，卿卿的腰疼能治吗？”

徐鸯心疼地看着苏卿，说道：“丫头，当初遭老罪了吧。”然后转头怒视陆延，“你小子怎么当男人的！居然让人家小姑娘一个人坐月子！”

苏卿听出了不对劲儿，转头看陆延。

陆延低着头，愧疚不已，口中念道：“都怪我，都怪我……”

陆延从小就是天之骄子，徐鸯看着他长大，从来没见过他这么卑微，觉得他对这姑娘也是够真心的。徐鸯再看看苏卿，斯文漂亮、白白净净，是个值得疼惜的好姑娘。

徐鸯边开方子边说：“还是你们老陆家祖坟好啊，出了你这么个出息的儿子，现在又多了个这么漂亮的儿媳妇。”

苏卿彻底听明白了，趁医生低头写字，用眼神质问陆延：你都胡说了些什么？

陆延摸摸鼻子，轻轻拍拍她的肩膀，意思是等会儿再说。

苏卿抿唇，在陆延的长辈面前给他留了面子。

徐鸯开好方子后，自信道：“阿延哪，你找我来就对了。你媳妇儿腰疼的问题一下子治不好，得慢慢养着。以后你记住了，别让她着凉，尤其是那几天，你可得伺候好了，不能让她累着，食补也得跟上……”

老中医交代了一大堆，全是跟陆延说的，人家觉得把媳妇儿照顾好是男人的义务。

苏卿害羞低头，心想：这么多细节，陆延能记住吗？

从酒店出来，两人往停车场走。

夜里风大，陆延特意从苏卿的右边走到左边帮她挡风。

苏卿默默地想，看来他记住了。

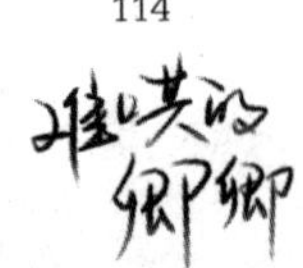

“徐医生怎么会以为我们还在一起？”

“不说是我女朋友，哪能请得动徐姨。”

上车后，苏卿见陆延掐手指，不知道在算什么，刚系好安全带就听他说：“大后天开始，你的一日三餐我来准备。”重点强调，“你上班点奶茶也只能点热的。”

苏卿这才明白陆延刚才在算她那几天特殊日子，小脸一下子就红了：“戏已经演完了，我自己会注意的。”

陆延直视前方，看似专心开车，听到苏卿疏离的话语，眼中却闪过一瞬受伤，但他态度异常坚决：“我说了，这事听我的。”

苏卿叹气，知道他在这种强硬状态的时候，自己拗不过他。

陆延和苏卿走后，徐鸯给张慧芳打电话，先是羡慕不已地夸了一通苏卿：“你儿媳妇儿呀，是真不错，又漂亮又有气质，礼节周到。哎呀，我儿子怎么就没这么好的福气呢。”

“呵呵，是吗。”张慧芳心情复杂。

“就是你儿子太不会照顾人了，人家小姑娘本来就孤苦伶仃的，再怎么闹别扭也不应该在坐月子的时候冷落人家。”

这话张慧芳就不爱听了，但很多细节问题又不好说清楚，只能继续听老闺蜜数落自己儿子，心里不爽也得憋着。

徐鸯批评完陆延后，开始说苏卿腰疼的问题。

徐慧芳这才知道苏卿一个人在国外生孩子多么不容易。

徐鸯还说苏卿腰疼起来的时候就像被人活生生抽骨髓。张慧芳也是当妈的，特别能感同身受。

挂了电话之后，她坐在房间里深思，想着得找个时间去看看苏卿，好好聊聊。

年前是警察特别忙的时候。

之前陆延还能帮着照顾小童，这几天是完全顾不上了。苏卿设计的戒指大卖，后续工作也一堆，小童又放寒假了……

这可乐坏了陆建国和张慧芳，宝贝孙子一连在他们家住了好几天。

刚好这几天又是亲戚串门的日子。

大家得知陆延有个儿子都震惊了，再观察一会儿后，都觉得小童教得真好，不但有礼貌，还会说法语！

陆建国觉得倍儿有面子，宝贝孙子就是天下第一好！

有个亲戚蹲下来，问道："小童啊，你怎么这么可爱呢？"

小童嘻嘻一笑："妈妈教得好！"

陆建国笑不出来了，拄着拐杖走到一旁看窗外。

没有眼力见儿的亲戚还特意跑过来跟陆建国说："孩子妈妈肯定是个很好的人，前女友这么高标准，难怪你们家阿延谁都看不上。"

陆建国烦得握紧拐杖，心想怎么就躲不掉了呢！

不过，孙子这么聪明可爱，那个女人确实是个好妈妈。

张慧芳正跟亲戚们聊天，陆延打来电话了。

"妈，我在出勤，赶不回去，一会儿李维来家里接小童回卿卿那儿。"

张慧芳得知苏卿腰疼的事后，买了好多补品，一直想去送给她，但也找不到好的机会，刚好这次挺合适的，于是说道："别麻烦李维了，我送小童回去吧。"

陆延一听，忙劝道："别别别，李维马上到。这几天家里肯定热闹，您忙活家里的事吧。"

张慧芳知道儿子担心什么，但三言两语肯定说服不了他，于是敷衍了过去。等李维过来了，她又把李维打发走，自己打出租车送孙子去苏卿那儿。

被打发掉的李维把车停在路边，在太阳底下来回走了好几圈，越想

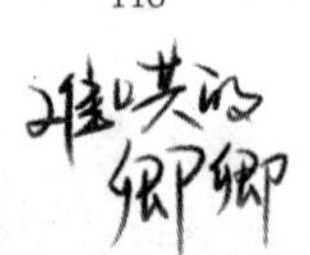

越觉得不妥，给兄弟打了个“风险提示电话”。

李维语气沉重：“喂，陆延，你交给我的任务，我完成不了。”

陆延那边正在跟尸体打交道呢，虽然接了电话，但根本分不出心神，心不在焉地问：“怎么了？”

李维小心翼翼地说：“阿姨亲自送小童去嫂夫人那儿了。”

陆延蹲在地上，认真观察着尸体身上的痕迹，依旧心不在焉地“哦”了声。过了三秒，他猛地站起来，大声问道：“你说什么？！”

听完李维的“汇报”，陆延抹了一把脸，骂了一句。

真是怕什么来什么。

陆延想立刻冲到苏卿家，阻止母亲去见她。

小孟这时跑了过来，说道：“头儿，死者家属和法医都到了。”

陆延深深沉下一口气：“走吧。”

这可是命案，什么都等工作忙完再说吧。

门铃响了，苏卿跑去开门，笑着招呼道：“维哥……”结果门一打开，竟然是陆延的母亲站在门口。

苏卿大脑空白了一瞬。

张慧芳左手牵着孩子，右手拎着一大包东西，微笑道：“陆延和李维都忙，我刚好有空，就送小童回来了。”

“哦……”苏卿呆呆点头，尽量让自己笑得自然些。

见张慧芳没有要走的意思，苏卿站到门侧，说道：“麻烦您了，请进来坐吧。”

张慧芳笑着走进去，跟小童说：“你不是说到家要跟法国的小伙伴们视频嘛，快去吧。”

小童抱了妈妈一下，欢快地跑回房间。

苏卿见张慧芳特意把小孩子支开，心里更忐忑了。她给张慧芳倒了

杯茶，两人坐到沙发上。

张慧芳把带来的补品放到茶几上，说道："徐鸯是我几十年的老朋友了，我听她说了你的身体情况后，就买了些燕窝鱼胶。你别客气，一定要把身体养好了，吃完了跟我说，我再给你买。"

苏卿受宠若惊，但也清楚张慧芳心里对自己其实并没有语言表达的那么亲近："谢谢，让您破费了。陆延已经按照徐医生的嘱咐，帮我准备很多补品了。"

她知道自己现在的笑容一定很僵硬，但是她真的尽力了。张慧芳突然这么客气，不会是为了小童吧？她越想越担心，双手放在身前，紧握在一起，放松不下来。

张慧芳从苏卿嘴里听到了陆延的名字，亲切的笑容清冷了许多。她斟酌片刻，还是问道："你和阿延现在怎么样了？"

苏卿听到这个问题，顿时松了口气，心想：她是冲着陆延来的就好，无论是让自己与陆延断绝来往，还是怎么着都行，只要她们别打小童的主意！

苏卿实话实说："伯母，您别担心，我跟陆延没可能了，我跟他也早就把话说清楚了。现在还有往来，都是为了照顾小童。"

张慧芳了然，没想到竟然真的是自己儿子在一头热，人家苏卿根本没打算复合。

不过这样也好，事情会简单很多。

张慧芳继续微笑道："苏卿，我是这么想的。过去的就让它过去吧，以前不开心的事我们都忘了。现在有了小童，阿延他……"说到儿子，她无奈叹气，"我也管不了他。总之我们的目标是一致的，都是为了小童好。所以我们得和睦相处，小童的童年才会更完整。"

苏卿点头，觉得张慧芳说得对。

那……您没别的意思了吧？

苏卿小心翼翼地看着张慧芳。

她不知道，有陆延在前面当着，陆建国和张慧芳根本不敢多打小童的主意。

张慧芳干脆利落，把重点说完了，就准备走了，尽量不打扰别人。

苏卿一路把人送上车。

张慧芳临上车前说："马上过年了……唉，这年恐怕我和老头子是不能跟孙子一起过了，你和阿延正是拼事业的年纪，平时忙不过来尽管把小童交给我们。"她满眼期望，甚至带着恳求的语气说出这番话。

苏卿点头，明白老太太很重视孙子。

晚上十一点的时候，苏卿都准备睡了，突然接到陆延的电话。

陆延急匆匆地说道："卿卿，我马上过来！有事等我到了一起商量！"电话里还传来"啪"的一声，应该是他用力关车门的声音。

要不是苏卿开着暖气舒舒服服地躺在床上，光听陆延的语气，她会以为自己置身在危难之中。

苏卿搞不清状况。

二十分钟后，陆延到了，比往常他到苏卿家的速度都快。

苏卿一开门他就问："你没事吧？"

♥

第五章

学 区 房

/

妈妈，我喜欢这里，我们买。

陆延风衣上有些雨痕，头发微微凌乱，脸色疲惫，一看就是连续工作了十几个小时。

苏卿看着他说：“我很好，但你看起来比较像有事。”

陆延仔细看她，虽然表面上看不出什么问题，但还是悬着一颗心。

苏卿只穿着一套单薄的丝质睡衣，门外的冷风灌进玄关，她打了个寒战，搓搓胳膊说：“先进来吧。”

陆延像回自己家一样，熟门熟路地把风衣挂起来。

苏卿帮他倒了杯温水，递到他手里，微微一笑，像是在无声地说：工作辛苦了。

陆延吹了一天的冷风，此刻心头一暖，内心开始无比地渴望老婆孩子热炕头的生活。

他想把苏卿抱进怀里，可是苏卿站得有点远，两人之间的距离提醒着他两个人现在的关系。

收起暂时不该有的心思，他直问重点：“我妈来找过你？”

苏卿点头：“嗯。”

“她……说了什么？”

苏卿见他一脸紧张，知道他担心什么，于是笑了笑，温和地说：“我

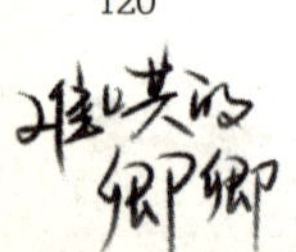

一开始也吓了一跳，不过伯母没有恶意，还给我买了好多补品，让我养好身体。”

陆延见她目光温柔，看来真的没受到委屈，这才稍稍放心。

苏卿继续道：“她来主要是说，别执着于以前不开心的事，以后大家一起照顾好小童，给孩子一个快乐的童年。”

就这？陆延真的没想到母亲和苏卿有朝一日竟然能“和平相处”，这对他来说简直就像天上掉馅饼。

他舒心一笑，以为自己的家庭关系“不劳而获”地得到了突破性进展。殊不知，在苏卿没交代的细节里，他早就被卖了。

陆延年三十要值夜班，所以陆家的年夜饭在中午吃。

年二十九那天，陆建国还是惦记孙子，试图跟陆延商量明天能不能把小童接过来。

陆延一口回绝。

陆建国心酸叹气，儿子什么都好，怎么就婚姻大事搞得这么糟心。

苏卿的公司年三十才放假，年二十九的晚上，她还在跟同事们一起加班，做最后的工作总结。

窗外圆月高挂，家家都贴上了对联，连路灯都换成了灯笼。

可苏卿家里还什么都没准备，打工人哪有时间呀。

想起那天送陆延母亲上车时，对方期盼能多跟孙子相处的眼神；再想想家里还得人扫除、还要准备年夜饭、还要贴对联贴福字……

想到最后，她给陆延打了个电话：“喂，明天我得先收拾收拾家里，你中午带小童去你爸妈那儿过年吧，晚饭之前把他送回来就行。”

这样两全其美，就是辛苦小童得吃两顿年夜饭，不过苏卿想儿子肯定很乐意。

陆延接完电话感动不已，他以为家庭关系在往好的方向发展，也以

为老婆孩子热炕头越来越近了。

年三十的中午，陆延带小童去爷爷奶奶家时，二老简直喜出望外，陆建国更是给孙子包了一个特大号红包。

傍晚陆延把小童送回苏卿家之后，张慧芳对老伴儿说："苏卿想事情还挺周全的。"

陆建国认真看电视，几若未闻，但很轻很轻地"嗯"了声。

傍晚，陆延把小童送到苏卿家。

站在门口等苏卿开门时，他抱着小童，指着对联上的金字，一个字一个字地教儿子读。

苏卿开门时，看起来心情特别好。

她似乎精心打扮过，精致妆容配上一袭红色连衣裙，仿佛是一朵盛开的红玫瑰。

陆延直愣愣地站在门口，看呆了。

五年前的除夕夜，陆延是跟苏卿一起过的。

那年陆延因为父母反对他跟苏卿在一起，跟家里闹得很不愉快。

陆建国更是称："你要是坚持和那个小姑娘在一起，就别回这个家了！"

陆延当时年轻气盛，还真就没回家。

那时候的苏卿才十九岁，从小被娇养长大，什么家务都不会做。过个年从大扫除到做年夜饭，全是陆延下班回来后才开始准备的。

陆延心甘情愿地伺候着小祖宗，小祖宗也不负所望地一直在搞破坏。

陆延扫地，她要他背着自己扫；陆延切水果，她非要叼着果肉喂他吃。

这还让人怎么干活？

那时的陆延也正是男人最龙精虎猛、血气方刚的年纪，这还吃什么年夜饭啊，直接吃人，连骨头都不剩的那种吃法。

现在的陆延回忆起当年的旖旎，仍像一把轻易就能被点着的干柴，

光是想想就浑身燥热。

小童坐在他胳膊上，天真无邪地问道：“爸爸，你耳朵怎么红了？”

苏卿哪知道男人脑袋里都是些什么颜色废料，也一脸天真地问：“是外面太冷了冻得吗？”

陆延假咳两声，掩饰尴尬。

难得卿卿关心他，他刚想回应，就见苏卿一脸关切地看向儿子，伸手把儿子抱走了。

苏卿问儿子：“小童冷不冷啊？”她摸摸儿子的额头和小手，温度正常，再看向儿子的眼睛，用目光询问。

小童可爱地摇摇头：“没有啊，爸爸车里不冷不热的，温度刚刚好！”

于是，母子俩一起看向陆延。

被母子俩纯洁地注视着，陆延有生以来第一次觉得自己思想龌龊。他躲开女人和儿子的视线，指着屋里面说：“门口风大，你们先进去。”

他最后进屋关门，转身一看，客厅被当初的小祖宗布置得像模像样。

墙上贴着红字，挂着中国结，阳台还挂上了红灯笼，过年气氛十足。

陆延欣慰地看着如今一大一小两个祖宗，心中有股温暖的感觉在膨胀。

苏卿抱着儿子回头朝他一笑，灯光照在她金色的耳环上熠熠发光，将她水汪汪的大眼睛衬托得更加明亮。

陆延看得出神，情不自禁地说：“你今天真美。”

苏卿羞涩一笑，放下小童后，指着沙发前已经架好的相机说：“头一次跟小童在家里过年，想拍张照片留念，所以稍稍打扮了一下。”

小童听说要拍照，两眼放光：“妈妈，那我要不要换一身燕尾服？”

“妈妈给你准备了汉服！”苏卿看向儿子时，笑容里加了好几勺糖，明显跟看狗男人时不一样。

“耶！”小童开心地跳到沙发上蹦跶。

蹦着蹦着，他看到墙上的时钟指向六点，好心提醒道：“爸爸，你七点要上班！”

陆延心想：小孩子的记忆力可真好，但其实有时不需要这么好。

他淡淡道：“嗯，是啊。”接着，他看向苏卿，期待她邀请自己一起拍全家福。

他从来没这么渴望过拍照。

苏卿却朝他挥挥手，一脸敬意地说：“辛苦啦，警察叔叔。”

看来她完全没有想跟自己一起过年的意思，甚至连合个照的想法都没有。陆延强撑起笑容，说道：“为人民服务。”

他恋恋不舍地走出她的家门，没听到后面的关门声，心想要不自己主动问问吧。结果他刚一转身，恰好看到苏卿关门。

一声叹息后，警察叔叔收回心神，奔赴岗位。

苏卿跟儿子拍完照后，开始教儿子包饺子。

看着白白嫩嫩的小胖手比饺子大不了多少，妈妈的一颗心都要被儿子萌化了。

苏卿一边捏饺子皮，一边告诉儿子：“过年呀，家家户户都要包饺子……”

小童在帮妈妈和饺子馅儿，听到这里，问道：“那为什么爷爷奶奶家不包饺子？”

“你爸爸家是南方人，南方很多地区过年不吃饺子。但姥姥是北方人，所以我们过年要包饺子。”

小童又问道：“妈妈包饺子也是姥姥教的吗？”

苏卿手上的动作慢下来，想起自己的妈妈，不禁眼眶一酸。她眨眨眼睛，吸吸鼻子，迅速赶走伤感的情绪，大过年的要开心才对！

于是她笑中含泪地跟儿子说：“对呀，妈妈小时候跟姥姥学会了包

饺子，所以现在也要教小童呀。以后小童再教小小童，我们家每个人都要会包饺子哦！”

小童重重点头，像是小男子汉接过了历史传承大任一样。

“妈妈，那姥姥现在在哪儿呢？”

小童以前对隔代长辈没有概念，回国后有了爷爷奶奶，以为自己还能见到传说中的姥姥。

苏卿深思一番，不知该怎么跟儿子说。

“姥姥她……她去了很远很远的地方，继续完成她的梦想。”

“什么梦想？”

“姥姥是个很棒很棒的珠宝设计师，她的代表作是一条红宝石项链，曾经还被放到了博物馆展览呢！她的梦想是创建自己的珠宝品牌，不过在滨城时暂时失败了，但是她没有气馁，一个人去了很远很远的地方，继续努力！”

“哇哦，这就是坚持不懈的精神吗？”

“嗯！”苏卿重重点头，觉得自己真棒，这都能讲成一个励志的故事，但事实上哪有她说的那么美好。

艺术天分高的人，往往没什么商业头脑。

苏焕琴当设计师天赋异禀，但一做生意就赔得底儿朝天。她确实有坚韧不拔的精神，即使钱全赔光了也不肯放弃，找了各种途径贷款继续坚持。直到债务越滚越大，变成了一个她填不上的数字。

最后卓越的设计师无法面对现实，选择了悲剧结局。

至于她刚满十八岁的漂亮女儿往后该怎么办，绝望的人不敢去想，也顾不上了。

万幸的是，孤苦无依的小姑娘，遇到了一个可靠的年轻警察。

小童听完，觉得姥姥很棒，但姥姥一个人好孤单啊！

他又想到了爸爸今晚也要一个人上班，而且听说值夜班整夜都不能

睡觉。他瘪着小嘴，嘴角向下，一副快哭出来的样子。

苏卿有点心慌，明明事实都被自己美化到失真了，怎么儿子还会听哭？她把饺子放到一边，拍拍手上的面粉，捧起儿子的小脸，哄道："小童怎么了？"

小童眼泪在眼眶里打转，低声说道："爸爸也是一个人过年，还不能睡觉，爸爸好惨啊！"他一头扎进妈妈怀里。

苏卿揉着小童的小脑袋，轻声安慰道："不惨不惨，你爸爸很喜欢工作的。"

小童不听，抬起头，目光执着地说："妈妈，我们包好饺子给爸爸送过去吧！"

苏卿完全没想到儿子会提出这种要求，她不想答应，但孩子闹，满是面粉的小手把她的红裙子抓出了好几个白手印。

"妈妈，妈妈！我们去给爸爸送饺子吧！反正晚上也没什么事！"

苏卿敌不过孩子的强烈意愿，无奈答应。

等饺子煮好，她用保暖饭盒装起来。

小童拉着妈妈往前走，边走边说："妈妈，你先不要告诉爸爸，我们等下给他一个惊喜！"

看着儿子对陆延那么好，苏卿酸溜溜地答应："好。"

别人过年看春晚，陆延过年看验尸报告。

之前的命案又多了一些线索，他正在办公室里认真研究。忽然有人敲门，他看看墙上的时钟，现在晚上九点多，心想谁会这个时候来找自己？不在家过年吗？

难道有新案子？那还真是个热闹年。

陆延提起干劲儿，对着资料架的玻璃门简单整理了一下警服，走过去开门。

结果门一打开，门口竟然是个穿着汉服的小不点，手里拿着一束小礼花，“嘭”的一声，彩花迎面散开。

小不点笑出一口小白牙：“爸爸新年快乐！”

小童第一次看到工作中的爸爸，高大威猛的男人身穿警服，简直帅晕了。他“哇”了一声，抱住爸爸大腿：“爸爸好帅呀！”

习惯了孤冷寂寞夜的陆延，哪能想到除夕夜还能有这种惊喜。

他看到儿子就像收到了一份超级大礼包，一把抱起儿子，大笑着在小脸蛋上亲了一口：“你怎么来了？”

苏卿这时从楼梯口徐徐走过来，举起手里的饭盒，说道：“小童非要来给你送饺子。”

陆延知道儿子孝顺，高兴得又亲了一口。

苏卿也很久很久没见过穿警服的陆延了，他英俊硬朗，背挺得笔直，跟这身制服绝配。她静静地看着他，觉得男人跟以前一样，仍是倾尽全力守护世间正义的人。

好吧，敬业的警察叔叔值得一顿热乎饺子。

她决定暂时不吃孩子他爸的醋。

小童说道：“爸爸，我饿了，我们吃饺子吧！”

陆延意外地看看儿子，再看看苏卿：“你们还没吃？”

苏卿还是忍不住酸：“还不是小童怕你饿着，饺子刚煮好就非要吵着给你送过来。”

陆延无比满足地笑了笑，温柔地跟苏卿说：“快进来。”

“一家三口”谁都没想到，竟一起过了个年。

陆延把儿子放到沙发上，先去把办公桌上内容血淋淋的资料放好，以免女人和孩子看到被吓着。

苏卿把饭盒放到茶几上，一共三个饭盒。

她对走过来的陆延说：“你一盒，我和小童一盒，还有一盒是给你

同事们准备的。”

对于一顿能吃五碗饭的刚猛男人来说，这么点饺子本来就不够吃，何况还是他“老婆孩子”亲手包的，他根本不舍得分给别人。于是他独裁道：“他们有外卖，不用给他们分了。”

说曹操，曹操就到。

小孟手里还拿着筷子，嘴上满是油光地走了进来：“头儿，你的老干妈分我点！”

结果他一到门口，猛地刹车，不敢置信地看着队长办公室里的人。

他心想：不是说头儿跟他儿子的妈妈各过各的吗？怎么现在还一起过年了？

这对他来说是个很重要的问题，因为关系到他要如何称呼队长的儿子的妈妈……

他动作僵住，像条呆愣的蜥蜴。

陆延在心里骂了声，心想卿卿亲手包的饺子要保不住了。

果然，小孟眺望着饭盒里的美味，欲拒还迎地问道：“哟，你们吃饺子哪！”

苏卿先让小童跟小孟问好，然后端起一份，笑着递给他：“给你们也带了一份，我和小童包的，尝尝好不好吃。”

小孟无视了老大冷飕飕的眼神，笑着接过热乎乎的饺子：“您包的，肯定好吃！”

陆延收回冷飕飕的眼神，拿起筷子说：“快吃吧，一会儿该凉了。”

小孟见好就收，刚要听令撤退，就见苏卿转头对陆延说：“等会儿，你先带儿子去洗手。”

小孟心想：不用了吧，又不是用手抓着吃，天怪冷的，尤其是老大，除非公事听命于上级，不然谁管得动他？

这帮糙老爷们平时仗着体格好，吃个苹果往身上擦一擦就当洗过了。

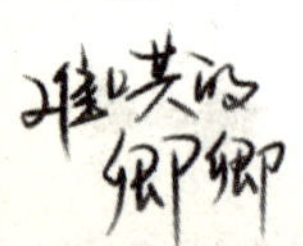

哪知陆延筷子都已经伸出去，马上就要夹到饺子了，听到女人轻轻柔柔的一句话，竟然乖乖放下筷子，抱着儿子去洗手了。

小孟望着老大抱儿子去洗手间的背影，由衷地对苏卿竖起了大拇指：“您说话比公安局局长还好使！”

“啊？”苏卿呆呆眨眼，无法理解这句赞美。

等陆延回来后，苏卿问道：“饭前洗手跟公安局局长有什么关系？是你们内部的什么梗吗？”

陆延当然知道小孟的意思，不由得脸一红：“不用管他，他一向思维跳跃。”

陆队的老婆孩子过年给他送饺子的事，一传十，十传百，很快就成了警队内部的热门话题。

女同志们感叹：警界高岭之草终究还是被人据为私有了。

男同志们激动：听说嫂子巨漂亮呀！

杜局听说后，点了支烟，喜忧参半。

上午，阳光正好。

陆建国和张慧芳在小区花园里散步，迎面遇到邻居，互相招呼道：“新年好！”

别墅区的路跟房子之间还隔着花园，按理说私密性很好，但他们打完招呼，就听见旁边那户人家里传来吵闹声和摔东西声。

陆建国问道：“这家不是前阵子刚结婚的嘛，怎么这么快就闹起来了？”

牵着阿拉斯加的邻居说：“这家男的做风投的，离异带一孩子，娶了个年轻漂亮的老婆。谁知道前两天发现孩子身上全是伤痕，报警一查，竟然是后妈打的！”

陆建国和张慧芳听完十分唏嘘。

陆建国说：“这家女主人我见过，感觉是个挺好的人。”

牵着阿拉斯加的邻居又说：“嗐，这跟人品无关，后妈跟孩子能处好的毕竟是少数。”

阿拉斯加似乎嫌主人聊得太久，径自往前走，主人匆匆跟老两口拜拜后，继续遛狗。

陆建国和张慧芳面面相觑，一时无话，但都想到了同一个问题。

陆建国手机响了，是杜局打来，他一如往常以上位者的姿态接起了电话：“喂，小杜……嗯嗯嗯……”他越听眉头皱得越紧，最后说道，“我知道了，这事……就先搁置吧。”

等老伴儿挂了电话后，张慧芳问道：“怎么了？”

陆建国叹气，没心情散步了，指了指家的方向，意思是让老伴儿跟他回家。

他拄着拐杖，边走边说：“阿延他们局长打来的，说是年三十那晚，苏卿带着孩子去给阿延送饺子，现在警队里都在传阿延这是定下来了。但之前小杜帮阿延介绍的对象，就是那个叫郑薇的医生，还对阿延念念不忘，他问这事该怎么办。”

张慧芳也跟着叹气：“还能怎么办，说得就像没有苏卿，阿延就能愿意接受别人似的。”

老两口一起叹气。

儿子这么多年事业上没让人操一点心，但感情上没一件事是不让人操心的。

到家之前，老两口一路无话，都在借着闹离婚的邻居想自己的家事。

到家之后，陆建国在书房待着也看不下书，于是来到客厅找张慧芳。

他坐在沙发上沉思了好一会儿，最后才像皇上将要特赦罪犯一样，以开恩的心态说：“我觉得吧，苏卿不管过去怎样，始终是小童的亲妈，假如她跟阿延复合，起码我们不用担心她会不会虐待孩子这种问题。

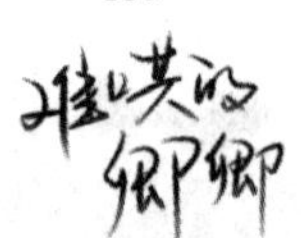

“而且吧，她过年还能想办法讨好阿延，以后应该也会对阿延好的。

“最关键的是，如果是她，阿延肯定愿意定下来，不会一直拖着不肯找对象，所以呢……”

他嫌弃地撇撇嘴，再一叹气，最后妥协般说道：“她要是能一直安分守己、相夫教子，我也不是不可以考虑一下让不让她进家门这个问题。”

陆建国觉得自己说完这番十分宽宏大量的话，应该得到感激涕零的赞同。

结果，老伴儿竟冷哼一声：“你以为阿延不想跟苏卿复合？”

陆建国当然知道儿子的想法，儿子不早就被苏卿迷得神魂颠倒了。这要不是自己一直坐镇持反对意见，老陆家的这块唐僧肉早就被妖精叼走了！

张慧芳跟老伴儿过了几十年，看到他一脸骄傲的表情，就能猜到他在想什么。她忍不住翻了个白眼：“现在是你儿子苦苦哀求想要复合，但人家苏卿在保持距离，不肯同意。”

“什么？”陆建国惊了，“当年不是苏卿死缠着阿延吗？”

张慧芳心里也难受：“现在是你儿子一头热，死缠着人家。”

陆建国气得直敲拐杖，心想陆延这个没出息的东西！怎么为了个女人越活越窝囊了！但毕竟是自己的优秀儿子，他舍不得说，只能重重叹气。

张慧芳也愁这个事，现在对儿子和孙子来说，最好的生活就是他们“一家三口”过下去，可人家苏卿都明确说过没可能了。陆延虽然工作出类拔萃，但在处理家庭和感情的问题上也不是个灵活的人。

现在该怎么办？

张慧芳跟老伴儿商量：“我们得想办法帮帮孩子们。”

陆建国想了想，慢慢点头：“嗯。”

过完年，苏卿复工。

年前她设计的对戒大卖，罗晶开工后给她发了巨额奖金。

她打开工资条一看，足足有十万！

坐她旁边的年轻同事羡慕地问道："你打算怎么花这笔钱？"要是自己的话，应该会出国玩一圈，或者买个名牌包包！

苏卿看着工资条上的数字，美滋滋地说："先给儿子买个礼物，剩下的存起来！"

年轻同事说："嗐！你们当了妈妈的人，怎么都不为自己考虑考虑。"

中年同事一副看透人世间的表情："你不知道，孩子就是吞金兽，有大把大把要花钱的地方呢。"

苏卿深有同感地点点头。

她给小童选的幼儿园是家附近最好的，每个月学费要两万，光是这笔钱就耗尽了她大部分的工资，所以回国这么久，她都几乎没有存款。现在靠这笔奖金，她终于能有点应急钱了。于是她工作动力大增，放好工资条后，准备埋头苦干。

她还要赚更多的小钱钱！还要给儿子更好的生活！

又过几天，幼儿园也开学了。

新学期第一天，苏卿送孩子上学，有个同班的家长刚好也在南区上班，两人结伴而行，聊了一路。

同学家长说："孩子们快要上学前班了，我跟孩子他爸最近愁得头都秃了。"

苏卿问道："为什么？"

"全市最好的小学是南区的滨城小学，那里从小学部到初中部，再到高中部，一应俱全。听说能考进滨小重点班的学生，后来大部分都能考进同校初中和高中的重点班，能进高中重点班就约等于考上北大清华了。甚至有的特别优秀的孩子高考都免了，清华北大直接过来抢人。"

顿了顿，同学家长一脸羡慕地说："能去滨小读书的孩子，那真是

赢在起跑线上了。”

苏卿一听，立马心动！

“可是呀，现在的学位都是按学区分配的。滨小附近的学区房均价最低的都要十五万，我们普通工薪阶层哪里买得起。”

苏卿问道：“不能租吗？”不是说租售同权吗？

同学家长摇摇头：“说是这么说，但是那边的学位单拎出来卖，价格都在一百万以上，哪能轮得到租的房子。

“谁都不甘心自己的宝贝一出生就低人一等，所以我跟孩子他爸打算把现在的房子卖了，去滨小附近买一套。就怕北区房子的抵押全款，都凑不够南区的首付。”

苏卿完全能理解这位家长的心情，因为她也想卖房子了！她回国就是为了能让小童有良好的基础教育，如今大门就在眼前，她怎么可能不使劲冲。

很快，评估机构的人就来到苏卿家看房子。

小童看着陌生人在自己家进进出出、评头论足，虽然他什么都不懂，但是心里莫名难受。

陆延接孩子的时候，见小童耷拉着脑袋闷闷不乐，于是问道：“你怎么了？”

小童抬起小脸，委屈巴巴地说：“妈妈要卖房子。”

陆延震惊地停下脚步：“为什么？”

小童也不理解， 脸快哭出来的样子：“她说滨小最好，可是……”他指了指不远处的小学，“北小也不错呀，墙上的画也很好看呢。”

小孩子对小学的评判标准跟大人不同。

陆延心想自己都听到了什么？南区、滨小、卖房子……

苏卿是脑子进水了吗？

在苏卿家吃晚饭时，陆延说道：“一会儿你们跟我去个地方。”

苏卿一边给儿子夹菜，一边问："这都晚上了，要去哪儿啊？"

"听说你要卖房子，带你去看看房子。"

苏卿刚好平时没什么时间看房子，马上答应："好！"

陆延开车来到滨城一号。

苏卿看到小区大门，开始忐忑：这里的房子可是全城最贵，陆延是脑子进水了吗？居然带我来看这里的房子。

小童趴着车窗往外看："哇哦，妈妈这里好漂亮啊！"

苏卿摸摸他的小脑袋瓜，心想世上最心酸的事，大概就是孩子喜欢的，但父母负担不起。

下车后，陆延领着小童，熟门熟路地来到高层的大平层。

苏卿跟在后面，看他按指纹开锁，越过玄关。

她正纳闷他怎么开的锁，不经意间抬眸一看，整面落地窗朝着大海，滨城最繁华的夜景映入眼帘。

小童兴奋地跑到落地窗前，指着外面回头说："妈妈，你看那里还有摩天轮！"

陆延看着儿子，眼带笑意，转头问苏卿："还满意你所看到的吗？"

苏卿握紧背包肩带，心想：陆延怎么突然变了，他这是在为难我吗？

"你觉得我买得起这里吗？"

陆延定睛看了她一会儿，心里判断：看来脑子进水的人体征上跟平时没什么不一样，但表面还是平平淡淡地说道："先别想那么多，我带你们参观参观。"

三百多平方米的四房两厅，甚至还有一间专门的武器模型房。

苏卿看到武器模型房的时候，察觉到了重点，这房子的主人怎么跟陆延一个喜好？她狐疑地看向陆延。

陆延朝她笑了笑，领着儿子带着她来到主卧，然后从柜子里拿出一

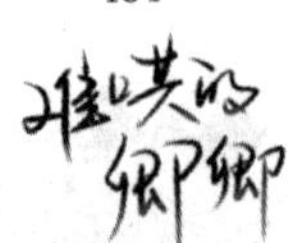

个红本本，递到她手上。

苏卿猜得八九不离十，打开一看，果然户主是陆延。

“现在的人民警察收入这么高吗？”苏卿满眼担忧地看着陆延，担心他是不是走了歪路。

陆延被她逗笑了：“这是我爷爷留下来的。”

陆延父母退休前从政，现在住的别墅是他们退休后单位分的。但陆延的爷爷辈是经商的，虽说不是豪门世家，但在改革开放之初就在滨城买下了几栋楼。

那时候南区的地贱如牛毛，但现在的南区被称为：你出生的时候有就有，没有的话这辈子再怎么努力也不会有。

不过陆延这些深层次的家世细节，苏卿一直都不知道。她十八九岁的时候，觉得能跟陆延在一起就是最最幸福的事，其他的根本不关心，回国后，她也压根没想过要依靠陆延什么。

小童听不懂大人在说什么，跑过来扑进妈妈怀里：“妈妈，我们卖房子吧！我喜欢这里！我们买！”

嚯，这口气！

陆延抱起儿子，笑着说：“妈妈不用卖房子，这是爸爸的房子，你们直接搬过来住就行。”

陆延打的什么主意？

除了儿子的教育，当然还为了近水楼台先得月。要是能跟卿卿朝夕相对，即使没有名分，也算有半个夫妻之实。假以时日，定能水滴石穿！

他小算盘打得可好了，不仅要做卿卿睁开眼睛看到的第一个男人，也要做她睡前最后一个看到的男人。从含情脉脉的眼神，到情到浓时的深吻，他通通计划好了。

可是——

“不行。”苏卿当头泼下一盆冷水。

“为什么！”陆延美梦破碎。

苏卿说得很直接：“那我们跟同居有什么分别？”

陆延心想：我就是想跟你同居！

不过他还有第二招：激将法。

“那把儿子挪到我户口本上？这样你们不用搬过来，他也可以上滨小，就是上下学的路程太折腾，如果赶上高峰期，单程就要一个多小时。我们大人能坚持住，但太辛苦孩子了。”陆延说得那叫一个苦口婆心，十几年劝人从良的功夫底子全拿出来了。

不过他的重点是孩子辛苦，苏卿听到的却是另一个——儿子挪他户口本上。

那怎么能行！

苏卿一听，惊得连忙从陆延怀里抢过儿子，抱到自己怀里，更加坚决道：“不行！不行！”

什么户口不户口的，小孩子不懂。小童只觉得妈妈的胳膊太细了，抱得也不如爸爸粗壮的胳膊稳，于是伸手，撒娇道：“要爸爸抱。”

陆延笑着把儿子接过来。

苏卿都快哭了，自己养大的宝贝儿子，长得像他爸就算了，跟他爸还比跟自己亲！

陆延见她噘着小嘴，委屈巴巴的样子，心中不忍，把儿子放到地上，下巴往门外一扬：“你自己玩会儿去。”

小童笑着点点头，花蝴蝶似的飞走了。

陆延走近一步，温热的大手轻轻握住苏卿圆润的双肩，是他熟悉的手感，让他的语气都变得异常温柔：“你别想太多，我没有别的心思……就是希望儿子能生活得更好一点。”这后半句倒是真的。

半真半假的话，让苏卿信以为真，以为男人对自己真的没有非分之想，一切只是为了儿子。

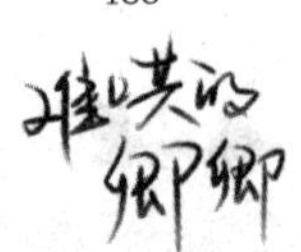

她轻轻抬眸，水汪汪的大眼睛晃得男人心尖发颤。

陆延克制着各种冲动，真诚道：“你妈妈就给你留下那一套房子，那是你从小长大的地方。虽说抵押不是直接卖房子，但万一日后有什么风险呢。那房子要是没了，你绝对会后悔的。”

这番话真正说到了苏卿的心坎上。她细白的手在胸前握紧，纠结矛盾不已。

陆延看她手指捏得关节发白，真恨不能握住她的手。

可没想到苏卿深思熟虑之后，竟将他推开：“还是不行。”

说好了要断干净的，苏卿理智犹在。

“你的好意我心领了。你是孩子他爸，小童的学位问题就交给你了。至于上下学的问题，我趁他还没上学之前攒钱买车，到时候开车送他，儿子就没那么辛苦了。”

陆延心想：那不还是要你起早贪黑，你就宁愿吃苦都不愿意跟我一起住？

男人心里冒出一股火，可对着气人的小女人只能憋着。

两人僵持不下。

落地窗外的摩天轮像在盯着他们，让气氛更加凝固。

可女人愿意吃苦，爱她的男人却舍不得让她吃苦。

陆延妥协道：“那不如我们换房子住吧。”

苏卿眼睛里打了个问号：怎么换？

“你跟儿子搬过来，这样你们上班上学都方便。我去你那儿住，你的房子也不用抵押了，我有车也方便。”

听起来是个两全其美的办法，苏卿开始考虑。

“花蝴蝶”又飞了进来，像沾染了一身蜜似的扑进妈妈怀里：“妈妈，爸爸的厨房好大呀！以后你可以给我做大蛋糕啦！”小童双手比画了一个大大的圆形。

苏卿越发动摇。

陆延加码劝道："换吧，我想我儿子能住得好点，你不能只考虑你自己。"

苏卿抬头看他，眼神如无辜小鹿，感觉自己不听话就很自私。

陆延见差不多了，轻拍她肩，替她决定道："就这么定了。今晚你们就在这儿住下，我去楼下超市给你们买些生活用品，明天我去办小童转园的事。"

陆队长拿出了雷厉风行的办事劲头，配上儿子的欢呼声，苏卿一脸茫然，只剩下点头答应的份儿。

第二天上午，苏卿收到陆延的微信。

【这个学期的学费交完了。你下班去接孩子的时候把北区的转园手续办好，明天我送你们去新幼儿园。】

他接着发来一个幼儿园的微信公众号，苏卿点开一看，竟然是南区机关幼儿园。

他是怎么在全市幼儿园招生结束之后，还能把儿子塞进这种一个萝卜一个坑的地方的?

这事苏卿还没想明白呢，陆延又发来一条信息。

【搬家公司联系好了。晚上我去你那儿帮你们收拾东西，明天你正常上班，剩下的我来安排。】

苏卿呆呆地看着手机，他办事太快也太周全了，她轻松得简直比叫外卖还容易。这种感觉她很熟悉，以前跟这个男人在一起的时候就是这样，什么事都不用她操心。

但这种舒服会让她感到恐惧，她以前也是这样被他一步步驯化的，但当她不得不离开他时，天知道她过得多艰难。

苏卿心里不安极了，一个劲儿地对自己说：千万不能习惯了他的好。

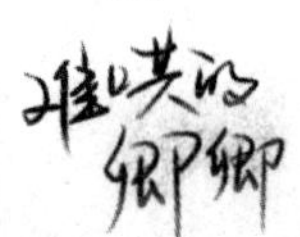

晚上给小童办转园手续时，苏卿又遇到了之前一起坐过地铁的小美妈妈。

小美妈妈听说小童要转到南区机关幼儿园的时候，震惊了：“你给孩子搞到南区的学位了？”

苏卿惭愧低头：“孩子的爸爸住在南区，地点刚好在滨小的招生范围内。”

小美妈妈察觉不到苏卿的异样情绪，满脑子都被“滨小学位”占据，不自觉地握紧了苏卿的手，眼中的羡慕快要溢出来。

苏卿心想：全靠陆延，不然自己的心情也会像小美妈妈一样焦虑吧。

回到家后，陆延刚好到了，还带了搬家用的各种箱子工具。

到了新家后，苏卿很拘谨，小童却十分自来熟地往沙发上一瘫，打开电视继续看动画片。

陆延笑着摸摸他的小脑袋瓜，心想：真不愧是我儿子。

苏卿看看时间，快十点了，儿子该准备睡了，于是拉起装小童衣服的行李箱，准备先把儿子的东西放好。

陆延马上过来要帮忙。

苏卿退后一步，摇摇头：“你歇会儿吧，这个又不赶时间，我自己来就行。”

陆延伸出的手顿住，无处安放地收回，想了想，说道：“那我也去收拾我的行李。”

苏卿总有一种自己把房子主人赶出家门的感觉，心里莫名内疚。

过了一会儿，陆延拉着一个中号的行李箱出来。

苏卿问道：“你就这么点东西？”

陆延看看自己的行李箱，不在意地说：“男人哪有那么多东西，带几件换洗的便服和警服就够了。对了，我剩下的衣服和生活用品，你放

到一边就行，等有空我再来收拾。”

“好。”苏卿嘴上答应着，心里却在想：等我涨工资了在附近再租一套房子自住。

滨城一号附近的交通十分便利，苏卿送小童上幼儿园只需步行十分钟。

幼儿园门口就有地铁，到公司连十分钟都用不上，并且这个区域坐地铁的人少，上车一点都不挤，还有座位。

苏卿的生活便利了很多，小童也凭借着花里胡哨的口才和异常发达的运动细胞，迅速在小朋友界收获了超高人气。

苦的是陆延。

杜局的升迁调令已经正式下发，局长的位置空出来，陆延是最被看好的人选。

本来刑警队长的工作就忙，现在他不仅要做好本职工作，还要接手局长的部分工作。

从市局到苏卿北区的老房子要途经滨城最容易大塞车的路段，要是赶上高峰期，至少要塞一个小时。

陆延有时候实在忙不过来，就直接在办公室里睡一宿。但睡觉容易洗澡难，为了节省时间，他有时候会去父母那儿住一宿。

他十八岁就从家里搬出去单独住了，这一回来，陆建国和张慧芳都感觉到了不对劲儿。他们问过之后才得知陆延和苏卿换了房子住。孙子能住得舒服点，他们当然乐意，但委屈了儿子，他们就想不明白了。

陆建国问道：“苏卿不知道你要升职吗？这个时候还耽误你工作，她安的什么心？”

陆延实在是不想跟父母说太多关于苏卿的事，但又不能让他们继续误会，只好耐着性子解释：“是我提出来要换房子住的，苏卿对我的工

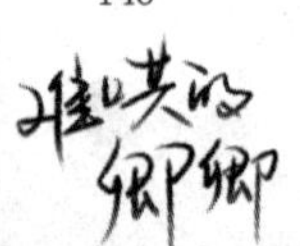

作情况一无所知，只知道我最近比较忙。我没什么时间帮她照顾孩子，她还很懂事地跟我说别太辛苦了。”

陆建国无语，想了又想，作为在官场待了一辈子的过来人，只能嘱咐道：“你这一步很关键，千万别有什么差错。”

“嗯，我知道了。”工作上的陆延稳重可靠，让人很放心。

陆建国没再多说什么，拄着拐杖回了书房。

父亲说话办事直来直去，难对付的其实是母亲。

张慧芳坐近一步问道：“你和苏卿怎么样了？”

陆延头疼，真的不想跟父母说关于自己感情上的事。

张慧芳见儿子又露出这种敷衍的表情，马上说道：“妈妈是想帮你！”

陆延不知道母亲所说的帮是指帮什么，但以前闹得那么凶，父母都没接受苏卿，他不觉得现在能轻易地改变情况。

“妈，你跟爸只要不反对，对我来说就是最大的帮助了。其他的也不用你们操心，我自己能搞定。”

避免母亲继续唠叨，他站起来，指着厨房说：“我去弄点吃的。”

张慧芳看着儿子拒绝沟通的背影，无奈地叹气。她想以儿子刚直的性格，对女孩子好也不会告诉人家，这怎么让苏卿回心转意？她当妈的，得帮帮儿子。

于是，她给苏卿打了个电话。

“喂，苏卿啊，是这样的，阿延可能要升迁了，现在正是拼工作的关键时候。”

陆延在厨房里煮了碗面，端着面碗边吃边往外走时，听到母亲正在打电话。

“苏卿啊，你要知道阿延对你是真的好，不然也不会在当初刚认识你的时候，就为你花了一百多万……”

陆延正吃着面，听到这句话差点呛到，这种陈年旧事他都快忘了，

母亲怎么还记得。

他碗都来不及放，端着走到沙发边上，连忙按下母亲的电话：“妈！你跟卿卿瞎说些什么呢，她根本就不知道这事。”

张慧芳看着手机上“已挂断”的红色提示，无法理解儿子：“你给她花了一百多万，她居然都不知道？”

陆延把面碗往茶几上一放，脸色很严肃地说：“妈，我再说最后一次，那笔钱是被我花了。请你们不要再找苏卿了，她当年才十八岁，什么都不懂，现在也就一心想照顾好小童，她没有坏心眼。你们要是有什么不高兴的就冲我来，别为难她。”

张慧芳感觉昨日重现了，当年苏卿也是阿延心头上的一根刺，碰不得、提不得，生怕别人伤着她一分一毫。这么多年过去了，竟一点没变。

张慧芳知道这事谈不下去了，只能最后为自己辩解道：“我还不是为了你好！”

客厅只剩陆延一个人，他最近本来工作忙又没休息好，怎么都没想到回父母家睡个觉还能踩雷。

电话响了，他拿起一看，是苏卿。

他叹了口气接起，电话那头是苏卿柔柔弱弱、带着哭腔的声音：“陆延，伯母说的一百万是怎么回事？”

陆延压下心中的糟乱，尽量温柔地说：“没事，我妈搞错了，你别当回事。”

苏卿怎么可能会信：“你就告诉我吧……”

陆延头疼：“这事跟你没关系，早点睡。”

苏卿听出了他声音的疲惫，看看手机上的时间，想着找个合适机会再问清楚。

第二天，陆延上班后，张慧芳将昨晚的事告诉了陆建国：“我昨天跟苏卿提到那一百万的时候，她好像真的什么都不知道。”

陆建国气得直哼哼："她装的吧，阿延又不是第一个被她骗得团团转的男人。"

张慧芳想了想，觉得自己亲眼见过的苏卿不像是那种人，说道："你说，这中间会不会有什么误会？"

"能有什么误会？当初的调查报告上面写得清清楚楚，她就是一个赌徒的女儿，从小就学坏了，到处骗男人钱。可惜的是我们家阿延，人长得高高大大的，却没什么感情经历，遇到这种表面单纯的女孩子，对方说什么他都信。"

张慧芳觉得眼见为实，苏卿要真是那么会演，还当什么珠宝设计师，所以她越发觉得是当初的调查报告出了问题。

陆延难得有天能按时下班，他跟苏卿约好晚上他来做饭。

正当他在厨房里忙活时，苏卿进来了。

一开始他没当回事，以为苏卿进来拿东西，直到听到后面传来锁门的声音。他回头一看，小女人抿紧唇盯着自己，一脸不达目的誓不罢休的神情。

他呵呵一笑，一边继续炒菜，一边问道："怎么，你还想对我作案？"盖好盖子，调到小火，他转过身，双手摊开，"来吧，下手，别客气，我扛得住。"

苏卿被他说得像个女色魔，不禁脸上一红，垂在身侧的纤手握拳，正色道："我跟你说正经的呢！"

陆延预感不妙。

果然，苏卿问道："你告诉我，那一百万到底怎么回事？"

陆延还是那句："跟你没关系。"

苏卿大眼睛盯住他，满眼的不相信。

陆延的父母不是会乱说话的人。

苏卿母亲当年的债务问题，最后解决得莫名其妙。苏卿当时年纪小，什么都不懂，陆延说什么，她就信什么。如今旧事重提，她仔细一想，才发现很多事都不对劲。

陆延看看身高只到自己胸口的小女人，再看看被锁上的门，忍不住笑了："你是觉得你挡得住我，还是门能锁住我？"

他走近两步，双腕贴在一起，伸到她面前，教唆苏卿犯罪："要不把我绑起来，我手铐就在后腰上，你自己拿。"他成功看到苏卿气鼓鼓地样子，反而越开心，"袭击我的机会可不常有，你快点！"

苏卿被他催促的语气臊得不像话，越想越觉得自己锁门的行为很傻。她气得推开他假装要被逮捕的手："你不要再扯开话题了！你还当我是十八岁小孩吗？"

陆延收手，心想：你要还是十八该多好，那时候多好忽悠。

苏卿眼中的坚持毫不退减，看来她今天是真的不问出个所以然来不会罢休。

陆延叹气，只好交代："你妈妈当年有有很多非法贷款，超过法律规定的部分是真的可以免除，但是本金还是要还的。北区的老房子当时还在你妈妈名下，不把钱还上房子就要被收走，那你怎么办？"

苏卿当时没钱没学校，房子要是再被收走了，她连个住的地方都没有，所以陆延拿出自己的存款补上欠款，帮着苏卿把所有的手续事情全部办完。

回想起当时的艰难，苏卿又不免眼里泛出了水汽，忍着哭腔问道："那你为什么不告诉我？"

这回陆延是为难地笑了："我当时虽然一直推开你，但已经对你动了心。我要是前脚帮你还完钱，后脚就要了你，那你成什么了？钱而已，对我来说不重要，只要你好好的就行了。"

苏卿还是忍不住哭了："你该告诉我的，我要是知道自己欠你那么

多钱，很多事就不会那么任性了。”

可能也不会一走了之。

陆延捧住她的小脸，粗糙的大手在她细滑的脸上乱抹，帮她擦干泪痕，说道：“你不欠我什么。你那时候是我女朋友，我给你花钱是应该的。”

苏卿哭着摇头：“那是两码事，不是这么算的。”

她的眼泪擦不完，一直往下掉，陆延拿女人哭毫无办法，想要快点让这事翻篇，既然她要算，那就跟她算清楚。

“那你想怎么算？我给你花了一百万，那你给我的呢。你的初恋、初吻不是都给了我嘛，钱可以再挣，你的青春我怎么还给你？”

苏卿没想到他提这个，红着脸反驳：“我又不是要跟你说这个。”

陆延作为男人，有他的坚持：“你是女人，你可以说你是心甘情愿的。我是男人，我心里能没数吗？”

男人要是不在乎女人的青春，那确实挺无耻的。

但苏卿搞不明白，话题这么就扯到这儿了，明明在说钱的问题。

陆延看她六神无主的小模样，感觉差不多了：“苏卿，我不跟你算过往，你也别跟我算钱。咱们俩之间算不清的，这辈子就这样了。”

“怎么会算不清呢？”苏卿低着头，声音依旧柔柔弱弱，但隐隐有一股倔强，“女人的青春还不了，男人的不也是，你的各种第一次又何尝不是给了我。”

苏卿抬头，眼神清润：“陆延，谢谢你帮过我，那一百万我会攒钱还你的。”说完不给陆延继续反驳的机会，转身开锁，离开厨房。

陆延心想：谁要跟你算清楚，若不互相亏欠，如何来日方长。

人和人之间就是要有解不开的死结，才能一辈子绑在一起。

他无奈地靠在墙上，彻底后悔当初放她走。是他亲手解开了这个结，现在再想绑住她，难了。

苏卿回到卧室，点开手机银行，开始算自己的收入支出。

之前公司发的十万奖金，她给小童买玩具和一些生活开销用了将近一万；这个月开始，小童的幼儿园费不用她交了，省下两万；但滨城一号附近的超市相对北区贵一点，每个月的餐饮支出要增加两到三千。最后算下来，现在账上十二万，她每个月可以攒下两万，如果收入稳定，那么只要四到五年就可以还清陆延这笔钱了！

虽然数字看起来很大，但好像也不需要还很久。

苏卿站在主卧的角落里，虽然她搬了进来，但总觉得受之有愧，住得一点也不踏实。哪怕在四下无人的时候她也很拘谨，总觉得这里是别人家。

她想好一切后，看着通讯录里陆延母亲的号码，鼓起勇气拨了过去："伯母，您好，我是苏卿。陆延那一百万，确实是给我花了……"解释清楚来龙去脉之后，苏卿十分郑重地保证，"伯母，钱我一定会还的！我大概攒四五年就可以还完了！"

张慧芳听完，意识到自己给儿子帮了倒忙，内疚得不得了："苏卿啊，你们年轻人的事，我们不该插手太多的。那钱是陆延的存款，不归我管。因为当年他的卡放我这儿，所以他用了这笔钱我才会知道，总之……唉，陆延对你的心意，你还不知道吗？"

陆延的心意？

苏卿想起了当初分手之前，陆延冷落她很久。她故意在他快下班的时间收拾行李，想让他劝自己留下。结果陆延看着她拉行李箱要走，毫无反应。

甚至她置诸死地激将道："我们分手吧。"

他也只是无所谓地回了句："好。"

所以，当初虽然是苏卿提的分手，但她觉得是她帮陆延提出来的，所以她一直觉得自己才是被甩的那个。

苏卿收起回忆，很冷静地说："伯母，我和陆延早就结束了，这次

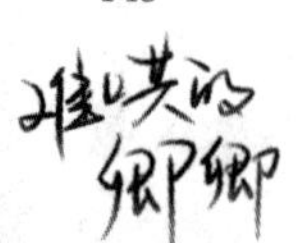

回来重遇也是意外。您不必再担心我缠……不必担心太多的。”尴尬的话还是一笔带过吧。

张慧芳想吐血，心想：现在哪还担心你会不会缠着阿延，现在是生怕阿延追不回你。年轻人谈恋爱怎么这么费劲哟，像以前都是介绍对象，两人见一面没啥问题就成了多好。

挂了电话后，张慧芳到书房找老伴儿，说道：“原来我们真的误会苏卿了。”

陆建国听完来龙去脉之后，脸上是一万个没想到：“不可能啊，当初的调查报告可是馨馨的背调公司查的，怎么会出错？”

“谁知道呢。”张慧芳越想越不对劲儿，“我们要不要再找一家公司查查？”

陆建国摇头：“馨馨开的背调公司在业界数一数二，要是她查不明白，其他地方更查不明白。

“或许一百万这事我们误会了苏卿，但还有其他事呢？苏卿和馨馨之间，难道还能信苏卿不信馨馨？”

“馨馨可是这拨孩子里最懂事的一个！可惜呀，阿延没这个福气。”想起陆延和曲馨，张慧芳也是接连叹气。

第六章

非 正 式 同 居

/

渣男才动不动就把爱不爱的挂在嘴边，
我们好男人都是用行动来表示的。

滨城一号。

“一家三口”吃完晚饭后，苏卿在小童房间里教儿子做学前班的数学题，陆延负责收拾桌子洗碗。

苏卿从小童房间出来后，看到陆延在沙发上睡着了，得知最近是他事业晋升的关键时期，工作本来就忙得不可开交，自己还鸠占鹊巢，心里愧疚得不得了。她找了一条毛毯，轻轻盖到陆延身上。

陆延觉轻，马上就醒了，睁开蒙胧的双眼，问道：“现在几点了？”

他以为自己睡了很久，手上还有很多事情没处理完。

苏卿温柔地说：“没多久，你刚睡着，再睡一会儿吧。”

陆延看了眼手机：“不了，我先回去了。”到北区的房子洗完澡睡觉又得到凌晨，他明天五点就得起来，省里有人来考察，他得提前做好准备。

他套上外套准备离开，苏卿却在身后拉住他的衣角，结结巴巴地说：“要不……你搬回来住吧。”

陆延转回身，看着之前死不肯同居的苏卿，眼神有一丝失望：“就因为钱？”

“不是。”苏卿也搞不懂两人的关系怎么就莫名尴尬起来，“我之

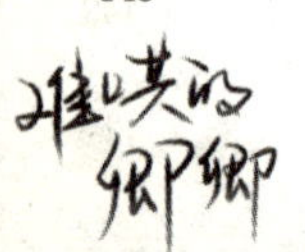

前不知道你的工作情况，现在知道了，不想给你添麻烦。”

陆延见她眼神怯懦，像个犯错的小孩，心想她何错之有。从她妈妈负债自杀，到为了儿子回国，她才是一直默默付出、一直默默承受伤害的人。他该保护好她的，但他没做好。

“苏卿，有没有一点点，你是因为想我了，才让我搬回来呢？”他的目光一往情深。

苏卿忽然很想问他，既然真这么深情，当初她提分手，为何连一句挽留都没有。但又一想，问清楚了又能怎么样，即使听到合理的解释，过去的事也无法释怀，现在的情况也不会改变，只会让两人的关系更加暧昧。

于是，她放开了他的衣角。

这次，换她放手。

陆延看着她的动作，心痛到无力。

两人的关系似乎到了一个瓶颈期，僵持不下。

陆延最近又忙得不可开交，所以他在考虑是不是该缓一缓，等过段时间再理清他们的关系。

这时，苏卿微信提示音响了，她拿出手机看。

两人距离很近，陆延又高，能直接看到她手机上的内容。

只见那个头像骚气十足的男模特发来一条信息：【卿卿，你喜欢什么味道的香氛，我让酒店提前准备。】

陆延奓毛了，声音拔高：“那个男模特怎么还在纠缠你，他凭什么管你叫卿卿！”卿卿可是陆延对苏卿的专属称呼，别的男人也配？他呸！

“还有酒店是怎么回事？”陆延像个捉奸的丈夫，一一质问道。

苏卿被他连环炮似的问题问蒙了，一下子不知该先回答哪个。她看看手机再看看陆延，决定先处理工作，转身背对陆延回复霍希，以免陆延更奓毛。

可她这一举动反倒让陆延更加生气，疑惑着她跟那个男模特有什么事是不能让自己知道的？

苏卿在手机上飞速按出：【谢谢，不必麻烦，我出差会自己做好准备的。】

她把手机重新揣回兜里，再转身跟陆延解释。可当她看到陆延像灌了一瓶百年老陈醋的丈夫，又觉得没有必要跟他解释什么。

她反问道："你那么激动干吗？"

陆延一脸"这还用问"的表情。

苏卿眸光暗淡，十分理智地说："陆延，我们分手很久了，我也早就跟你说过我们不可能了。以后我们都会有各自的新伴侣，希望你能早日调整好心态。"

陆延的心像是被苏卿亲手扔到一堆冰块里。

尽管自从苏卿回来后，她一直在说没可能，但陆延能感觉到她对自己还有感情，所以始终觉得她迟早会回到自己身边，可她今天却说各自迟早会有新伴侣。

陆延的长腿不受控地往前迈进，浑身肌肉紧绷，蓄势待发。他脑海里预演着将苏卿按在墙上做一些过分的事，他想提醒她，他们曾经有多亲密，别人根本替代不了自己……

苏卿却在感觉到熟悉的男人欲念膨胀的气息后，紧张地往后退。

男人都是越被反抗越兴奋，苏卿的退后只会让陆延更想抓住她，恨不得绑住她，把她牢牢地拴在自己身边。可当他看到苏卿强自镇定的眼神中流露出一丝恐惧时，他顿住了。

那不该是她看自己的眼神，自己应该是保护她的人。

陆延急刹住脚步，喉结滚动，咬紧牙关，死死盯着苏卿。

苏卿低头，下意识地将双手握于胸前，这是一个自我防备的动作。陆延近在眼前，若是他真的冲动起来，苏卿根本无从抵抗。她开始反思

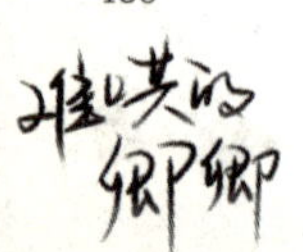

自己刚刚说的话是不是很过分？可她说的明明都是事实。

正当她脑袋里一片混乱的时候，陆延转身走了，什么都没说。

霍希跟臻馥的联名设计款已经做好样品，按流程该拍广告大片了，但霍希这几天在外地拍杂志，为了赶进度，罗晶安排该项目团队的人全部去霍希所在地进行广告拍摄。

下午两点，苏卿跟同事们一起下飞机。

从机场到酒店的路上，苏卿一直在刷手机。

陆延平时接送孩子，都会给她发条微信报备一声，一般都是简短的文字，今天却一个字都没发，而是只在早上发来了一张小童走进幼儿园的照片。

苏卿心想：他这是什么意思？拉不下脸主动跟自己说话，却拿儿子当诱饵，让自己主动去跟他搭话？

这招放五年前，苏卿就上钩了。

现在，没门！

还当自己是以前那个即使被他冷暴力，还在想如何讨好他的傻子吗？

罗晶见苏卿看着小童的照片，感叹道："这当了妈妈的人啊，心里就只有儿子了。"

苏卿心虚地笑了笑，心想：对呀，我该想宝贝儿子的，我想他干吗？

陆延开完会回到办公室，先看了下微信有没有新消息。

当然有，全是工作上的。

某个气人冠军也不知道是没看到自己发的儿子照片，还是故意不回。

会不会是航班延误了？

陆延马上查了苏卿的航班信息，更气了，接着给儿子发了条微信：【关心一下你妈。】

他随后又补充一条：【别说是我让的。】

不一会儿之后，小童回复：【爸爸，妈妈到酒店了，完全没提到你。】

儿子的意思是：爸爸，你这样不行呀。

陆狗把手机往桌上一扔，气得鼻子都歪了。

蠢直男的逻辑思维是——

当我觉得解决不了问题，并且矛盾加深时，那我就先离开，以免情况更糟，所以前一天晚上才会一言不发，转身就走。后来继续保持沉默是想让女人知道，你跟别的男人走得那么近，否则我会很生气。现在既然你知道我生气了，就该跟那个男人保持距离。我知道女孩子面皮薄，所以我很贴心地给你发了儿子的照片，让你有个理由向我示好，这是我在给你台阶下。

结果呢，苏卿竟然毫无反应！

苏卿一行人到酒店安顿好之后，马上就要赶去片场。

因为霍希的行程排得很满，所以联名款的拍摄安排到了当天晚上。

片场到处都是人。

霍希作为公众人物，心里再馋苏卿，也不会当着这么多人的面做出格的事。

苏卿这一晚工作得很愉快。

直到道别时，霍希撒娇似的抱怨道：“你心里只有工作，我不拍照时，你都不看我。”

他本就俊秀，眉宇间带上委屈的神情，换成一般女孩子早就心疼得跪了。可惜他面前的是苏卿，一个心里只有儿子和工作的女人。

苏卿元气十足地说：“这次拍出来的广告一定也超棒！”

她看似在说同一件事，实则在转移话题，避开了霍希刻意营造的暧昧氛围，又不伤人面子。

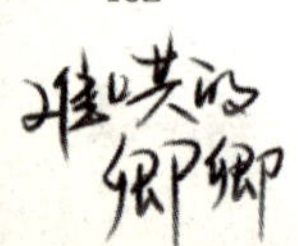

霍希颇有怨念地看了苏卿一眼，眼神更加执着。

苏卿回到酒店房间洗完澡时，已经是晚上十点半。她想跟儿子说晚安，又怕儿子已经睡了会吵醒他。正纠结时，儿子发来了视频。她点了接受，心想儿子跟自己真是心有灵犀！

视频里的小脸蛋望眼欲穿："妈妈，什么时候回家呀？"

苏卿紧握着手机，仿佛这样就能摸到儿子的小脸蛋，温柔地说："妈妈明天晚上还要参加一个宴会，后天才能回家哦。"

小童嘟起小嘴："你不在家，我吃饭都不香了，想听妈妈讲故事。"

苏卿心里甜滋滋的，差点脱口而出：让你爸给你讲。

可话到嘴边，她猛地想起那个狗男人的直男思维，又把话生生地咽了回去："小童乖，妈妈开视频给你讲故事好不好？"

小童摇摇头："爸爸说你出差很辛苦的，妈妈还是早点睡吧。"

苏卿自动忽略了某人，只接受儿子关心自己的部分，温柔地说："那宝贝晚安咯。"

小童笑眯眯地挂了电话后，转头就一脸爱莫能助地看向爸爸。

陆延沉着脸坐在床边，如黑云压顶。他特意让儿子发视频过去，就是为了查岗。虽然苏卿没让他失望，但全程被当空气，也够让他失眠的。

苏卿要参加的是珠宝杂志举办的行业宴会，到场的都是国内知名珠宝商。她本以为自己只是来走个过场，没想到国内最大的珠宝商万福的老板竟主动找她交谈。

万福的万老板是个五十多岁、西装笔挺的男人，他向苏卿敬了杯酒，然后问道："苏小姐当初回国为什么没选择我们万福呢？"

苏卿实话实说："万福的设计风格已经很成熟，我作为新人成长的空间还很大，想多些尝试，所以觉得风格上同样在进行多样尝试的臻馥更适合我。"

万老板一脸遗憾：“错过苏小姐太可惜了，不过我们万福随时欢迎你来。”

他从怀中掏出精致的名片夹，递给苏卿一张。

苏卿礼貌接过，但也仅仅只是出于礼貌才收下。她很清楚别的老板嘴上说得好听，但很难再有像罗晶这么照顾自己的，所以她完全没想过离开臻馥。

可惜不是每个人都能心有灵犀。

不远处的罗晶看到递名片这一幕，紧皱眉头，若有所思。她小声对身旁的助理说：“你让广告总监安迪给苏卿再拍一个短视频，宣传这次的联名款。”

罗晶想将苏卿和品牌做更深层的捆绑。

助理点点头，马上去做安排。

第二天上午。

苏卿突然接到安迪的电话还很诧异，但听说是为了给联名款做宣传，那么配合一下倒也无妨。

安迪的效率超高，上午拍完，中午就发到短视频平台。

视频拍得简约有质感。

开场是霍希迷人的广告镜头，配上苏卿温柔的声音介绍。接着画面一转，黑发披肩的苏卿穿着白色长裙，坐在光影斑驳的窗前，微笑着介绍联名款的设计过程。

借着霍希的高人气，以及罗晶买的流量推广，这条视频当天下午就上了平台热门榜。

滨城南区刑警队。

小张兴高采烈地去找老大，没想到在人来人往的走廊上就遇到了他。

“头儿！头儿！”

身穿警服刚正不阿的陆延回头。

小张像只雀鸟一样跑过来，兴奋道：“嫂夫人上热门了！”

陆延眼睛里明显打了个问号。

小张没指望这位破案狂魔会刷短视频，于是点开苏卿拍的短视频给他看。

短视频里的苏卿美得像一株淡雅的百合。

小张眼冒心形，情不自禁地说：“嫂夫人真好看！”

路过的同事都停下来一起围观。

陆延平时在警队里总是一脸严肃，但此刻眼中的爱意都快要溢出来了，他勾起嘴角“嗯”了声。

小张和其他同事听到纷纷看向陆延，用眼神揶揄打趣。

陆延坦坦荡荡随他们看，巴不得全世界都知道苏卿是他的。

小张点开评论，说道：“我们看看网友们都是怎么评论嫂夫人的。”

【这设计师颜值不输女明星呀！】

【有没有人觉得她跟霍希配一脸？】

【联名款的主题讲爱情的，会不会是他们俩之间有过什么？】

评论里大部分都是八卦猜测和磕 CP 的。

小张感觉不妙，偷瞄老大，周围的同事也都看向陆延。

气氛逐渐尴尬，仿佛陆延浑身在冒绿光。只见他脸色阴沉，接着严肃命令道：“都该干吗干吗去。”

“是！”

大家迅速散开，非常识相。

陆延回到办公室，把警帽扔到桌上，死盯着手机上苏卿的号码。

苏卿刚过完安检，正跟同事们一起去候机厅。

手机响了，她拿起一看，沉默是金的男人居然主动打电话了？

苏卿让同事们先走，自己在后面放慢脚步接起电话，她声音一如往常淡定：“喂。”

陆延站在窗前，一手插兜，一手拿着手机，佯装很平淡地问道：“我去接你？”

“谢谢，不用，公司安排车了。”

陆延微皱眉头，继续找理由：“你下飞机刚好赶上晚高峰，你们公司的车肯定不止送你一个人，等到家不一定几点了。”

“没事，我跟同事们一起还能聊聊工作，你看好小童就行了。”

“……”

男人英雄无用武之地，挂了电话后，只能老老实实地下班接孩子做饭。

苏卿到家的时候天已经黑了。

父子俩都在客厅，儿子坐着小板凳，趴在茶几上做题，男人坐在沙发上看文件。

父子俩腿都长，敞开的角度一样，右手都习惯性地托着腮，也不知是小的学大的，还是坐姿也能遗传。

苏卿站在玄关处看着他们，忽然觉得这个画面很温暖。

听到开门声，父子俩齐齐望向门口。

小童眼睛一亮，飞扑进妈妈怀里：“妈妈，你终于回来啦！我好想好想你呀！”

苏卿笑着抱起儿子，宠溺道：“妈妈也想你。”小童越来越重了，她抱起来有些吃力，需要使劲往上一捧，才能借力抱稳。

陆延看到她费劲的样子，跟儿子说：“你妈累了，快下来。”

小童听话跳下来，但还一直抱住妈妈的腰不肯撒手，像黏人的糖豆。

陆延看着儿子的动作，羡慕地笑了笑。他也想抱抱卿卿，但不知猴年马月才能再抱到。

他走过去想帮苏卿拉行李。

苏卿手握着拉杆，往后一挪，避开了他的手。

陆延手僵在半空，尴尬地收回。

这一晚上，苏卿比平时更冷漠。

无论陆延多么殷勤地抛球，她都不接，回应极其冷漠。

陆延像被扔在无声无息的荒原上，无论怎么呐喊，都得不到一点回应。

他忽然想到苏卿以前被自己冷落时，是不是跟自己现在的心情一样？自己现在好歹有儿子作为羁绊，以前的她无依无靠，肯定更难过吧？

时隔五年才感同身受的陆延，在心里暗骂自己真不是个东西。

苏卿刚出差回来，明天还得上班，需要早点休息。

陆延感觉自己继续赖在这儿有点多余，于是从落地衣架上拿起外套，走到玄关换鞋，说道："我先走了，你有事随时找我。"

苏卿轻轻"嗯"了声，送他到门口。

自从搬到这里后，每次送陆延走，苏卿都很别扭，感觉是自己霸占了别人家。

她给小童讲睡前故事时，试探着问道："小童，我们搬到隔街的海滨花园好不好？"

虽然只隔了一条街，但房租低很多。

苏卿假如不攒钱，勉强能负担得起海滨花园的房租。

小童噘起小嘴，问道："爸爸的房子住得这么舒服，我们为什么要搬家呀？"

苏卿噎住，总不能跟儿子说，因为妈妈住着别扭，所以你要跟妈妈去住小房子吧。

不过苏卿心里明白，这个问题没有意义。即便儿子愿意搬家，自己还是得攒钱还陆延的一百万。她轻声叹气：为什么钱总是不够花呢？

第二天上班，罗晶叫苏卿来自己办公室。

苏卿坐下后，罗晶开门见山，严肃地问道："我听说万福的老板想挖你？"

苏卿意识到问题的严重性，立即表忠心："万先生是这么表示过，但我在臻馥工作得很满意，完全没想过要跳槽。"

罗晶没说话，直直地与苏卿对视。

苏卿目不斜视，生怕老板以为自己在说谎。

龙头珠宝商虽然短期来看薪资高，但任何设计师去了风格固定的品牌都只是陪衬，里面的人情世故也复杂，远不如臻馥轻松。并且臻馥出的薪资也不低，设计上还自由，应酬全无，老板对自己也照顾，苏卿是真的很满意。

两人四目相对将近一分钟，罗晶见苏卿目光坚定，满意一笑，从抽屉里拿出一份文件。

苏卿心想：该不会是辞退函吧？应该不至于呀！

打开一看，欸？

竟然是职位晋升的补充合同！

补充合同上写着职位从首席设计师晋升到设计总监，月薪从三万五升到四万五，但合同期限从一年变成了三年。

苏卿抬头，惊喜并茫然地看向罗晶。

罗晶目光透彻地说："我可不是空谈理想的老板，想要留住优秀的设计师，当然得给更好的条件。"她下巴朝合同一抬，"还满意吗？"

苏卿当然满意，这对她来说简直就是天上掉馅饼！

下午。

闺蜜周令发来信息：【晚上有空吗？陪我去给我妈选个生日礼物？】

苏卿先问了一下陆延晚上能不能去接孩子，陆延说可以，然后她回

复周令：【好呀，刚好我也有好消息跟你分享。】

晚上。

苏卿难得有属于自己的时间，她开心地挽着周令的胳膊选礼物。

两人买完东西，找了间奶茶店坐下聊天。

苏卿叽叽喳喳地分享自己升职加薪的喜悦："现在我只要两年半就可以还完陆延的一百万啦！"

周令咬着吸管，一脸不解："你跟陆队有必要分得那么清吗？"

苏卿说："当然有必要！他是他，我是我。"

周令不以为然："你看你们俩现在，虽说没住在一起，但住的都是彼此的房子，你没空就让他看孩子，他忙起来就你看孩子，隔三岔五还一家三口吃饭或者出去玩，你们这样跟两口子有什么分别？"

苏卿被问得哑口无言，结结巴巴地辩解："我……我也没办法，小童喜欢陆延，我一个人又忙不过来，况且滨小学位没有陆延也搞不下来……"总之她有一堆正当理由。

周令继续咬吸管，面无表情地听她说完，但并没有被说服，继续发表自己的看法："你这些都是借口，要真想断干净，撕破脸也能断。要我说，你就是心里还有陆队，所以舍不得他。"

苏卿沉默了，其实周令说得对，但她不想承认。她垂头看着桌面，眼眶越来越红。

周令这才意识到自己说话太直，想安慰又不知道说什么，张张嘴又闭上，再想了想，最后决定还是说出心中想法："陆队虽然没明说，但摆明了就是想跟你复合。你为什么不能放下过去，重新跟他在一起呢？"

苏卿轻拭眼泪，哽咽道："他要是心里真的有我，当初为什么对我冷暴力，又怎么会连一句挽留都没有？

"你看他现在好像挺积极的，要是没有小童，他哪会这样。

"他不过是为了孩子。

“要是他以后遇到真爱呢？我还要再一次被扔下吗？”

苏卿刚跟陆延分手的时候，可怜得像一只被遗弃的宠物猫。

宠物猫只会在主人的照顾下生活，到了大自然里毫无生存能力，天知道她当初怎么熬过来的。

周令一方面觉得苏卿理性分析得对，另一方面又觉得以自己对陆队的了解，他对苏卿好像不是这样的，于是建议道：“你跟师父要不要把话摊开来好好谈一谈？”

苏卿摇摇头：“问了又能怎么样。

“他要是说他确实不爱我，我还要再受一次伤。

“他给过去圆一个合理的解释，我这五年吃的苦也不是假的，我无法释怀。再说了，我们俩之间，还有很多其他问题。

“我不认为我跟他和好会有什么好结果。”

家庭、父母、曲馨，每一个都是地雷，每一个不小心碰到都能粉身碎骨。

苏卿陷入了回忆中，越想越委屈难受，眼泪大颗大颗地掉在白色餐桌上。

周令连忙拿纸巾帮苏卿擦眼泪：“哎呀，你别哭呀，都怪我，哪壶不开提哪壶。”

但苏卿的眼泪像擦不完似的，路过的人都看她们，搞得周令像个负心汉。周令觉得苏卿这么多心事一直憋在心里不利于健康，应该发泄出来，于是提议道：“我们去喝酒吧。”

苏卿缓缓抬眸，长长的睫毛上沾着泪，想到自己都二十五岁了还没去过酒吧，也想尝尝一醉解千愁的滋味，便爽快答应道：“好！”

反正现在有人替她看孩子。

凌晨三点。

陆延坐在沙发上等苏卿，心想她怎么还没回来。

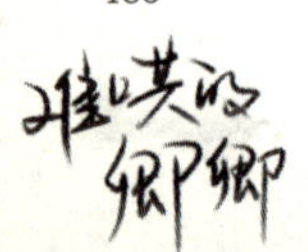

打电话，不接；发信息，不回。

他知道苏卿是跟周令一起出去的，所以安全上没问题。

可是他给周令发信息问什么情况，对方却回：【你别管了。】

什么叫他别管了？那是他老婆，他不管谁管？

门铃声响，陆延马上从沙发上起来，心想：姑奶奶你总算回家了。

他打开门一看，苏卿竟然喝得跟醉猫一样，脸颊泛红，眼睛眯成一条缝，纤细的胳膊搭在周令脖颈上，浑身软趴趴的，要是没周令扶着，估计她连站都站不稳。

陆延怒视周令："你带她去喝酒了？"

他凶起来很吓人，周令结结巴巴地说："我我……我只是陪她发泄一下而已，没想到她不但贪杯，酒品还差。"

苏卿喝完酒什么样，陆延最清楚。

以前他看球赛，最喜欢让苏卿陪他喝点。

苏卿酒品不好，喝醉了会耍酒疯，缠着跟陆延要抱抱、要亲亲。陆延故意不依她，她就骑到他身上，捧住他的脸，让他看不了电视，只能看自己。所以陆延曾经严令禁止苏卿在外面喝酒，但在家里喝可以。

周令见陆队真的生气了，觉得此地不宜久留，把姐妹还给她男人之后，溜之大吉。

陆延把苏卿捞进怀里，关门。

苏卿发觉搂着自己的胳膊触感变得又粗又硬，开始闹腾："你是谁！你放开我！"

拥有丰富抓捕经验的陆延，一手将苏卿的双腕握在她身后，一手抱住她腰，让她脚离地，不让她闹，说道："我是陆延。"

听到这个名字，苏卿不闹了，开始委委屈屈地哭："陆延你个王八蛋……"

"嗯？"陆延一头雾水，"我怎么就王八蛋了？"

“你骗我……呜呜……”

陆延被气笑：“我骗你什么了？”

小醉猫歪头，眼神迷茫，似乎在努力地想这个问题。直到陆延把她送到卧室，她才想起来为什么，然后连站都站不稳，也要推开坏男人。

“你欺骗我感情，渣男！”

“某渣男”一脸蒙，说他不够体贴他认了，说他渣那是真冤枉。他笑着问道：“我渣你什么了？”

苏卿先是瞪圆了眼睛，像是要倾吐无数委屈，可话到嘴边却又说不出口。她慢慢垂眸，眼泪在眼眶里打转，忍着不哭，自言自语地说：“对哦，你又没说过你爱我，是我一厢情愿，是我傻……”

陆延被她气笑了：“你个小没良心的，你知道自己在说什么吗？”

“你不爱我……呜呜……”醉猫沉浸在自己的世界里，一边委屈地哭，一边在男人怀中扭来扭去。

这可苦了陆延，大晚上莫名其妙地被考验自制力。他也顾不上女人在胡说些什么，用长臂捆住她，把她抱进主卧放到床上，再转身去关门。

可门才关上，陆延刚转回身，醉猫又扑了上来：“你说你到底爱不爱我？你不爱我为什么当初对我那么好？你爱我又为什么当初不挽留我？”

一米六五的小女人把一米九的肌肉男按在门上，画面着实滑稽。

陆延拿她没办法，一是她喝多了，现在跟她说什么都白扯；二是他也委屈。

他对她什么感情，还用得着说吗？

陆延原本是个很有原则的人，假如他当初对苏卿没感觉，那苏卿再怎么死缠烂打都没用。可他顶着各种压力，放下了所有的原则与坚持，最终却换来她的质问：你到底爱不爱我？

男人握住自己胸前虚张声势的手，注视着她的眼睛，低声反问：“你觉得呢？”

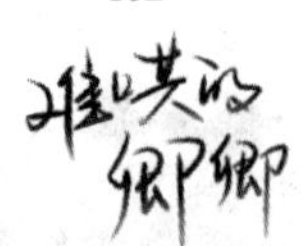

喝醉的女人眼神迷茫，噘起小嘴：“我……不知道。”

她陷入了更深层的内心世界，睁大了眼睛看着男人，却像是在对自己说：“可是我好爱你呀，你却不要我了，我拼了命地努力才以为自己忘了你，为什么我回来后又偏偏遇上你。”女人低下头，眼泪像没了阀门一样往下流，“原来我根本忘不了你，原来我还爱着你，可是我恨你，你不要我了，呜呜呜……”

男人叹气，终于搞明白了女人的想法。

他心疼地看着苏卿，捧起她的小脸，用粗糙的拇指拭去她的泪，语气中有一种万幸的感觉：“还爱我就好。”

“那你呢？”女人不依不饶地问，“你到底爱不爱我？”

男人勾唇，慢慢低头，声音越发低沉有磁性：“渣男才动不动就把爱不爱的挂在嘴边，我们好男人都是用行动来表示的。”

喝醉的女人脑子反应慢，理解不了他这句话的意思。

不过也用不着她理解。

男人一手按住她的后脑勺，一手捏住她的下巴，封死了她逃走的路，然后吻上她，深深地吻，狠狠地吻……

春日上午。

阳光从白纱窗帘渗进来，室内温度虽然不高，却莫名地温暖又柔和。

苏卿枕着不柔软但很厚实的抱枕，舒服地蹭了蹭，好久没睡得这么踏实了。

新买的这个抱枕真不错，皮质光滑，弧度设计十分符合人体工程学，枕着高度刚刚好，腿搭上去也不会一压就垮。

她好喜欢！

对了，自己是什么时候买的这个新抱枕，怎么想不起来了？

她想着想着，逐渐醒了，眼睛睁开了一条缝。

头顶传来熟悉的男人声音：“醒了？手别再往下摸了。”男人嘴上这么说着，却丝毫不阻止。

问号在苏卿脑袋里转了好几圈之后，她彻底醒了，猛地弹起身，一把拽住被子掩住胸口，纤细的手指颤抖地指着躺在她床上的男人：“你你你……我我我……”

男人往上挪了挪，慵懒地靠在床头，轻轻勾起嘴角，笑得几分得意几分坏：“瞎想什么呢？我是警察，又不能知法犯法。”

苏卿掀开被子，低头瞅瞅自己，外套被脱了，但贴身的衣服还在，她松了口气，可是……她又指着男人问道：“那你怎么光着？”她问完想起了梦中抱枕的真皮质感，脸瞬间就红了。

陆延用一副老夫老妻的口吻说道：“我睡觉上身不穿衣服，你还不知道？”

嗯，苏卿知道，她没忘。

可苏卿早已在心里跟他划清了楚河汉界，如今再听到他说这么暧昧的话，臊得不敢看他：“那……那你也不能睡我床上啊！”

但其实他才是这张床的主人。

一想到这里，苏卿脸更红了，同时心中愤怒急升，觉得陆延怎么可以乘人之危，吃她豆腐！

刑侦专家通过女人的微表情，就能猜到她想到什么了，于是拿起床头柜上的手机，点了几下，拿给女人看。

苏卿不知道他这是什么意思，满眼疑惑地接过手机后，竟看到一段以男人第一视角拍的视频——

视频里，她被男人的大手握住双腕，制在头顶。

男人命令道：“睡觉。”

女人皮得很：“我不！我要你亲亲！你不亲我，我就不睡觉！”

视频里看不到男人的脸，只能听到他无奈地笑了笑，接着画面随着

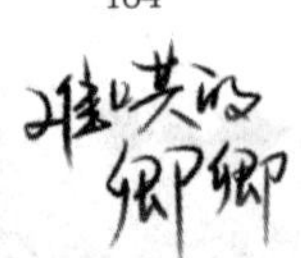

他的动作往下压，是她被亲得“嗯嗯”直叫的画面。

苏卿看着视频，惊得捂住嘴，心想：自己到底在干什么！这个臭男人也太不要脸了吧！怎么把这种画面都拍了下来！

男人亲完后，直起身子。

视频里的女人被亲得眼神迷离，大口喘气。

男人声音听起来很稳，却越发性感磁性：“这回行了吧，快睡。”

女人不满足，长长地“嗯”了一声：“不嘛，人家还要你抱着睡……”

苏卿捂着嘴，睁圆了眼睛看着视频，不敢相信自己在说些什么。

接着画面一转，变成陆延的自拍，他对着镜头说：“你看到了吧，是你强烈要求的。”他着重强调了“强烈”两个字。然后画面一黑，最后一秒传来手机被扔到一边的声音。

苏卿看完后，整个人呆滞了。

陆延以前跟她说过，她喝完酒会闹腾，但她完全没想到会这么夸张。她无法面对这样的自己，不知所措地把手机一扔，慌乱地问道：“你居然还拍了下来，你以前都不会这样的。”

无辜的手机被扔到了男人的腹肌上。

陆延把手机放回床头柜，心想：以前我都直接把你“就地正法”了，哪还有工夫拍视频。

门口传来敲门声。

小童拧开门，头发凌乱的小脑袋歪脖伸进来，一脸的睡眼惺忪：“妈妈，我饿了。”

他揉着眼睛，看到床上居然还有一个人，愣头愣脑地问道：“爸爸，怎么你也在？”

苏卿尴尬到绝望。

陆延老狗淡定到了无赖级别：“当然是睡觉。”

苏卿惊了，狗男人在跟儿子说什么！她悄悄把手伸进被子里，掐他

腰肉，警告他别乱说话。

男人闷声笑。

在小孩子天真无邪的世界里，以为爸爸说的睡觉，就跟他们平时哄自己睡觉一样。

小童一阵小跑，爬到床上，挤在两人中间，笑呵呵地躺好，还乖乖地给自己盖上了被子：“我今晚也要跟爸爸妈妈一起睡！”

苏卿要晕厥了。

陆延居然揉揉儿子的小脑袋瓜，笑着答应：“好。”然后抬头对孩子妈一本正经地说，“你先带儿子洗漱，我去给你们做饭，吃完我有话要跟你说。”

苏卿不知道陆延要说什么，但她现在一点都不想面对陆延。

可是陆延正经起来的时候，都有很重要的事，所以她还得调整心态，吃完饭继续面对他。

带儿子洗完脸后，苏卿让儿子去厨房帮爸爸打下手，然后锁上卧室门，给周令打视频电话。

视频接通后，周令还躺在床上，看样子也才睡醒。

苏卿瞪圆了眼控诉：“我们昨天不是说好了，喝完一起去酒店开房睡吗，你怎么把我送回家了？”

周令无奈叹气，扯开睡衣领口，露出脖子上的一枚新鲜草莓印，幽幽地问道：“你猜是谁干的？”

苏卿想起陆延拍的视频，犹犹豫豫地指向自己，用眼神问道：难道是我?

周令点头：“我没想到你喝多了居然会乱亲人，难怪以前陆队明令禁止你喝酒。”说到这儿，她眼珠一转，暧昧一笑，“话说……你们昨天有没有……”她声调往上挑，语气有点猥琐，“那个啊？”

“没有！没有！没有！”苏卿激动道，还特意拍了下自己身上的衣服，

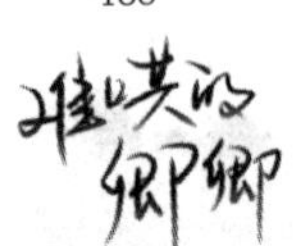

“你看，还是昨天穿的。”

“不会吧，陆队面对旧情人能坐怀不乱？还是他才三十二岁就不行了？”周令摸着下巴，深入分析。

陆延身体好得很，怎么看都不像不行的样子。

苏卿喃喃自语：“可能他只是对我没兴趣吧。”她说完才意识到跟周令说这个干吗。

见周令一副很有兴致想要继续深入讨论的模样，她急忙道：“我要去吃饭了。”最后匆匆挂了视频。

房间里只剩她一个人，她摆大字瘫在床上，安静的环境让昨夜的记忆慢慢恢复。

天哪，她居然说爱他，还说忘不了他。

苏卿拽住被子，捂住脸，完全不知道等下该怎么面对陆延了。还有很重要的一点，她昨夜那么紧紧逼问，陆延都没说爱她。

看来……

她扯开被子，清冷的空气从面部肌肤上抚过。

门口有人敲门，小童的声音传来：“妈妈，开饭啦！”

苏卿换了套家居服，没什么精神地走出去。

陆延看起来心情特别好，居然一边哼着小曲儿，一边从厨房把早餐端到餐桌。他看到苏卿换了身衣服，上下打量了一遍，笑容加深。

苏卿被他看得极不自在，拉开椅子坐下，全程躲避他的视线。

陆延不知道是不是故意的，居然坐到了她对面，小童坐到了他旁边。

陆延和小孩相视一笑，吃得津津有味。

苏卿仿佛跟他们不在一个世界，垂着头，小口小口地吃着，时不时偷瞄陆延一眼，还总被他捉到。

吃完后，小童乖乖地把自己的餐具放进洗碗机。

苏卿生怕跟陆延独处，忙站起来说：“我也吃完了。”

可她根本没吃几口。

逃避可耻但有用，她决定找个借口出门，等下就不用面对陆延了。

可她刚从陆延身边经过，男人就一把抓住她的手腕，命令道：“去房里等我。”

什么跟什么？

苏卿发现自从昨晚过后，男人跟她说话就总是这么暧昧不清，一副吃定她的样子。她才不听他的呢！

回到房里换了身出门的衣服，苏卿偏要跟他反着来。

可换好衣服后，她刚要开门出去，男人也刚好来到她房门口。

陆延看了一眼苏卿的衣服，猜到了她的想法。

苏卿被堵了个正着，对上男人猎鹰般的眼神后，像个犯错的孩子低下头。

男人步步逼近，她步步后退。

随后男人进门，锁门。

苏卿站在陆延面前，别扭极了，转身想离他远点，却被他拉住了手。

陆延在她身后，声音像森林里的参天大树摇曳出沉稳的风：“卿卿，假如当初我不同意分手，你还会走吗？”

苏卿回忆起当初的自己，爱陆延爱到完全丧失了自我。

吃饭优先考虑是不是陆延喜欢的口味，买衣服化妆也是在想陆延会不会喜欢，对未来的憧憬完全以陆延为重心。

至于她自己的心情，对她来说不重要了，只要陆延看到她时，眼神稍稍流露出一点点欢喜，就足够她高兴一整天。

若让这样的她在学业和陆延之间二选一，她肯定毫不犹豫地选择后者，哪怕一辈子当他的宠物猫，她也心甘情愿。

苏卿回头看陆延，眼神黯然，似乎也觉得当初的自己太疯魔，那样并不好。

陆延将她的神情看在眼里，走近一步，扳正她的身子，握住她的双

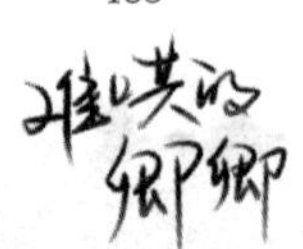

肩说：“你应该会选我的，对吧？可那样对你真的好吗？”

苏卿抬眸，不明白他为什么会问出这样的问题，当初的自己只要能在他身边就足够了，当然好……

不，她迟疑了。

那时的陆延对苏卿来说是一种瘾。

只要有他在，她就可以忘记别的烦恼，但噬瘾的过程何谈快乐。

“我还记得那天回到家，你看着电视里播着珠宝展的新闻，眼神里全是向往。”陆延回忆起过往。

那天他下班回家，苏卿抱着膝头坐在沙发上，目不转睛地看电视，连他开门都没听见。还是他叫了她几声，她才猛地从思绪里抽出，然后一如既往地笑着扑到他身上。

女孩搂住男人的脖颈，双腿夹住他的劲腰，像只无尾熊。

陆延随苏卿折腾，把她抱到沙发上，看了眼电视，问道：“怎么看得那么入神，有你喜欢的首饰吗？”

苏卿马上摇头：“没有，就随便看看。”说完，她靠在他的胸膛上，听着他的心跳声，又乖又黏人。

年轻的陆延笑了笑，享受着她的乖顺。

他一个大老爷们儿，对女孩家家的这些玩意儿一窍不通，心想小祖宗要是喜欢哪件，刚好他可以买下来，送她当二十岁的生日礼物。

如果苏卿没有之后的反常，或许陆延意识不到她的心理问题，后来也不会分手。

苏卿从他胸膛上直起身子，深情的眼神中有一种莫名的饥渴。

情侣之间不用多说什么，一个眼神就够了，陆延马上会意，也乐意得很。

两人在沙发上拥吻。

陆延的胡楂蹭得她痒痒的，苏卿总是满脸嫌弃，把他一脚踢开，但是今天的苏卿并没有抗拒，她甚至主动靠近他迎合他。

陆延意识到不对劲儿，撑着沙发，直起身子俯视她。

她躺在沙发上，伸手拽住他的领口往下拽：“继续啊。”

陆延忽然意识到，她是在用这种方式忽略别的事。

从那时起，陆延开始特别留意苏卿。

陆延发现苏卿根本不像平时说的那样对学习毫无兴趣，也不是个没有梦想的人。她总在偷偷地留意有关珠宝的新闻，常常抱着相关的书籍一看就停不下来。

他心想，或许是她母亲的事对她打击太大，所以哪怕她喜欢也不敢接触这个领域。

陆延鼓励她去申报喜欢的设计院校。

这时的陆延除了面对家庭、工作、朋友的压力，还不得不处理一些新的问题。例如他是警察，出不了国，但苏卿申报的设计院校都在国外，并且毕业后也要继续留在国外才有发展。

那他们俩得异地多少年?

陆延生活圈子简单还好说，但苏卿年纪还小，等她以后有了自己的朋友圈，还愿意守着一份不被祝福的跨国远距离恋爱吗?

还有，小姑娘现在用对他的依恋来麻痹对其他事物的向往。可等她见识了足够大的世界，还会继续依赖他吗？这些问题对当时的陆延来说，通通没有答案。

此刻，陆延握着苏卿的双肩，继续道：“我希望你在没有我的干预下，得到一个答案。最后，我等来的却是你提出分手。我以为那就是你想要的、一个绝对自由、没有牵绊的未来。”

苏卿睁大眼睛，完全没想过以前的陆延原来也有迷茫的时刻。那时的她看他，就像仰视天神，而神是不会迷茫的。可现在的苏卿到了当时陆延的年纪，再换位思考，又有谁的内心不彷徨。

“卿卿，我们已经浪费了五年的时间，从现在开始我们好好在一起，

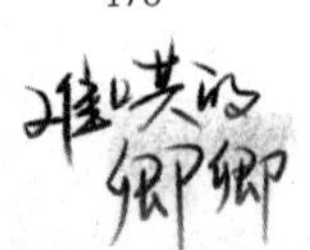

好吗？”陆延说得情深意切。

苏卿却摇摇头：“可是我们五年前的问题，直到今天也没能解决。而且……”她抬起头，长大后的她，终于可以给曾经迷茫的他一个确定的答案，“我确实不是当初那个没了你就不能活的小女生了。”

陆延呼吸不稳，眼神中闪过受伤，他下意识地握紧了她的肩头，说道：“那我们就重新开始，其他问题我来搞定，绝不让你负担什么。”

苏卿还是摇头。

虽然对陆延来说，当初提分手的是苏卿，但他也确确实实是放手了。

原来自己对他来说，是可以放手的。

“凭什么你说放下就放下，你说在一起我就又得回来？”苏卿拉起衣服下摆，露出腹上一条浅浅的疤痕，“这是生小童时留下的。我本来想顺产，但是生不出来，改成了剖腹，我足足疼了二十多个小时。”

陆延蹲下来，指尖轻抚，一想到刀尖划开这道口子的画面，比生生地剖开他还疼。他想不下去了，把额头贴在她腹上，抱紧了她。

苏卿没有推开他，语气平稳得像在说别人的事：“你想没想过，我在习惯了依附你的生活后，要如何一个人生活。我好不容易才靠自己站起来，我不可能再做回你的宠物猫。”

“不，卿卿，我从来没那样看过你……”陆延急忙解释道，突然手机铃声响起，他拿起手机一看，是局里打来的。

苏卿看到屏幕上的来电显示，推开他转过身整理衣摆，也给他留出空间处理工作。

陆延站起身，神色恢复成平时稳重的模样：“喂。”

电话里传来小孟急切的声音：“头儿，那个命案有新情况，您得赶紧回来一趟。”

苏卿听到身后的男人说：“我马上回去。”她转回身看他，男人皱紧眉头挂了电话，看来事情不小。

他对苏卿说："等我回来。"

谁要等你！

苏卿心想，赶情刚才她在浪费感情？说了一堆都白说了？

陆延连续高强度工作了一个星期。

期间他好几个晚上都以忙不过来为由，赖在滨城一号的客厅沙发上。

其实他回父母那儿住一宿也成，但他就是愿意往苏卿跟前凑。而且滨城一号的房子其实还有空着的客房，但他偏不住，故意睡沙发，就是为了夜里苏卿起来看看他，帮他盖盖被子。

他现在是彻底搞明白了，苏卿就是嘴硬，平时在各种小细节上都对他好着呢。

又到了一个周末，他依然赖在滨城一号，同时心里祈祷：这周末别再出事了，求天下太平。

苏卿在厨房榨果汁，陆延在厨房门口晃晃悠悠地拖地，实则在找机会跟苏卿搭话。

可苏卿也不知道是不是故意的，一眼都不看他。

陆延手扶着拖把，靠在门框上，看着她的背影。

男人嘛，看女人的时候，尤其还是心爱的女人，哪能纯洁。

苏卿时而踮脚够东西，时而弯腰放东西，看得陆延越发燥热……啧啧，这么过年过去了，他的卿卿身材更好了。

小童一阵风似的跑过来，指着落地窗外说："爸爸妈妈，我想去坐摩天轮！"

苏卿回头笑道："好呀，等妈妈榨完果汁就带你去。"

陆延酸溜溜地想：原来你会转身，就是分人对吧。

苏卿察觉到男人的视线，用余光扫了扫他，依旧刻意无视。

巨型摩天轮前。

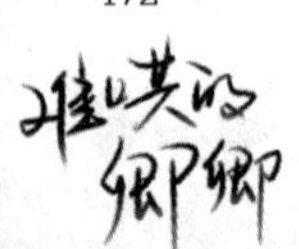

苏卿领着小童排队，陆延去买票。

他特意买的整箱票，为了一家三口的时光不被打扰，尤其是他和卿卿不要被打扰。

等轮到他们进箱时，苏卿领着孩子先上去，坐到了一边的中间位置。陆延一看她没给自己留地方，识相地坐到了对面。

箱门关上，摩天轮缓缓上升。

女人满眼爱意，笑得温柔，指着远处的建筑，告诉儿子那是哪里。

小家伙睁大了眼睛，三百六十度俯瞰全城，感觉自己像飞起来一样。

陆延笑着招招手："儿子来爸爸这儿。"

小家伙屁颠屁颠地过去。

陆延指着背后玻璃外，说道："看到海上的大长桥了吗？那里被全世界誉为桥梁奇迹。"

当爸爸的把一座桥吹到了天上去，儿子"哇"地惊叹，睁大了眼睛看。

陆延又说："你数一数上面有多少桥墩，能数出来，你就是最棒的！"

对面的苏卿心想：桥墩有什么好数的？

接着，小童听话地开始数数，陆延趁机坐到了苏卿边上。

苏卿终于明白陆延为什么让小童数桥墩了，她不敢置信地瞪他，腹诽道：有你这么坑儿子的吗？

臭男人对她的怒视视而不见，勾着坏笑，靠近她坐。

她感觉他不怀好意，于是往边上挪了挪。

臭男人继续往她身边挤。

这个时候，苏卿不得不赞叹国家的基建好，这摩天轮做得真稳，两个大人坐得这么偏，箱身都一点不晃不歪。

陆延见苏卿走神，不满道："想什么呢？"我人就在你面前，你还能想别的？

苏卿翻了一个娇娇媚媚的白眼，转过头看窗外不理他。

摩天轮继续升高。

小童还在背对着爸爸妈妈，专心数桥墩。

陆延开始不安分，一只长臂绕过苏卿肩膀，搭在她身后，虽然没直接触碰到她，但感觉上就像在搂着她。

男人身上散发着独有的热度，苏卿无法忽略。她侧过肩膀，几乎是背对他，眼睛虽然看着窗外，心思却全被他拴住，简直要烦死了。

男人在她耳旁轻轻唤道："卿卿。"

苏卿感觉半边身子都酥麻了，微微抖了下，不耐烦道："干吗？"

"你转过来。"

男人的语气听起来感觉没安好心，但苏卿还是忍不住好奇转过头来。

不料，男人刚刚搭在她身后的大手，竟然是在布局。

只见他一把搂紧她，把她往怀里带，另一只手捏紧她的小下巴，毫不客气地吻下来。

苏卿怎么都没想到，陆延身为警察，竟在光天化日之下要流氓。她赶紧挣扎，眼睛不住地往周围看，怕被孩子看到这一幕。

可眼睛看到上方的吊杆时才发现，原来摩天轮已经升到了顶点。

传说在摩天轮升到顶点时，接吻的情侣会永远在一起。

陆延这种五大三粗的男人也会有心思这么细腻的时候？努力给心房涂水泥的苏卿，心底忽然变得柔软。

摩天轮从顶点慢慢下落，可男人还吻着女人。

苏卿开始怀疑陆延到底是一时色心起，还是真的知道关于摩天轮的传说。一想到他可能只是想吃她豆腐，根本没有浪漫之心，她就心生怒气，双手使劲儿推他胸膛。可陆延跟座山一样，只要他不肯放手，她哪里推得开。

一直在数桥墩的小童突然转过身，举起双手欢呼道："爸爸！我数完啦！嗯……"他看到爸爸按着妈妈亲，整个人愣住了。

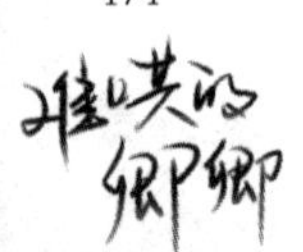

♥

第七章

真 相 大 白

/

心中有千言万语想对她说，
可拿出手机又不知从何说起，
最后浓缩成三个字：我爱你。

苏卿见被儿子看到了，这回可不是推开臭男人，而是直接用拳头捶。

饶是陆延再厚脸皮，也不好意思当着儿子的面“欺负”苏卿，于是他佯装自然地放开苏卿，余光瞄到苏卿还用手背擦了擦嘴角。他忍不住勾起嘴角，女人的小动作莫名地满足了他的占有欲。

小童瞪圆了眼睛问道：“爸爸，你怎么在亲妈妈？”

陆延假咳了两声，心想：我亲你妈那不是天经地义的嘛。

可是这话实在没法跟小孩讲。

小童又问妈妈：“妈妈，你不是说你跟爸爸是普通朋友吗？”

两个大人都没想到，全世界唯一一个相信他们俩是普通朋友的，居然是他们的儿子。

苏卿脸皮薄，一直低着头，感觉自己没脸见儿子了。她心里羞愤，当然要拿男人来发泄，于是她把手到陆延腰后，想要掐男人泄愤。

可男人竟然不让她掐，还在身后抓住她“作案”的坏手。

苏卿反思，不管怎么样，动手是不对，于是往回收手。哪知臭男人紧握着不放，苏卿越是使劲儿往回挣，他就越是握得更紧。

苏卿再次有一种自投罗网的感觉，她转头怒视陆延，表达强烈的不满。

可男人冲着她笑笑，不但不放，拇指还在她掌心中画圈，画得她直

痒痒。

大人背后的小动作，小童当然看不出来，他在意的是爸爸妈妈不但都不回答他的问题，而且爸爸妈妈好像有专属他们的世界，自己插不进去。

那怎么行！

小童冲了过去，挤在中间，强行刷存在感。

三个人全坐到一边，摩天轮微微晃了一下。

苏卿害怕，先扶稳儿子，然后用力推了陆延一把："你快坐过去。"

陆延难得有机会调戏苏卿，他愿意坐过去才怪。

狗男人看着儿子，下巴往对面一扬："你过去。"

小童噘起小嘴，摇摇头。

苏卿怎么可能委屈了儿子。

她搂住小童，冲陆延说："我和儿子的体重加起来都没你一个人重，你过去！"见他还是不肯动地方，她催道，"快点！"

女人对别人都可温柔了，就对他凶狠霸道。

陆延撇撇嘴，心不甘情不愿地坐了过去，双手环胸，一脸不爽地看着小家伙独占卿卿。

他在想：是不是该给小家伙报点兴趣班了？

"一家三口"晚上在外面吃的，吃完陆延开车载着"老婆孩子"回滨城一号。

到了晚上睡觉的时间，陆延又没走，还把被子从客房拎到了沙发上。

苏卿见状，走到他身边说："现在正是换季的时候，你总睡沙发该感冒了。"

男人眼睛一亮："那你想我睡哪儿？"

陆延虽然没直说，但意图太明显了，苏卿怎么会不明白。

她红着脸气鼓鼓地说："当然是回北区老房子呀！"

男人一脸失望："北区太远了，我最近忙你又不是不知道，过段时

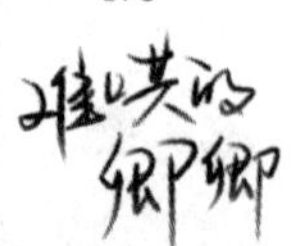

间再说。”

苏卿想说既然那么不方便，当初干吗提出换房子，可一细想他也是为了孩子好，便没说这个，只是指了指客房的方向，说道：“你去客房睡吧，起码有张床。”

陆延是死都不会去客房的，万一卿卿默认了他就该住客房，以后再想跟卿卿一个房间睡可就不好办了。

之前苏卿喝醉那次难得地让陆延尝到点甜头，简直就像饿了十年的老虎突然闻到肉腥，太香了，陆延的食欲已经全部被点燃了。再说，他睡沙发卖惨，卿卿还能多看他两眼。

“不了，我毕竟只是借住，等忙完这段时间再说吧。”陆延一本正经地说，一脸纯洁，“你晚上要是起来路过，看到我踢被子，帮我盖上就好。”

苏卿虽然不信他真这么纯洁，但也着实猜不到他心里竟然那么多小九九。她单纯地点点头，想着帮盖一下被子也没什么。

星期一一早，苏卿起来晚了，睁开眼睛时已经七点半。

平时这个点孩子都送到学校了，她争分夺秒地起床，推开儿子房间的门一看，里面竟然空空如也，她大喊了几声：“小童，小童——”

大门被人打开，陆延走了进来。听到苏卿的声音，他答道：“小童我送到幼儿园了。”

苏卿跑过来问道：“你既然醒了怎么不叫醒我？”

陆延看着苏卿撒泼使性子的小模样，反而还美滋滋的：“咱们俩谁送孩子不都一样，你多睡一会儿不挺好的吗，我再回来送你上班也来得及。”他拎起手上的纸袋子晃了晃，香喷喷的味道溢出来，“早餐买好了，去换衣服。”

陆延将一切安排得妥妥当当，苏卿挑不出毛病，听话地去衣帽间换

衣服。

上车的时候，苏卿一如既往伸手拉后车座的门，却被陆延一把按住。

她回头问道：“你干吗？”

陆延指着前座：“坐副驾驶。”

“为什么？”苏卿斜视着他，心想：这回看你还能想出什么理由。

陆延却一脸真诚地说：“你离我近点我心情好。”

苏卿愣住，没想到他这回竟答得如此直接，而且饶是她心里对他百般抗拒，听到这番话竟莫名愉快。

陆延见她虽然绷着嘴角，但眼神中藏不住喜悦之色，也跟着情不自禁地笑了笑。他一手拉开副驾驶车门，一手拉着她，轻推她进去。

这一路上，不仅陆延心情好，苏卿看起来心情也不错。

等开到苏卿公司大厦楼下的时候，陆延又拉住她的手，厚着脸皮说：“亲我一下再走。”

苏卿没想到他会提这种要求：“我干吗亲你？”

“那我亲你？”

苏卿瞪大眼睛：“休想！”

她挣脱他的大手，快速下车关门，还冲着车窗里的臭男人哼了哼，脸上一副“就不让你得逞”的得意劲儿，然后转身步伐轻盈地走进大厦。

陆延被拒绝也不生气，一直笑着目送她，直至曼妙的背影消失不见，才开车去局里。

罗晶今天下午才到公司，一到就叫苏卿去她的办公室。

苏卿隐隐觉得老板好像有什么大事。

在罗晶办公桌前坐下后，苏卿问道：“罗总，您找我？”

罗晶点头：“嗯。”

她严肃认真地看了眼苏卿，才开口道：“你跟霍希设计的联名款，

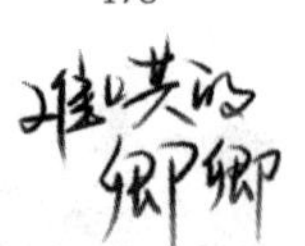

不仅大卖，口碑热度仍在持续发酵。”

苏卿心想：这不是好事吗，为什么老板一副如临大敌的模样？

“我想趁热打铁，推出臻馥的第一条高端线。”

这是振奋人心的好事呀！苏卿一百个赞同。

“你知道的，国产品牌推高端线不容易。光有热度不够，我们还需要更高端的活动加持。所以，我想让你准备新的设计，去参加不久后的法国珠宝展。”

苏卿倒抽一口气，那可是国际珠宝界最顶级的盛事，她母亲当初就是在法国珠宝展上一战成名的。

苏卿眼睛里汇集了无数颗星星，仿佛前方不仅仅是自己的梦想，还承载着母亲的荣耀。这还有什么好说的！当然要全力以赴去参加！她重重点头。

“你先别答应那么快。”罗晶一盆冷水泼下，“这次的珠宝展决定了臻馥的未来，我希望你能到法国，跟国际上最顶尖的团队，一起设计出最棒的作品。”

苏卿隐隐有种不好的预感。

罗晶说道：“这次的法国珠宝展，需要你去很长的时间。”

苏卿瞳孔放大，这意味着她要离开孩子，离开现在的家……

这天晚上，苏卿八点多才回到家。

她开门时，小童穿着白色道服，正在跟他爸爸练手。

陆延壮得像头熊，教小孩打拳简直就跟撸奶狗一样简单。

小童遗传了他爸对体育项目死磕到底的精神，爸爸越强，他越勇！

若是平时看到这样的画面，苏卿会觉得很美好，可今天却很忧伤，总感觉她就要失去这一切了。

陆延转头，笑着说：“回来了。”

小童也停下进攻的拳头，笑出一口小白牙，喊道："妈妈！"

苏卿撑起笑容，走过去抱住儿子亲了亲："你先自己玩，我有事要跟你爸商量。"

小童笑着"嗯"了声，跑到一旁的空地自己练习爸爸教的基本功。

陆延等她站起来后，问道："什么事？"

苏卿看看儿子，低声道："你过来。"

陆延跟她来到餐厅，这里离儿子有一定距离，他们俩说什么小孩都听不见。

陆延开始好奇苏卿要跟自己说什么。

"我老板想让我去参加法国珠宝展，我如果答应了要在法国待很久，也没办法照顾小童，所以……"苏卿面露纠结，接着抬头问道，"你觉得我去还是不去呢？"

又是法国，又是她单独出走，时间仿佛回到了五年前，两人再次面对分岔路。上次陆延选择了放手，这次苏卿睁大了眼睛看着他，再次等待他的答案。

陆延同样凝视着她，久久不语，餐厅里静得掉根针都能听见。

男人的声音似乎有些颤抖："要去多久？"他不知想到了什么，凝视苏卿的眼神越发贪恋。

苏卿零度的心得到了一丝丝温暖，难过道："一个月。"她离开小童最久也不过上次出差的两三天，这一下子要走一个月，她真的不知道该怎么过。

陆延愣了一下，然后大大地松了一口气："嗐！我还以为你又要走好几年，才一个月怕什么。机会难得，一定要去。"

苏卿没想到男人会是这个反应，见他对自己毫不留恋，她刚温暖了一丝丝的心，瞬间降低到零下二十度。

分离一个月对他来说就这么微不足道吗？也是，分离五年他也没怎

么样，一样官照升，武照练。说什么想自己想得不得了，都只是嘴上说说而已。

苏卿算是看透这个男人了。

陆延语重心长地说："要努力实现你的理想，不然怎么对得起我当初的忍痛割爱。"

提起当年，苏卿新旧失望重叠在一起，更感无力，软软地靠在墙上，低头道："哦。"

陆延见她不高兴，凑近问道："怎么，难道你不想去？"

苏卿现在看到这个臭男人就烦，他居然还好意思凑过来，她嫌弃地推了他一把。

"到底怎么了？"陆延丈二和尚摸不着头脑，仔细一琢磨，肯定是她放心不下儿子，"你别担心，虽然我这段时间忙不过来，还有我爸妈呢，他们很乐意帮我们看孩子的。"

孩子有着落，让苏卿的心里踏实了些，但她现在极其不想看到身边的这个臭男人。她半转过身，冷漠道："那就好，麻烦你们了。"说完走出餐厅，回到自己房间，"啪"的关上门，连一点背影都不想再被臭男人看到。

陆延像跟柱子似的站在原地，挠挠后脑勺，一脸蒙：这女人到底在想什么啊？

苏卿给了罗晶确定答复后，罗晶很快定下了苏卿的出国时间。

时间很赶，就在本周末。

四岁半的小童听说妈妈要走一个月之后，感觉天要塌了，紧紧抱住妈妈哭个不停。

这可给苏卿心疼坏了，把儿子搂在怀里怎么哄都没用，还搞得她也眼泪垂垂欲坠，六神无主地跟陆延说："要不我别去了吧？"

陆延把儿子拉到自己旁边，对苏卿说：“你们娘俩用得着像生离死别一样吗？”然后象征性地打了一下儿子屁股，“男子汉大丈夫，哭什么哭！你羞不羞！”

小男子汉本来觉得跟妈妈哭是一种撒娇，被纯爷们儿爸爸这么一说，他忽然觉得自己很娘，用小肉手抹了把脸，嘴角还向下绷着，却努力忍住不哭。

陆延这才满意地点点头。

苏卿可不想儿子被教成小陆延，她把儿子又拉回怀里搂着，冲着陆延说：“小孩子哭一下怎么了，你当谁都跟你一样铁石心肠？”

陆延又一愣，自己怎么就成了铁石心肠，难道非得这么哭哭啼啼的才是在乎她吗？

想到这里，他忽然明白了女人这两天对自己的冷漠。

看着儿子舒舒服服地在妈妈怀里蹭了蹭，狗男人羡慕极了，心想：儿子你行了，给你爹留点发挥空间。

陆延又把小童从苏卿怀里拉出来：“去，回你房里收拾收拾东西，等你妈妈明天上飞机，我带你去爷爷奶奶家住。”他最近也忙，一个人照顾不过来孩子。

小童三步一回头，恋恋不舍地回头看妈妈。

陆延觉得儿子这样太软弱，转头一看，苏卿竟望眼欲穿地看着儿子的背影，那依依不舍的模样，简直让他突然想拜儿子为师。

“卿卿。”陆延轻声唤道。

客厅画风突变，苏卿没适应过来，就听到狗男人肉麻的称呼，她打了个寒战。

“干吗？”苏卿很干脆。

陆延挪屁股，贴着苏卿坐，胳膊搭在沙发靠垫上。

苏卿心想：他又想来摩天轮里那招？呵，小瞧我了。

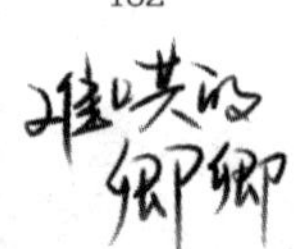

她立马要站起来，好让男人逮不着。

可惜陆延眼疾手快，她屁股刚离开沙发，就被他一把捞回大腿上，这可比抱住她更有侵略性。

苏卿慌张地推开陆延。

陆延却更搂紧她，脸埋进她颈窝，呼出的热气和胡楂一起磨蹭她，让她痒痒得直躲。

“你放开我！”苏卿挣扎。

“乖，让我抱会儿。”陆延含情脉脉，像是对她极为不舍。

苏卿逐渐软下来，在心里对自己说：不是我不想挣脱，只是因为他力气太大！

“卿卿。”男人深情唤她。

“干什么。”女人的语气柔软了很多。

“其实我也很舍不得你。”

真的吗？苏卿半信半疑，但又一想，让狗男人像儿子那么哭确实不可能。

女人不说话，男人也不强求，反正她愿意让自己抱着就够了。

只是女人忘了，男人是得寸进尺的生物。

他唇贴着她脖颈，从舔变成了吸。

苏卿想事情想得出神，等她反应过来男人在做什么的时候，脖子上已经被他印下了标记。她红着脸，皱眉道：“你干吗呀！”

这次她是真有点生气了。

陆延盯着她的脖子看，感觉对自己的“作品”还不太满意，再多几个就更好了，可惜小野猫不让抱了。

陆延对视上苏卿羞愤的眼神，语气虽然温柔，却说得极为霸道：“你身上印子消得慢，等你回来刚好我再给你亲上新的。”

苏卿被狗男人的脑回路惊道了：“谁要你亲新的！”

而且……他怎么还记得自己草莓印消得慢?

苏卿拽起手边的抱枕打陆延。

男人壮得钢筋砸身上都扛得住，还怕这小小抱枕?

他闷声笑，随她浪费力气，把她的害羞全部收进眼底。

周末，陆延送苏卿到机场，苏卿的同事还没到，陆延陪她一起等。

等人的时候，陆延用老公对老婆说话的口吻，对苏卿说："到了法国时时跟我汇报一下情况。"

苏卿抬头斜视他，不说话，让他自己感受他的要求多没自知之明。

"听话。"陆延见苏卿摆明了不肯听话，补充道，"你就算不跟我汇报，也想想儿子，他也惦记你。"

"那我直接给儿子发微信不就行了。"

陆延："……"

他知道这个时候就该不顾女人说什么，甜言蜜语就完事了。可周围人来人往，他实在做不到在大庭广众下说肉麻情话。

犹豫之际，远处传来一个年轻女孩的声音："卿卿姐！"

两人一起望过去。

只见一个二十出头，扎着丸子头，穿白T恤牛仔裤的小姑娘，拉着糖果色行李箱，脖子上还挂着一个单反，蹦蹦跳跳地跑了过来。

苏卿笑着迎过去，陆延跟在后头。

"帆帆，不用跑，不着急。"

"卿卿姐，让你久等啦！"

"没事，我们也刚到。"

同事帆帆看到苏卿身后跟着一个高大壮汉，点点头打招呼，问道："这位是……"

又到了苏卿不知道该怎么介绍陆延的时候。

陆延见苏卿欲言又止，准备自我介绍。

苏卿怕他又自称“孩子他爸”，连忙赶在他之前胡乱介绍道：“他是司机，来帮我拿行李的。”

陆延低头看苏卿。

苏卿也抬头看他，用眼神问：怎么，有意见？

陆延微笑，一副“为您服务荣幸至极”的样子，就差没学儿子再行个绅士礼了。

苏卿满意地勾起嘴角，见狗男人竟这么听话，眼里是藏不住的得意。

帆帆看着这俩人眉来眼去的，一猜就知道他们之间不单纯。再看这位壮士不仅气度不凡，衣服鞋子还都是名牌，一看就知道社会地位不低，但居然对苏卿的态度这么忠犬，让她不禁有些羡慕。

苏卿和帆帆拿完票后，走向安检口。

陆延眼看苏卿越走越远，突然大喊一声：“卿卿！”

苏卿和帆帆一起回头，看到陆延把手放在耳边比了个打电话的动作。

苏卿知道他是在提醒自己别忘了给他报平安，她自己也搞不清楚自己的想法，倔强地瞪了他一眼，又转回头。

帆帆比她慢一步转回身，多看了两眼陆延俊朗的脸庞和充满力量的身体，羡慕道：“你男朋友好帅啊。”

苏卿激动道：“他不是我男朋友！”

帆帆一脸的“唬谁呢”，但同事之间很多时候话不用点破，所以苏卿说什么就是什么吧。

从国内到法国要坐十一个小时的飞机。

罗晶很爱惜员工，给苏卿和周帆定了头等舱，希望爱将们能舒服点，下飞机了才有力气继续干活。

苏卿和周帆本来想坐一起，一路上可以聊聊天，但两人中间还隔了

一个位置。两人只好先各坐其位，等她们旁边的乘客就坐后，再商量一下能不能换位置。

苏卿坐在靠窗边，系好安全带后，她给儿子发了条微信：【妈妈上飞机啦！】并配了一张自己在飞机上的微笑自拍。

发完后，她往下划屏幕，看到陆延的对话框，想起他刚才那个打电话的动作，心头一颤，想着要不要跟他也说一声，但手指划到他的头像上又收了回来。她就是不想顺他的意，若是主动联系他，肯定又会让他得意起来。

正当苏卿别扭时，陆延的消息发了过来：【登机了吗？】

苏卿嘴角憋不住笑，她不知道此时自己的眼睛弯成了月牙，回复道：【嗯。】

【记得想我。】

苏卿美滋滋地回复：【才不。】

后面不管陆延再发什么，她都只看不回，但眼中的笑意越来越浓，仿佛被喂了一吨的蜜。

罗晶这时也发来了一条消息：【告诉你一个好消息，你这一路上不用怕无聊了，有个老朋友陪你。】

苏卿心想：谁呀，不是有帆帆陪着了吗？

说曹操，曹操就到。

一抹修长的男人身影，夹杂着高级香水的清冷味道，来到苏卿身边。

他满含笑意地唤道："卿卿。"

苏卿抬头一看，惊呼："霍希！"

霍希淡笑坐到她旁边的位置上。

苏卿问道："你坐这儿？"

"嗯。"霍希凑到苏卿耳边，想和她悄悄说一样，"我问过罗总你的航班信息，特意订的这个位置。"

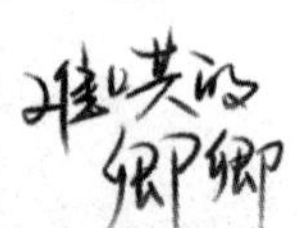

苏卿礼貌笑笑，看来她和帆帆坐不到一起了。

她问道："你去法国也是为了参加珠宝展？"

霍希回答："不止，我可以先休息两天养精蓄锐，然后就要去参加法国时装周，接着才去参加珠宝展。"

苏卿了然点头，心想罗晶肯定是算准了霍希在时装周时热度正盛，可以为臻馥的高端线增添关注度。

不愧是老板，每一步都算尽了，哪像自己除了设计什么都想不到。

苏卿今天穿了一件立领的白色衬衫。她怕冷，特意问空乘要了一条毛毯披在身上，然后转头细看了一遍霍希的着装。

他穿着白色镂空的毛衣，毛衣很精致，虽然很透风，但露不到重点部位。只是领口也太大了，尽管将锁骨线条展现得很性感，但让苏卿忍不住问："你不冷吗？"

霍希以为苏卿在关心自己，眼带笑意地说："当模特的基本素质就是要抗冻。"

苏卿想起了时尚圈的秋裤论，了然地点点头。

苏卿准备把自己捂得严严实实，弯腰盖腿部的时候，衣领被顺势往下扯，露出了她雪白的颈部肌肤，以及一枚让人无法忽视的红印子。

霍希一个成年男人，怎么会不知道那是什么。

他眼中笑意瞬间冷却，等苏卿重新坐好后问道："你跟陆先生最近怎么样了？"

苏卿奇怪地看霍希一眼："提他干吗？"

"没什么。"霍希以关心的口吻问，"你要去法国这么久，陆先生肯定很舍不得你吧？"

苏卿正中一箭。

"毕竟男人都恨不得分分秒秒霸占住心爱的女人。他越爱你，肯定越黏你。"

苏卿又中一箭。

“不知道陆先生临别前有没有做什么让你感动的事？说来听听。”

完全没有。

吃她豆腐不算，那种事情怎么能让人感动。

苏卿像吃不着糖的孩子，不高兴全写在脸上。

霍希眼中闪过一丝得逞。

见他还想继续火上添油，苏卿忙道：“不如我们换个话题吧。”

霍希一副才明白自己不小心戳人痛处的表情，同情地看看苏卿，体贴地点头，一副“我懂你”的样子。

苏卿心里像有只气球在膨胀，气球越来越大，她心里越堵得慌，恨不得挠花某个狗男人。

周帆是学影视编导毕业的，在臻馥专门负责运营短视频账号。

下飞机后，她趁霍希还在，赶紧拍了一条他和苏卿同框的短视频，一是蹭上次两人上热门榜的热度，二是为了霍希代言高端线预热。

两伙人住不同的酒店，拿完行李后互相道别。

周帆在车上就把视频剪好发到了网上。

苏卿不禁赞叹：“你这效率可以呀。”

周帆骄傲地一扬脖：“那当然，我可是专业的！”

苏卿笑得眼睛亮晶晶的，感觉跟这么有干劲儿的人一起工作，自己也充满了力量。她坐直了，看着不断前行的路，对这次的珠宝展充满期待。

小童在爷爷奶奶家简直就是小皇帝，两位老人恨不得把孙子供起来。

听说孙子在做学前班的英语数学题，陆建国特意把侄女陆媛找来给孙子当家教，并给出了每小时三百块的高辅导费，其实也是顺便给侄女零花钱。

陆媛今年大三，虽说是个学渣，但是辅导学前班小孩不成问题。

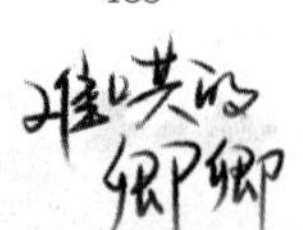

她先教小童读单词，小童学得很快。她掐指一算，这样混不够工时，于是她让小童抄单词，美其名曰加深记忆，然后自己刷起了短视频。

小童好奇地看了看小姑的手机，然后惊奇道：“你怎么有我妈妈的视频？”

陆媛突然想到小童的妈妈也是珠宝设计师，猛地从沙发上弹起来，拿着手机冲进了大堂哥的房间。

“哥！哥！”

陆延正在自己房间里看案子，突然被吵到，皱起眉头。

陆媛睁大了眼睛，问道：“你老婆是苏卿？”

陆延微微诧异，纳闷她怎么会问到卿卿，按理说父母应该不会跟亲戚们说关于卿卿的事，更不可能承认卿卿是他老婆，但他还是厚脸皮地点点头。

对，苏卿就是他老婆。

陆媛捂嘴惊叹：“我的妈呀！哥，你是怎么追到女神的？”

“什么女神？”陆延感觉自己跟现在的大学生有代沟了。

陆媛用“一朵鲜花插到牛粪上”的眼神看看大堂哥，开始拿他跟霍希进行全方位立体式360度无死角的对比，最后在心里总结还是自己老公更帅。

陆延被她看得发毛：“没事就出去。”

“唉。”陆媛叹气，小声嘀咕，“女神怎么可能看得上你这种不懂情调的工作狂。”

陆媛往门口走，又被陆延叫住：“等等，你回来，你为什么管卿卿叫女神？”

陆媛听到大堂哥叫女神叫得这么肉麻，不禁“啧啧”两声。

她把手机怼到陆延脸上，给他看霍希和苏卿拍的最新短视频。

视频里，霍希和苏卿熟门熟路地走在巴黎机场，两人依次笑着对镜

头打招呼，介绍自己接下来的行程。

苏卿说话时，霍希一直认真地看着她，眼带笑意。评论里都说霍希看苏卿的眼神，让人感觉又恋爱了。

陆延看得脸发绿，立马给苏卿发语音消息："那个男模特怎么又跟你在一起？他还没死心吗？"

他越想越生气，恨不得直接飞到法国去。

巴黎珠宝博物馆。

苏卿看到某人的新消息，笑着点开，却听到对方气冲冲地质问："那个男模特怎么又跟你在一起？他还没死心吗？"

她开着外放，尴尬地看向身旁的霍希。

霍希挑眉，不仅不生气，反倒笑着说："想不到陆先生这么在意我。"这是不是从侧面反映出了一些问题？例如自己在苏卿心里还是有点地位的。

苏卿满脸尴尬，把手机塞回包里，也不知道该怎么解释，但还是得替陆延强行解释："那个……他没恶意的。"

霍希摇摇头："没关系，陆先生可能是误会了什么。不过……"他话锋一转，满眼同情地看着苏卿，"陆先生也太大男人主义了，你又不是旧社会的小媳妇儿，他怎么那么不理解你的工作？你这么好的女生，他却不懂你。我要是你男朋友，肯定不会这么约束你。"

苏卿听到有人质疑陆延，马上出声维护："不是的，陆延很支持我的工作。我刚开始因为要出差一个月，还很犹豫到底要不要来，是他鼓励我，我才下定决心的。"

霍希笑意淡去，不再多言。

两人之间安静了一瞬，气氛稍显尴尬。

霍希望向珠宝博物馆的门口，转移话题："有请苏导游带我参观讲

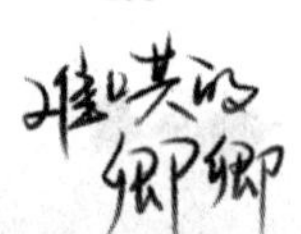

解一下这里吧。”

今天来这儿是因为霍希说想了解一下珠宝史，参加珠宝展时还能在媒体面前露一手。这种利己利人的事儿，苏卿当然不会拒绝。

话题从感情转移到是专业领域，苏卿立马化身专业讲解员，她就读的设计学院就在当地，上学的时候早就把这个地方摸得门清，从门口的喷泉到室内的展物，每一样都能讲得头头是道。

珠宝博物馆的天花板是透光的玻璃，傍晚的红霞透过玻璃从上而下洒到苏卿身上，仿佛为她披上了薄如蝉翼的红色纱篷。

霍希跟在她身后，眼神痴迷。

“其实……我不是第一次来这儿。”霍希忽然道。

“啊？”苏卿回头看他，一脸诧异。

霍希走到她身旁，淡笑道：“我刚出道的时候第一次来法国走秀，也正好是那年珠宝展举办的时候。当时有位华人设计师的作品是条红宝石项链，在展会上大放异彩。不知道你听没听说过那条项链，我刚才看着你，忽然觉得很适合你。”

苏卿眼神颤动：“你说的是烈焰之心吗？”

霍希更欣赏她了：“这么冷门的作品你也知道？”

苏卿仿佛遇到知己：“那位设计师是我妈妈！”

霍希眼露惊喜：“烈焰之心对当时的我来说是高不可攀的作品，没想到我现在居然能跟那位设计师的女儿合作。”

自从母亲自杀之后，每次别人提到苏焕琴都以同情的目光看着苏卿。但母亲在孩子心理永远是伟大的，这么过年过去了，突然有人提到母亲时是满满的崇敬，这简直让苏卿心潮澎湃。

她纤细白嫩的手在胸口握拳：“我一定要好好设计新作品，不能给我妈妈丢脸！”

霍希满眼笑意：“你可以的。”

苏卿也抬头笑着看他，眼睛弯成了月牙。

霍希问道："对了，烈焰之心现在在哪儿？"

苏卿笑容敛去，眼神冷得不像她。

霍希隐隐有种直觉，想起苏卿曾经说过陆延做过一件她永远都无法原谅的事，于是问道："跟陆先生有关？"

苏卿轻轻点头。

以霍希的性子，不趁机钉死陆延才怪。

可眼前的苏卿像是陷入了沉痛的回忆中，落日余晖压在她身上更像是燃烧后的灰烬。

霍希不忍再说刺痛她的话，轻轻扶住她单薄的肩膀，说道："前面有咖啡厅，我们去坐一会儿。"

苏卿也不希望自己的负面情绪影响到别人，提起精神，微笑点头。

陆家吃晚饭的时候，陆建国和张慧芳笑呵呵地给孙子夹菜。

陆延食不言寝不语，但他旁边坐着叽叽喳喳的陆媛，祖传红烧肉都堵不上她的嘴。

陆媛问道："哥，你当初怎么会跟苏卿分手？那可是妥妥的女神呀，你现在想再追多难。"

陆延吃不下饭了。

陆媛又问："大伯，伯母，您二老当初怎么不劝着点，咱们老陆家要有苏卿这么光宗耀祖的儿媳妇多好！"

陆建国和张慧芳笑不出来了。

陆媛见大家脸色不对劲儿，意识到自己可能说错话了，开始低头扒饭，然后八卦地问小童："你爸和你妈现在是什么关系啊？"

小童又不懂大人的弯弯绕绕，实话实说："爸爸在追妈妈，但妈妈不要爸爸。"

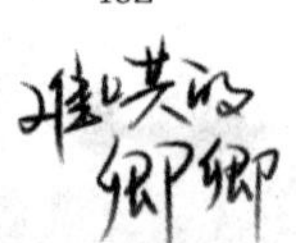

陆媛扑哧一笑，没想到向来被众星捧月的大堂哥居然也有吃瘪的时候。

感觉到旁边斜射过来的杀气，她连忙狗腿道：“哥，别说妹妹不帮你，我这就把《土味情话集》和《哄女朋友的一百零八种方法》转发给你，祝你早日抱得佳人归。”

至于霍希，就留给我好了！

陆延懒得跟堂妹闲扯，吃完饭回到房里，给苏卿发消息：【你干吗呢？】

等了一会儿，苏卿没回。

他看到陆媛转发的两条链接，心思一动，点开看完后，想了想，学这上面教的给苏卿发了条：【我结婚你一定要来啊。】

苏卿秒回：【？】

陆延本来只是试试，没想到这招竟然真的有用，于是他赶紧继续使用套路：【因为没有新娘是很尴尬的。】

发完他就一直盯着手机，期待苏卿的回复。但苏卿那边没动静了，陆延心如火烧蚂蚁。

不一会儿后，一个国际长途打来，陆延期待地接起电话，不知苏卿会是什么反应。

苏卿却问道：“你微信被盗号了？”

陆延闷声笑了，虽然这些土味情话很傻，但能引起卿卿注意就行。

这一晚上，陆建国和张慧芳都心事重重。

临睡前，张慧芳在卧室说：“咱们当年或许不该反对阿延和苏卿，要是他们当初没分手，现在他们一家三口该多好。”

陆建国虽然也有这种想法，但还接受不了，双手背在身后，沉脸坚持道：“那种上梁不正、关系乱七八糟的女孩子，要不是为了小童，打死我都不会同意让她进家门的。”

张慧芳摇摇头："我接触过苏卿之后，总觉得她不是那种人。"

陆建国不认同老伴儿的想法："你是信直觉还是信证据，馨馨的背调还能有错？"

张慧芳看看老伴儿的神色，说道："我不是信不过馨馨，但我总感觉事有蹊跷，所以我又找了家背调公司，新的背调结果很快就能收到。"

陆建国嗤鼻："多此一举。"

三天后，快递员送来一份文件。

陆延刚好在家，接过一看，收件人是张慧芳，拿进屋里，一边问，一边找剪刀："妈，有份你的文件，我帮你拆开吧。"

在厨房忙活的张慧芳一听，连忙跑到客厅，从陆延手里抢过文件，捂进怀里。

好家伙，这要是让儿子知道他们背地里调查过苏卿，那还得了？

陆延诧异地看着母亲的异常反应，问道："妈，这什么文件不能让我看？"

顿了顿，他紧张地问："难道是体检报告？"

张慧芳一摆手："别瞎想，没什么，忙你的去。"

陆延见母亲拿着神秘文件走回卧室，连厨房里的活都忘了，简直一反常态。父母该不会最近身体不舒服，又怕影响自己工作，所以隐瞒病情？他不禁越想越担心。

张慧芳回到卧室，还特意把门锁上了才拆开文件。她拿着文件一张一张地看，越看手越抖。

原来苏卿的母亲根本不是屡戒不改的赌鬼，而是一名非常优秀的珠宝设计师；陆延的一百万也确实不是拿去还了赌债，苏卿母亲的债务问题只是因为创业失败破产所致；苏卿也不是男女关系乱七八糟的人，人家是清清白白的好女孩……

新的背调跟曲馨多年前给她们的那份完全不一样，按理说她们该信

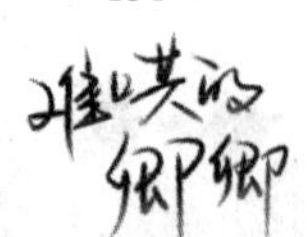

曲馨的，但张慧芳觉得眼见为实。她马上给陆建国发了条语音：“老伴儿，你赶快回来！”

张慧芳在卧室坐立难安，干脆直接到书房等老伴儿。

陆建国回家走进书房，问道：“什么事慌慌张张的？”

张慧芳不说话，只把文件递给他。

陆建国从书桌上拿起老花镜戴上，莫名其妙地看了老伴儿一眼，开始看文件，他本来半眯着眼，越看睁得越大。

“这……这……”他不敢置信地看看老伴儿。

张慧芳点点头：“我这回经人匿名找了一家跟咱们八竿子都打不着的背调公司做的调查，这家公司的背景也很深厚，错不了。”

陆建国还是不愿相信，指着文件说：“馨馨也没有理由糊弄我们呀！”

张慧芳想了想：“只是我们以为没理由，你说她会不会对阿延……”

陆建国一挥手：“不可能，馨馨都已经跟墨谦结婚了，你当长辈的别瞎说。”

张慧芳叹气，这几个都是自己看着长大的孩子，也都从小就品学兼优，他们怎么想都想不到这些好孩子会弄出假文件，但是关系儿子的终身大事，她左思右想，还是下定决心说道：“我得给馨馨打个电话问清楚！”

陆建国虽然护短，但还没老糊涂，两份背调文件肯定有问题，但人在理性和感性之间很难做选择。

他思想挣扎了好一会儿，才对老伴儿说道：“打吧。”

张慧芳拨通了电话。

电话里只嘟嘟响了两声就被接起来：“陆伯母，晚上好。”

说话的是一个柔媚的女人声音，虽然听起来没有年轻女生的娇嫩感，但吐字清晰，十分温柔，一听就是很有素质的人。

张慧芳本来一肚子气，听到曲馨的声音就像被灭火器压下火势，心里有气也不好意思发出来。

她沉下一口气，调整好自己的语气，才开口问道：“馨馨，我有件事想问你。”

“好的，陆伯母您说。”曲馨从容坦荡。

张慧芳问道：“我拿到了一份苏卿的新背调，跟当年你们公司查出来的完全不一样，这是怎么回事？”

电话里足足安静了好几秒，张慧芳都怀疑是不是信号断了，曲馨才答道：“陆伯母，我们公司在业内的口碑您知道的。您说的这个情况我暂时不清楚，我马上去跟当年经手的人沟通，有结果后第一时间告诉您。”曲馨的声音听起来依旧坦坦荡荡的，而且说话办事都很让人放心。

张慧芳突然很纠结，她希望苏卿是好女孩，也不希望曲馨骗自己，但这两个女孩之间，明显有一个人在说谎。

她把通话内容告诉老伴儿后，问道：“你觉得呢？”

陆建国拄着拐杖在书房里走了两圈：“先等馨馨那边的结果吧。”

毕竟是自己看着长大的好孩子，他们心里还是更偏向曲馨。

“对了，你把文件放好，千万别让阿延看到。”张慧芳嘱咐道。

陆建国想起儿子多年前为了苏卿跟家里决裂，长叹一声，将新旧两份文件一起放到了拉门书柜的最底层。

这个柜里放了些笔墨纸砚，但陆建国早都不练书法了，平时就是个积灰的地方。

周末下午，陆媛早早来到陆建国家候着，准备给小侄子辅导作业。等了一会儿，大伯母就把小童从少年宫接了回来，她问道：“小童，今天美术老师布置了什么作业啊？”

小童在客厅新买的小书桌上依次放好画笔和画纸，乖乖回答小姑的问题：“老师让我们用水彩画爸爸和妈妈。”

陆媛了然，想着该怎么指导作画，却见小书桌画画有点放不下工具，

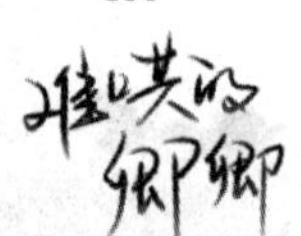

于是提议道："要不我们去餐桌上画吧。"

小童乖巧点头，拿起画笔和画纸，准备"搬家"。

张慧芳从厨房出来，恰好看到，指着书房说："一会儿我们要做饭，餐厅多吵啊。你们去爷爷的书房里画画，他的书桌大。"

陆媛惊呆下巴，心想大伯的书房堪比皇帝批阅奏折的地方，以往她们想进都得经过请示才行，现在居然轻易地拿出来给小童画画。

她不禁摸摸小童的小脑袋瓜，心想：这简直就是蜜罐里的孩子。

搬完东西后，陆媛帮着调好颜色，小童开始作画。但是水彩笔刷的刷头太粗，画一米九的肌肉男还行，但要画纤细的苏卿，怎么画都不像。小童再乖也是小孩，画几遍就不耐烦了，嘟着小嘴一脸沮丧。

陆媛挠挠后脑勺，灵机一动："我想起来了！大伯的书房里有文房四宝，我们用毛笔画就能把你妈妈画瘦了！"

小童眼睛一亮。

陆媛蹲下来，打开拉门柜，看到里面的东西后，笑着朝小童招了招手，说道："果然在这儿！快过来！"

小童笑着跑过去，一个没注意，不小心踢倒了水桶，水洒了一地，连柜子里的东西都湿了。

陆媛慌了："完了完了，大伯肯定会骂死我的！"

小童见陆媛一脸惊慌，也跟着急得直哭。

陆延路过，听到动静往里一看："你们干吗呢？"见儿子哭了，他忙走进去，蹲下来，抹抹儿子的小脸，"怎么哭了？"

小童哭得稀里哗啦的，指着一地的水，愧疚地说："我犯错了。"

陆延笑了笑："没事，爸爸来收拾。"抬头对陆媛说，"你带小童去洗洗手，我会跟你大伯解释的。"

陆媛一脸感激地看着大堂哥，带着小侄子出去了。

陆延见柜子里的文件湿了，赶紧拿出来看内容有没有模糊。结果打

开一看，竟然是两份内容截然不同的苏卿背调。

张慧芳见孙子从书房里哭着出来，连忙上去问道：“怎么了这是？”

陆媛低着头将经过告知。

当张慧芳听到洒水的地方以及陆延正在打扫，慌得连手上的抹布都掉到了地上：“糟了！”

陆媛见伯母这么大反应，她蹲下来捡起抹布，跟小童说：“我们好像闯大祸了。”

小童一听，眼泪哭成了瀑布。

张慧芳赶到书房时，陆延还蹲在地上看两份背调。

他听到门口的动静，抬起头，看到母亲慌张的模样就知道她肯定知情。他站起来，举起文件，满眼失望：“妈，你们居然背着我调查苏卿。”

张慧芳想不出借口，低着头。

陆建国见老伴儿站在门口，走过去问道：“怎么了？”他往里一看，儿子手上拿着的竟然是苏卿的背调，知道大事不妙了。

“爸，妈，你们这么多年一直反对我和卿卿在一起，就是因为信了这份胡说八道的文件？”陆延举起文件质问道。

陆建国转头看看远处的侄女和孙子，把老伴儿推进书房，关上门不让孩子们听到大人争吵。

他对陆延说：“馨馨说可能是当年经手的人搞错了。”

“你们信？”陆延像是随时会爆发的火山，“就算是曲馨亲口跟你们说苏卿不是好人，我又跟你们说过多少遍卿卿是个好女孩！为什么你们宁可相信外人，也不相信自己儿子？”

张慧芳解释道：“那不是馨馨嘛。”

“曲馨又怎么样！”陆延刚要说什么，想了想又把话咽了下去。曲馨、墨谦和他之间的事，多说无益。

“你怎么跟你妈说话呢！”陆建国拍桌子指责，“这么多年来，苏

卿就是你的逆鳞，我们多说两句你就爆炸。你让我们信你什么？你自己想想，每次遇到关于苏卿的事，你像不像被迷了心窍的呆子！”

陆延也发觉自己刚刚说话太大声，低头反省，但父母一而再再而三插手他跟苏卿的事，又着实令他气愤。

张慧芳夹在两人中间头疼，老伴儿和儿子一个比一个倔，吵起来肯定像多年前一样没完没了，她可不想再一次家庭决裂，又不知道该怎么劝。

正当书房里局势不断升温，门口响起了稚嫩的敲门声。

张慧芳走过去开门，竟是泪眼婆娑的小孙子站在门口，手里还拿着一块抹布。

小童哭着说：“对不起，是我弄脏书房了，爷爷爸爸不要生气，我来收拾干净好不好，呜呜呜……”原来小童以为大人争吵是因为自己犯了错。

三个大人看到最无辜的孩子在认错都心疼坏了。

张慧芳连忙蹲下来，把孩子手里的抹布放到一边，抱着孙子说：“宝贝别哭，不是因为你，没事的没事的……”

陆建国和陆延面面相觑，各自叹气停火。

又过了两个小时，陆延反思过往，知道自己以前碰上苏卿的事容易失控。但他已经过了冲冠一怒为红颜的年纪，现在遇到问题都会尽量耐住性子。他估摸着大家都该冷静了，于是把父母请到书房。

“爸，妈，你们说得对，以前是我不够冷静。但是曲馨给你们的背调，完全是在抹黑卿卿。你们也不用等曲馨的回复了，我等下会找她问清楚。希望以后你们不要再对卿卿有偏见，她真的是个好女孩。而且你们就算不信我，也该信新的背调。”

陆建国和张慧芳也是因为看着曲馨长大的，才会一再相信她。现如今事实摆在眼前，老两口当着儿子的面虽然没说什么，但心里都很愧疚。

陆延说完该说的话，晚上还得去值班。到了局里，他把车停好，但不想在办公室里处理私事，直接在车里给曲馨打了个电话。

电话接通后，曲馨的声音像吃了蜜糖："阿延，你最近好吗？"

陆延的声音冷如冰川："卿卿的背调是怎么回事？"

电话里寂静两秒。

曲馨委屈得像只受伤的小白兔，柔弱地带上了哭腔："你难得找我，就是问这个？"

"你好好说话。"陆延对苏卿以外的人哭完全免疫。

"当初的经手人早就被炒了，可能他心中怨恨，为了陷害公司，故意改背调内容，我已经在着手查了。"

"你当我是傻子，还是忘了我是警察？"

曲馨撒娇般问道："我们青梅竹马，你还不信我吗？"

陆延完全闪避了她的暧昧："就算你说的都是真的，你又不是不认识苏卿。她会是你背调里写的那种人吗？你发现文件有问题还把它交给我父母？"

曲馨开始答非所问："阿延，你变了。"

陆延眉宇间难掩厌烦："徐太太，这事你跟我父母解释清楚，别让他们继续误会卿卿，也别让我知道你添盐加醋，不然我会亲自去调查来龙去脉。"

不是每家公司都经得住专业的调查。

电话那头沉默了。

陆延挂了电话，准备开始工作。

他在走廊里遇到正低着头，极为认真地看文件的小孟，眼神中除了对工作的热忱，还有一丝八卦。

陆延走过去，问道："看什么呢，这么入神？"

小孟伸脖子往前面办公室里面看了眼，然后转头小声跟陆延说："吕

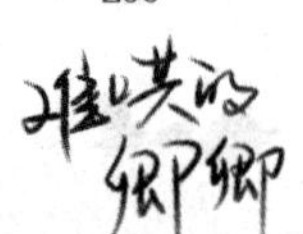

氏集团的太子爷来报案了。”

吕氏集团，滨城顶梁柱企业之一。

集团老板前不久刚刚过世，因有遗产纷争，这位太子爷现在虚有其名，尚无实权。

小孟把手中文件递给陆延。

陆延翻开一看，原来是这位太子爷怀疑有人伪造文件、改遗嘱。他一页页往后翻，其中涉嫌伪造文件的公司竟然是谦馨信息资源公司。

这是徐墨谦和曲馨合开的夫妻公司。

看完后，陆延把文件还给小孟，神色极为平淡，与往常无异。

陆延在父母家住的时候，跟儿子睡一个房间。

旁边是儿子睡得香喷喷的均匀呼吸声，陆延枕着胳膊却睡不着。

还记得苏卿刚跟他在一起时，她是很希望能得到他父母认可的。可惜后来发生一连串的事情，导致一提到他父母，苏卿就莫名紧张。

如今误会解开，家庭矛盾已经消失，他的卿卿却不再渴望当陆家的儿媳妇了。陆延长长叹息一声，不明白为什么总是事与愿违。

小家伙爱踢被子，跟他妈妈一样。

陆延笑着帮儿子重新盖好被子，借着月光看着自己和卿卿的爱情结晶，想象着若是苏卿能不计前嫌跟他结婚，他们一家三口会是多么幸福。

陆延越想，内心对苏卿的感情就越浓烈，心中有千言万语想对她说，可拿出手机又不知从何说起，最后浓缩成三个字——

【我爱你。】

第八章

他 的 嘴 硬

/

“我们爷俩都想你了。”
“我只想我儿子。”
“坏东西。”

国内凌晨一点是法国晚上七点。

霍希明天要去时装周走秀，苏卿和周帆以臻馥代表的身份一起为他饯行。

席间，霍希遇见老朋友，是一位法国知名服装设计师，他过去朋友的桌上聊了一会儿。

周帆灵敏的媒体嗅觉闻到了热门的味道，得到当事人同意后，也坐过去跟着采访。

如今短视频风靡全球，外国在这方面比国内晚发展了一大截，可以说国外现在最火的都是国内玩剩下的。

法国设计师一听周帆是这方面的专业人才，立刻眼冒金光，没完没了地请教起来。

霍希这边不好离开，可远处自己那桌却只剩下苏卿一个人，他握着高脚杯轻晃，心里有点焦灼。

苏卿看出他的小动作，与他对视上后，笑着摇了摇自己的手机，意思是：别担心，我有乐子，你忙你的。

霍希舒心一笑，有被体贴到。

苏卿刚给手机解锁，微信就收到一条新消息——

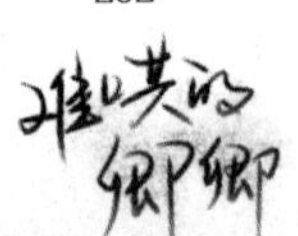

陆延：【我爱你。】

苏卿愣了两秒，饶是最近她已经习惯了陆延莫名其妙的土味情话，并且一边嫌弃一边还挺期待，但看到这三个字还是难免惊讶。

苏卿的心像被麻痹了很久后，突然通血，麻麻的、痒痒的。但她怎么想都感觉不对劲儿，于是回道：【你又被盗号了？】

陆延发给苏卿的土味情话，她大多都不会回。当他看到新消息提示时，激动地从床上坐了起来，这下更睡不着了。可看完苏卿的回复，他又被气笑了。

【真情实感、发自肺腑、假一赔十。】

【你就不能对微信的安全团队有点信心？】

他连发了两条。

苏卿秒回：【陆延就不是会说这种话的人！】

其实苏卿刚收到他的土味情话时，内心还是有点小悸动的，只是她网上一查，发现他发的全是网上能复制粘贴的句子，顿时就觉得没什么意思了。

这次倒好，都懒得复制粘贴了，什么套路都没有，只剩三个字。但这三个字却是苏卿等了好久都等不到的情话，即使她觉得陆延不真诚，内心却还是被撩拨到。

陆延：【真是我。】

苏卿：【你发语音说这三个字，我验证一下。】

苏卿也搞不懂自己为什么要跟他扯皮，但就是忍不住。她想，一定是因为桌上只剩下自己，太无聊了所致。同时她还很期待，陆延到底会不会亲口说出那三个字。

陆延拿着手机放到嘴边，张了张嘴，还是说不出来。他余光看到旁边熟睡的儿子，更加不好意思了。这要是被儿子听到了，他的老脸要往哪儿搁。

苏卿手机放桌上，双手托腮，心静不下来，手指不停地在脸上弹钢琴，全神贯注地等着新消息。

终于，新消息来了——

苏卿定睛一看，却不是语音消息，而是一张陆延跟小童的现场自拍。

照片里的儿子睡得很香，苏卿瞬间被儿子治愈，但也没忽略重点。

哼，死都不肯说那句话是吧？

苏卿有点小不高兴，退出微信去看别的，不搭理陆延。

不一会儿后，屏幕上方弹出一条新消息：【等你回来后，我当面对你说。】

真的吗？

这是苏卿内心的第一反应，然后马上又对自己说：我才不期待呢！

她轻哼一声，还是不回狗男人，点回微信，放大儿子的睡颜，只觉得她的宝贝真可爱！

霍希和周帆从临桌回来。

霍希一直在暗中观察苏卿，见她冲着手机笑得美滋滋的，还在猜她看到了什么。从她身后经过时，他看到屏幕里是一张酷似陆延的小男孩的照片，心情瞬间跌入谷底。

苏卿收起手机，三人又聊了一会儿，但霍希有些心不在焉。苏卿以为霍希累了，想着他明天要开始高强度工作，于是提议大家都早点回酒店休息。

霍希坚持送两位女士回酒店。

到了酒店大堂，周帆以追番为由，先一步回房。

霍希静静地看着苏卿，她今晚真美，精致妆容配上连身裙，让她极有女人味，酒店柔和的光将耳环照得更亮，完美点缀了她眸光的神采。

他越看越心醉，对她的喜欢快要溢出眼睛。可酷似陆延的小男孩又猛地闪进他脑海，挥之不去。

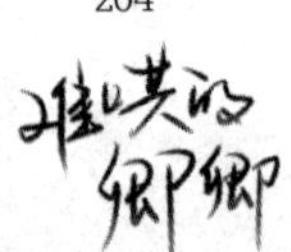

苏卿见他目光像天气一样忽明忽暗，好心劝道：“听说你们模特走秀特别累，早点回去休息吧，明天工作加油哦。”

霍希抿唇，不想那么快说再见。他从大衣兜里拿出一个巴掌大的礼物盒，伸到苏卿面前：“打开看看。”

苏卿微笑接过，打开一看，竟然是一枚戒指。她不敢要了，合上盖子想还给霍希。

霍希却笑着把“戒指”从礼物盒里拿了出来。

原来这个礼物盒有特殊设计，礼物乍一看是戒指，要拿出来才能现出原形。

苏卿这才发现戒指底下还有一条链子，这竟然是一条项链，只是链坠像戒指，她开始质疑设计师的初衷是不是就为了暧昧的恶作剧。

霍希看到苏卿的小表情，绷不住嘴角，勾起了笑：“链坠的环身上有翅膀纹路的雕刻，寓意着实现梦想，祝你的设计在珠宝展上大放异彩。”

苏卿看到链坠环内刻着的品牌名字，笑着说道：“谢谢。”心中却在流泪：这个牌子好贵的，回礼要花好多钱，呜呜，我什么时候才能攒够一百万。

霍希前脚走，罗晶后脚就到了法国。

老板来了之后，臻馥将正式对接法国设计团队。

苏卿有很多创意想法，也做足了准备工作，去设计工作室的时候，笔记本电脑、画板、手绘设计稿，带了一大包东西。

罗晶在车上时就开始忍不住摩拳擦掌：“这次我们花重金请了法国设计师，一定能拿下高端市场！”

苏卿点头附和，但隐约感觉到了一丝不对劲儿。

到了工作室，罗晶十分热情地跟法国设计师们握手，但法国设计师们神色淡淡的。

周帆忍不住小声说：“我怎么感觉他们有点傲慢。”

罗晶解释道：“法国人骨子里就高冷，对哪个国家的人都这样，不是针对我们。”

在法国待了五年的苏卿心想：是这样吗？

开会的时候，罗晶声情并茂地讲述臻馥高端线的理念，可法国设计师们不仅反应平淡，连坐姿都很懒散。

罗晶有点使不上劲儿的感觉。

苏卿为了不让老板下不来台，便微笑着打圆场，阐述自己的设计想法。

她刚说了个开头，一个法国设计师就举手打断，表示他们法国人是最懂设计的，然后滔滔不绝地讲起了自己的辉煌史。

等他终于讲完，苏卿想继续介绍自己的设计想法，另一个法国设计师又打断了她。

苏卿无助地看向罗晶，却见罗晶一脸崇拜地看着法国设计师们，仿佛他们口中的辉煌就是臻馥高端线的未来。

苏卿靠在椅背上，无聊地在纸上瞎画。

周帆用微单记录着现场，将一切看在眼里。

等晚上回到酒店之后，周帆反复思考了一天，还是决定劝一下为人不错的苏卿。

走廊上，周帆说道：“卿卿姐，大多数人对法国的设计都有些盲目的崇拜，我们只是打工的，做好分内事就行。”

苏卿明白，周帆是劝自己不要跟正在兴头上的罗晶说太多关于法国设计师的事。她点点头，很暖心周帆的提醒，但她是设计总监，有关设计的事都是她的分内事。

苏卿回到房间洗完澡，拿起手机一看，陆延又发来了土味情话。她猜测陆延是不是以为自己很喜欢这一套。

她心情不好，连带对陆延的态度也变差，回复道：【无聊。】

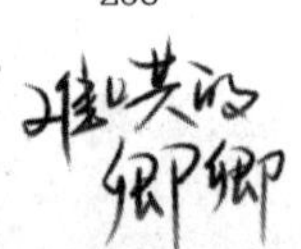

远方的陆延心想：我也觉得无聊，甚至弱智，但这玩意儿能让你搭理我，那弱智就弱智吧。

【你干吗呢？】陆延继续迎难而上。

苏卿要是跟普通朋友说自己刚洗完澡那没什么，但跟陆延说这个就莫名害臊。她看了看时间，回道：【你最近怎么总睡这么晚？第二天上班能有精神吗？】

国内时间应该凌晨两点了，苏卿问完感觉自己好像在关心他，想要撤回又觉得他应该看到了，想来想去为自己找了个理由：我只是在转移话题！

陆延发了条语音过来，苏卿点开一听，男人应该躺在床上，声音慵懒低沉："还不是想你想得睡不着。"他语气平缓，隐隐带着笑意。

苏卿把出声孔对准耳朵，听到这句话时，仿佛是陆延含着她的耳朵在说。她听着半边身子都酥了，愣了好一会儿，也发了条语音回去："口甜舌滑。"

陆延听到回复忍不住笑了，旁边熟睡的儿子仿佛也听到了妈妈的声音，奶声奶气地呓语："妈妈……想妈妈……"他摸摸儿子圆圆的后脑勺，特意把他的梦话录下来发给苏卿。

苏卿听到后都快疯了，她都半个月没见到儿子了，这一听恨不得马上飞回国！

陆延又发来一条语音，苏卿以为是儿子又说了什么梦话，马上点开，结果却是狗男人的声音："我们爷俩都想你了。"

苏卿甜甜一笑："我只想我儿子。"

"坏东西。"男人含着笑，轻声呢喃，感觉像拿她没办法又偏偏宠着她，心里痒痒的，恨不得咬她一口。

苏卿莫名脸红心跳，自己跟陆延这样不就是在调情吗？

但是……

感觉还不赖。

陆延问道："工作怎么样了？"

苏卿叹气，想起罗晶在会上盲目的眼神，又想起周帆善意的提醒，她摇摆不定。刚好陆延这人虽然谈恋爱不太行，但是工作能力很强，苏卿想了想，把今天遇到的问题告诉他，想听听他的看法。

"工作上的问题有话就直说，你可以为努力后的失败难过，但不能让自己因为不够尽力而后悔。"

苏卿觉得陆延说得对，于是今晚奖励性地跟他说了句："晚安。"

陆延把手机放在耳边，把这句晚安反复听了几十遍。

苏卿第二天来到罗晶的房间，开门见山地说："罗总，昨天会上法国设计师们几乎把我们原先的设想全部推翻了，尤其我们想要体现的中国风被全部拆除，这样会让我们的作品在珠宝展上失去辨识度。"

"苏卿，你说的有道理。但是这次我是砸血本请的法国设计师们，每个人的履历都那么辉煌，法国又是他们的主场，听他们的准没错。这次的设计还是以法国设计师为主导吧。"

罗晶的潜台词是：这次设计你挂个名就行了。

苏卿毫无保留的沟通，只换来这样的结果，她很无力。但就像周帆说的，她们只是打工的，只能听老板的。

回到房间后，苏卿收到陆延发来的语音消息："怎么样了？"

苏卿把情况告诉了陆延。

如果是周令，估计她会骂罗晶一通，替苏卿撒气，但陆延是成熟男人，他听完没说任何罗晶的不好，只引导苏卿把委屈说出来，他静静聆听，适时安慰。

等苏卿把憋在心里的话说出来之后，心里果然好受一点了。

陆延的魅力值因此增加了一丢丢，他最后说道："乖，我要去忙了，你有事随时联系我。"

这一声“乖”，也让苏卿反复听了好多遍。

法国设计师定稿后，样品很快做了出来，同时霍希也走完了时装周，回到臻馥团队准备为珠宝展站台。

罗晶带着样品来到霍希下榻的酒店，想请他做臻馥高端线的代言人。

咖啡厅里，霍希拿起样品戒指看了看，连试戴都不愿意，说道：“这不像是苏卿的设计。”

罗晶脸上闪过一丝尴尬：“这次的设计以法国设计师为主导。”

再高端的代言在霍希这儿都是任他挑的，如果他接下了臻馥的高端线，算是“下嫁”。虽然他明显对这次的设计不满意，却没有马上拒绝：“我先考虑考虑。”

罗晶走后，霍希给苏卿打了个电话：“喂，有空吗？我想跟你聊一下工作上的事。”

霍希约苏卿来到湖边，这里风景优美，两人像重逢的老朋友，边走边聊。

霍希说：“我不太想接臻馥高端线的代言。”

苏卿点头，能够理解。

“但是……”他话锋一转，“我可以为了你而接下这个代言。”

苏卿停下脚步，神情愣怔，没想到霍希会突然这么直接。她心想：难道是我以前客套得还不够明显吗？

“霍希，工作上的事你为自己考虑就行了，不必考虑我。”苏卿眼神明晰，态度疏远。

霍希也没想到苏卿会这么直接，以前听她讲陆延的事，还以为她处理感情问题都很拖泥带水。原来，她只会对陆延犹豫不决，对其他人都果断得很。

霍希不甘心，干脆把话挑明了说：“既然你跟陆延不可能，为什么

不考虑一下我呢？”

苏卿低头，想到这几天跟陆延情不自禁的暧昧，有些心虚。但她跟陆延的事，与霍希无关，于是她抬头说：“霍希，你要的是爱情，我要的是家庭，我们俩出发点都不一样，走不到一起的。”

“家庭就不能有爱情了吗？”

“那你能接受我儿子吗？”

“你能不能不要总提你儿子，爱情是两个人之间的事。”

“不能，我考虑伴侣的首要条件，就是他得跟我儿子能合得来，其次才是我的感觉。可是很抱歉，我对你没感觉。”

大众男神第一次被拒绝得如此干脆彻底，霍希眼中满是受伤，轻轻摇头，似乎接受不了。

苏卿也感到很抱歉，但她劝自己狠心，长痛不如短痛，有些话必须说清楚，以免对方抱有幻想。

霍希离开之后，再没找过苏卿，苏卿还是从罗晶口中得知他拒绝了臻馥的高端线。

两人再次见面是在珠宝展的首日，霍希为臻馥高端线站台。

苏卿平静如常。

霍希对她跟对其他工作人员无异。

臻馥展区的高光时刻是霍希站台的时候，有名模加持，关注度当然高，但霍希完成工作离开之后，臻馥展区就变得冷冷清清。

这次的法国征途，罗晶可以说是完败。

她被法国设计师当冤大头的事不但成了业界笑柄，甚至万福的老板还特意到展区嘲笑了她一番。

罗晶当晚喝得烂醉，还是苏卿和周帆两个女生把她从街边抬回了酒店。

苏卿帮罗晶换完睡衣后，看到她现在如同自己母亲当年一样颓废，

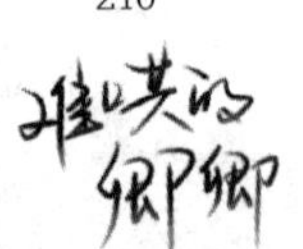

于是在她的床头便签上写下了三个字——

【别放弃。】

罗晶醒来后，看着床头的便签，沉思许久，然后微微笑了笑。她给自己放了两天假，最后满血复活般带着苏卿和周帆回国。

滨城机场。

罗晶只轻松地拉着一个登机箱。

周帆行李车上有三个大箱子，上面放着一个鼓鼓囊囊的大包，手上还拎着一个大号行李箱。

苏卿也有两个箱子，一个装她的衣物，另一个装礼物，当然礼物大部分都是给小童买的。

三个人走出出口，远远地传来一个小孩子的声音——

“妈妈！”

苏卿原本还在跟周帆聊天，一听到这个声音立马往前看。

果然，是儿子跟他爸站在围栏外等着她。

苏卿什么淑女形象都顾不上了，推着行李往前冲！

小童也跑到人流口，等妈妈一出来就扑到她怀里。

苏卿蹲下来抱紧儿子：“啊，想死妈妈了！！！”

小童也搂住妈妈的脖颈：“我也想死妈妈了！妈妈终于回来了，妈妈不许再走了！”

母子俩抱成一团，感人肺腑，路人见到纷纷在想：他们是不是上千年没见着了？

苏卿视线里出现了一双男人的黑色皮鞋，她抬头看。

一米九的男人淡笑展开双臂：“这个也抱一抱吧。”

旁边一群接机的人估计是等得太无聊，见这边小媳妇儿挺漂亮的，就跟着瞎起哄：“抱一个！抱一个！抱一个！”

苏卿白皙漂亮的小脸蛋红成了番茄。

偏偏某个狗男人还伸长着双臂，配合起哄的人群，坚持要抱抱。

苏卿瞪他一眼，男人痞痞坏笑，周围起哄的声音更大了。

突然一个路人喊道：“只抱抱多不带劲儿！亲一个！”四周的吃瓜群众哄笑起来，气氛更为热烈，感觉看不到这俩人亲亲就誓不罢休。

苏卿给陆延使眼色，让他搞定周围的人别再起哄。

不料陆延反而凑近她，一副真要上来亲她的样子。

这时吃瓜群众反而安静了下来，万众期待“世纪一吻”。

苏卿羞恼地推了陆延一把，小声骂道：“你正经点！”

陆延闷声笑，不逗她了，侧身站到她旁边，挡住接机起哄的人的视线。

路人们见这边没戏了，也逐渐回归平静，人群中偶尔夹杂两句：

“这小媳妇儿太害羞了，不亲就算了，连抱都不抱。”

“哎，没劲。”

苏卿无奈地回头张望，却找不到说闲话的人。她百口莫辩，心想：谁是他小媳妇儿了！

罗晶和周帆从后面跟上来，目睹了苏卿从人变成番茄，再从番茄气成河豚的全过程。

她们一边笑，一边看着高大男人自然而然地接过了苏卿的行李车，眼中增添了不少赞赏之色。

尤其是罗晶，中年女性大多对肌肉男有纯天然的好感。她从头到脚打量了一遍陆延，将他鉴定为绝品中的绝品，她走近了问苏卿：“这是你老公？”

苏卿摇头：“不是！他只是我儿子的爸爸！”

罗晶有点蒙：“有分别吗？”

苏卿：“……”真的好难解释呀。

周帆也打趣道：“司机大哥，又见面啦！”

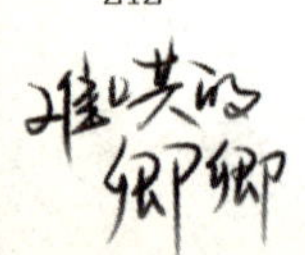

陆延笑了笑。

罗晶跟他握手："你好，我是罗晶。"

陆延自我介绍道："久仰，我叫陆延。"

他把另外两位女士的行李也接了过来，重新摆放了一下行李，一个人推着两个行李车往停车场走。

罗晶和周帆见男人又高又帅又绅士又力大无穷，在心里对他的打分蹭蹭蹭地往上升！到了停车场，罗晶准备打车，周帆准备蹭车。

陆延见走到打车区还要一段路，提议道："我送你们回去吧。"

有人送当然好，但罗晶和周帆同时看向了苏卿，似乎在遵循女主人的同意。

苏卿突然被看蒙了，心想：那是陆延的车、陆延的油，看我干吗？

哪知陆延也看向了她，就像在等老婆大人发话。

苏卿气得想掐他，手都忍不住要伸出去了，一想这个举动在别人看来可能过于亲密，又把手收了回来，假装是要撩头发，转头客套地跟陆延说："那麻烦你了。"

陆延剑眉一挑，但笑不语，开始往车上搬东西。

罗晶和周帆哪知道这两口子到底是怎么回事。

周帆悄悄地问罗晶："罗总，这是什么新型夫妻情趣吗？全息角色扮演？"

罗晶耸肩："不知道，我也没见过。"

苏卿假装没听见，可她红得发烫的耳朵出卖了她。

上车后，罗晶坐副驾驶，苏卿、小童和周帆坐后面。

陆延问过她们的住址后，依照路途顺序，先送住东区的周帆，再送同样住南区罗晶。

车上聊天时，周帆问道："对了，卿卿姐，之前听说你搬家到南区了，你住南区哪儿呀？那边房租很贵吧？"

周帆跟人合租，次卧月租两千八一个月，这对她来说已经是很大一笔开销了。她简直不敢想苏卿在南区整租一套房子要多少钱，而且苏卿还带着孩子，至少得是两室一厅吧，那房租岂不是要奔两万？

罗晶一边低头处理工作，一边听着她们聊天，心想：苏卿的男人虽然开的车子一般般，但举手投足之间给人的感觉应该从小家境就挺优渥的，估计会帮苏卿负担一部分住房压力。

“呃……”苏卿一直没告诉同事她具体住在南区哪里，就是怕引起大家谈论。

小童见妈妈不说话，于是奶声奶气地主动回答道：“我家住滨城一号，房子是爸爸的，不用交房租。”

一听到这个住址，周帆愣住了，罗晶也停下了手中的事情，两人齐齐看向正在开车的陆延，再从头打量了他一遍，心想：这是什么隐形富豪？！

要知道，连身为珠宝公司老板的罗晶都住不起滨城一号。

罗晶问陆延：“你是干什么的？”

陆延说：“我是警察。”

周帆还年轻，心里想的都写在脸上，看向陆延的眼神顿时就变得很复杂，仿佛不敢相信眼前一身正气的男人竟是个贪官污吏。

苏卿见状连忙帮陆延解释道：“房产是他家里长辈留下来的！”她都没注意到自己潜意识里多维护陆延。

周帆羡慕地看向苏卿，心想：原来只有我是打工人，你竟然是豪门阔太。

罗晶也对苏卿刮目相看，再也不会当她只是个小小设计师了。

她见过的世面多，暗自猜测陆延的家世应该不简单，从后视镜里看看苏卿，突然萌生了一个大胆的想法……

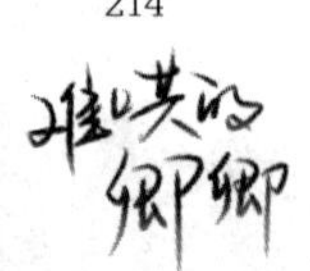

回到家之后，陆延让苏卿先去洗澡，他来做饭。

小童超级乖地帮妈妈拿来浴巾，苏卿感动坏了，觉得回家真好。

水从花洒里喷出来，浇到地上哗啦哗啦的，苏卿站到水下，任由温暖的水流从头顶淌下，思绪也像水声一样杂乱。她忽然就想起了某人说过，等她回来要当面跟她说那三个字。

这件事就不能想，一想就像在心底生根了一样，忘不掉。

苏卿洗完澡站在镜子前，边吹头发，边想别的事转移注意力，吹风筒轰隆轰隆的声音也盖不住她期待的心跳声。

苏卿看着镜子里的自己，脸颊发红，认定是洗澡洗的。她打开冷水的水龙头，往脸上拍拍冷水，感觉脸颊稍稍降温了，这才走出浴室。

饭菜飘香。

苏卿本来没什么感觉，一闻到立马就觉得饿了，听到厨房传来炒菜的声音，她走了进去。看着自己的粉色围裙系在一米九的壮汉身上，觉得真是不搭，但看着男人为自己忙碌，她心里又止不住有些甜蜜。

苏卿正想着陆延会在什么时候、什么情景下，跟自己说出那三个字时，陆延就忽然转过头来。

见她灵魂出窍的愣怔模样，陆延勾起嘴角，问道："饿了？"

"不是……"苏卿脱口而出，心想自己明明在想另外一件事，怎么就被当成吃货了？

但对上陆延俊朗的眸子，她心跳漏了一拍，猛地惊觉有些事情不能主动提，于是她不自在地挠挠耳朵："呃……嗯，我是饿了。"

陆延有点搞不懂她，饿了有什么不好承认的。

他把菜端到桌上。

苏卿感觉陆延好像把那件事都忘了，在他身后失望叹气。

吃晚饭之后，小童缠着妈妈陪他玩，陆延收拾桌子。

陆延兜里的手机响，拿出来一看，是母亲打来的。他看看客厅中央

在玩玩具的母子俩，走到厨房才接起电话。

“喂，妈……嗯，她回来了……再等等吧，我们关系刚缓和一点，我想过段时间再告诉她背调的事……嗯，好，你跟爸多注意身体，拜拜。”

挂了电话之后，陆延悄悄看着自己的老婆孩子把积木堆高后开心到眼睛发光的笑容，他靠在门框上也跟着笑起来，心里憧憬着未来幸福的家庭生活。

五月中旬，市里下达了陆延的升迁调令，他被正式晋升为公安局局长。

那天的天气特别好，阳光明媚、万里无云。

陆建国和张慧芳正在院子里喝茶，手机上收到了还在市政府工作的老朋友发来的照片。

照片里的陆延穿着笔挺的警服，目光坚定无畏，正在向国旗敬礼。

陆建国看着儿子，心中自豪无比，以茶代酒，一个人连干了三杯。

张慧芳高兴地拍手，手握在胸前说：“你说，苏卿是不是挺旺夫的？她一回来，咱们儿子就升职了。”

陆建国并不是个迷信的人，但此时竟满意地点点头：“好像是。”他手里盘着核桃，得意道，“阿延从小就样样拎得出手，挑人的眼光不会差的。”

张慧芳瞪了老伴儿一眼：“啧啧啧，你这变得也够快的。”然后又叹气道，“阿延事业有成，苏卿又那么漂亮，小童也乖，他们一家三口要是好好的得多幸福。”

陆建国也惆怅起来：“唉，怪我。”

张慧芳叹气：“希望苏卿能早点原谅我们吧。”

陆延当天应酬完，晚上九点多才回到滨城一号。

陆延没提前告诉苏卿自己升职的事，想着给她一个惊喜，不过不知

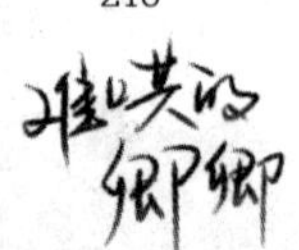

道苏卿还关不关心自己的事业。

陆延心中带着忐忑的未知，还特意准备了一瓶红酒，想着要是气氛可以的话，他还想跟苏卿单独庆祝庆祝。

陆延心里谋划着等下拿出酒的时候，绝对不能让苏卿察觉自己有任何“贪婪”的眼神，一定要正经一点。

结果开门一看，屋里漆黑一片。

难道苏卿晚上带孩子出去吃饭了，还没回来？

陆延轻轻叹气，不免失望，走进去关门，刚要开灯，但手还没碰到开关，家里的灯却抢先一步全亮了。

小童穿着黑色燕尾服，笑得露出一口小白牙，拿着小礼花从走廊里冲了出来，跑到爸爸面前，“嘭”的一声，五彩缤纷的礼花散开。

“祝贺爸爸升职！”

苏卿化了娇艳的妆容，身穿红色短款小礼裙，踩着高跟鞋，双手背在身后，似乎藏着什么东西，缓缓走到陆延面前。

男人抱起了儿子，但目光完全被孩子妈吸引住了，他从上到下仔仔细细地将女人看了个遍，心道：完了完了，糟了糟了，自己现在的眼神一定很“贪婪”。

可老子实在是控制不住呀！

苏卿被他看得垂眸勾唇，轻轻撩起耳边的发丝。

陆延顿时口干舌燥，感觉苏卿像待拆的礼物，神秘而诱人。

苏卿还真就从身后拿出了一个正方形的礼物盒，双手递到陆延面前。

陆延放下儿子，接过礼物，准备拆开：“什么东西？”

不料苏卿竟按住他的手不让拆：“等你一个人的时候再拆。”

女人的声音轻轻柔柔，手滑滑嫩嫩的，男人的心像被一根羽毛来回撩拨，痒得不行。

陆延声音沉得发哑，答应道：“好。”

苏卿看到玄关柜上的红酒，秒懂男人的计谋，娇嗔地看了他一眼，仿佛在骂他坏蛋。

陆延被苏卿看得爽到不行，要不是孩子在，他真想将她“就地正法”。

“你们怎么知道我升职的？”

“陆伯母和周令都发信息告诉我了。”

“一家三口”简单而隆重地帮男主人庆祝一番后，小家伙到了该睡觉的时间。

苏卿把孩子哄睡后，出来就见陆延在翻箱倒柜地找起瓶器。她走过去声明：“我不喝哦。”

虽然男人没明说喝酒的目的，但是她酒品怎么样大家都清楚，这简直就是司马昭之心，路人皆知。

陆延一听，贼心不死，继续劝道：“难得升职，就喝一口。”

苏卿想想也是，他的工作性质越往后越难升，确实机会难得，连一口酒都不肯为他喝，有点说不过去。而且就一口，应该没事吧。

“那……就一口哦。”苏卿手指捏在一起，比了个一点点的手势。

陆延淡淡地“嗯”了声，笑得一脸良善，心里却在想：卿卿就是典型的酒量小瘾还大，她喝完一口之后都不用自己劝，肯定一杯接着一杯地往下灌。

终于找到了起瓶器，陆延心痒难耐地扣在瓶口，脑袋里只剩下一个念头：等下苏卿喝醉了会对自己做什么坏事？

嘿嘿嘿……他简直期待得想搓手。

突然，手机响了。

陆延心里咯噔一声，不会上任第一天就有突发情况吧？还是这种紧要关头。

他把手机掏出来一看，松了一口气，是李维打来的。

“喂，哥们儿，我们人齐了，都等着替你庆祝升职呢，赶快出来喝

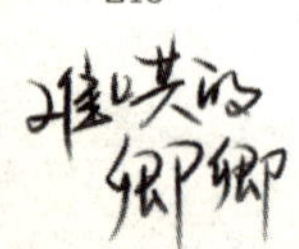

酒呀！”

陆延心想：谁要跟你们这帮臭老爷们儿喝酒。

“不了，太晚了，我要睡了。”

“才十点，你睡个毛线球！”

周令的声音在电话里传来：“师父，带卿卿一起过来！”

苏卿一听闺蜜也在，还真想一起去凑凑热闹。在她印象中，陆延的同事们人都很好，于是她温柔劝道：“不如我们去吧。”

陆延转头看她，满眼都是“怎么连你也这样”的小不满。

电话里杂七杂八的声音此起彼伏：“快来呀！别磨叽了！”

“卿卿都说要来呢！”

好不容易营造出来的暧昧气氛这下全没了，并且全世界都在劝他出去喝酒。

没办法，想“睡觉”的“好男人”只好妥协。

陆延听他们说完地址后，特意让苏卿换条裤子。

苏卿问道：“为什么？”

“露天环境，怕你被蚊子咬。”

苏卿乖乖去换衣服，不一会儿之后，她穿着一条阔腿牛仔裤和白色 V 领束腰上衣走出来。

简单大方，优雅不失可爱。

这帮警察准备的庆祝宴也很别致，陆延升公安局局长这么大的事，他们竟然选了警校旁边的一个路边摊泥炉烤肉。

苏卿见座椅是板凳，穿短裙坐着不方便，心想怪不得陆延让她换裤子，想不到他也有细心的时候。

今晚来的有李维、周令、小孟、小张、老李等等，一共十来个人，分成两桌，坐在最边上。

每个人都很高兴，除了主角陆延。

李维跟苏卿介绍道："嫂夫人，您别看这里只是一个普普通通的烤肉摊，其实这里曾经是警校生的天堂。以前阿延经常带领我们溜出来，就为了这一口肥牛蘸干碟！可惜呀，三年前警校搬了，但好在这家泥炉烤肉还在！"

苏卿听得捂嘴笑，原来现在工作上严格到不行的陆延，上学时竟然是刺头。她一想到他现在一本正经的样子，就觉得他真的好狗。

周令强烈认同："对！这家的蘸料绝了！你尝尝！"

烤肉摊沿着马路边摆了快二三十桌，桌桌都满了，远处还停着不少好车，其中还有两辆超跑，都是在等位置的。

虽然这里就餐环境比不上高档餐厅，但就餐气氛确实很好。

苏卿被感染到，尝了一口周令喂过来的肥牛，满足道："嗯……果然好好吃！"

随着苏卿这一句好吃，大家喝酒吃肉的气氛更浓烈了。

肥肉被烤得滋滋作响，白烟升腾。

小孟开了一瓶啤酒，放到苏卿面前。

苏卿闻到酒味，瞬间眼前一亮，跟小孟说了声"谢谢"。她刚要拿起来喝，瓶口就被一只大手盖住，接着酒瓶被旁边的陆延夺走。

陆延板着脸，小声说道："你酒品不好，不许喝。"

苏卿不满道："刚才在家里你还劝我喝呢！"

陆延淡淡地说："在家里喝可以，在外面喝不行。"

苏卿觉得陆延不讲理，她看着大家都在喝酒，就她不行，委屈得直噘嘴。

陆延心想：别说你噘嘴了，你亲我都没用，你喝完酒什么样，不能让别人知道。

桌上其他人不知所以然，还以为陆延只是怕苏卿喝醉，觉得陆队管

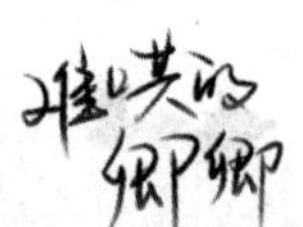

老婆也管得太严了。

唯一知道真相的周令却在旁边憋不住笑，酒都快要笑喷了出来。

苏卿见陆延坚定的态度，知道自己拗不过他，只能叹气道：“那我去拿瓶椰汁好了。”

路边烤肉摊生意太好，也没那么多讲究，顾客想要快点拿到饮品，直接自己去冰箱里拿最方便。

陆延起身道：“我去帮你拿。”

苏卿拉下他：“不用，我刚好要去下洗手间。”

“那行吧。”

“嗯。”

苏卿洗完手，去冰箱里拿椰汁，然后跟旁边的老板说：“老板，我是最边上那桌的，再拿一瓶椰汁。”

老板迅速拿单子，用笔记下来：“好嘞！”

苏卿笑着转身，差点撞到人，还好马上退了一步。

那人一米七几，二十来岁，身后跟着五六个人，个个都看起来很不好惹的样子。

他们挡住了去路，苏卿不敢从中间穿过，于是从边上绕过去。

为首的男人打量了一遍眼前的漂亮女人，一手摸着下巴，一手挡住她的去路，一脸淫邪地靠近：“小娘儿们儿长得挺带劲哪，来陪哥哥喝两杯。”

苏卿慌张抬头，看到自称哥哥的恶霸男和他身后的小弟们虎视眈眈地盯着自己，吓得直缩脖子。

殊不知，她这副楚楚惹人怜的模样，更能激发男人的恶劣心性。

恶霸男越看苏卿越心痒难耐，心想今晚真是走运，遇到这么个落单的人间尤物。他上身前倾，往苏卿跟前凑，带着小弟们步步逼近。

苏卿害怕地后退，回头看向烤肉摊老板求助。

老板也不想自己做生意的地方出事，看了看形势，硬着头皮走了过来，赔笑道：“葛哥，您的座位早就留好了，我先带您过去坐下？”

恶霸男一脸嫌弃地推开老板：“一边儿去！没看见老子这儿有好事嘛。”

他转头继续冲着苏卿淫笑，伸出指甲发黄的手，想要摸她看着就嫩滑无比的漂亮脸蛋。

而此时远处最边上那桌。

李维挤眉弄眼地揶揄道：“我说陆局，嫂夫人今晚是以什么身份跟您出来的？”

在座的都知道陆延和苏卿的情况，听到这个不怀好意的问题，都在闷声笑。

陆延追妻这么久都追不到，难免有点下不来台。他从左到右打量了一圈这帮损友，避重就轻道：“当然是以我儿子妈妈的身份来的。”

虽然大家都知道以陆延的为人，不可能在苏卿背后乱说他们俩的关系，但听到这种模棱两可的答案都觉得太无趣。

李维直接“嘁”了一声。

陆延很委屈，难道他不想名正言顺地管苏卿叫老婆吗？他都想得快爆炸了！他拿起酒瓶直接对瓶吹，想着卿卿怎么还没回来，抬头往冰箱的方向望过去。

这抬头一望可了不得，居然有一帮男人围住了苏卿。

大家见陆延脸色瞬间沉下来，心想这是出什么大事，顺着他的目光望过去。

李维特意揉揉眼睛，还以为自己看错了：“什么人这么牛啊，敢在太岁爷头上动土。”

一米九的壮汉站起来，犹如暗夜中的大魔王，朝着不知死活的那群人大步迈去。

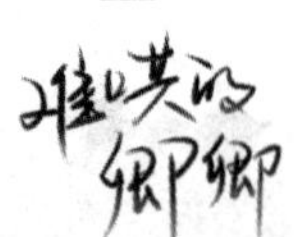

小孟和小张想跟过去，被李维拦了下来：“咱们都过去影响不好，陆延一个人就能解决。”

在座的都是警察，万一两边人马发生肢体冲突，容易引起大麻烦。

小孟和小张重新坐下，但都咽不下这口气。

这时候李维打开手机的录像功能，对准了“案发现场”……

苏卿步步后退，背都抵在了冰箱门上，已经退无可退。

她现在跟最远那桌隔了几十米远，也不知道在这里大喊陆延，那边能不能听见。眼看那只恶心的手就要碰到自己了，一道宽厚健硕的背影突然挡在了自己身前。

苏卿抬头一看，当然是她的英雄——陆延！

她马上躲到陆延身后，抓紧了他的衣服，瑟瑟发抖。

陆延对着恶霸男，声音冷得吓人：“你们想干吗？”

恶霸男和他的小弟们被陆延杀气十足的气场震住了。

恶霸男有点发怵，但在小弟面前又不能失了威风，抬起下巴嚣张道：“你是谁呀，敢跟老子抢人！”

陆延沉稳答道：“我是她男人。”

苏卿额头抵在陆延背上，听得真真切切，并没有反驳。

恶霸男“哼”了一声：“那正好，让你体验一下亲眼看着老婆跟别的男人办事是什么滋味！”

他身后的小弟们发出一阵坏笑。

陆延眸光更冷。

恶霸男高举起手，嚣张地指着陆延，跟身后的小弟们说：“给我上！”

接着五六个人一起冲向陆延。

离他们近的顾客怕被误伤，纷纷撤离。

烤肉摊老板看看闹事的人，再看看还没付钱就走的顾客们，愁得快

尿裤子了。

陆延将一切看在眼里，挡住冲过来的人，将他们擒住，往没人的地方扔：“要打去那边打，别耽误老板做生意。”

老板感激地看向这位一米九的壮士，心中为他祈祷好人一生平安。

恶霸们没想听陆延的话，但不知不觉地就被他连推带踹地到了没人的地方。

苏卿见他们人多，怕陆延有危险，顾不上自己的安危，跟着跑过去。

李维及时过来拉住了她，他手里还拿着手机在录像，轻松劝道：“嫂夫人放心吧，这么几个黄毛小子，还不够你们家陆延塞牙缝的呢。”

苏卿还是放心不下来，紧盯着陆延那边。

只见陆延站在原地不动，等着恶霸们一个个冲上来。

苏卿一颗紧张的心缓缓落地，看着他敏捷有力的身手，一颗心又扑通扑通地加速跳动。

陆延很快就解决了这帮黄毛小子，把他们一个个踢到墙根底下蹲着。

其中一个小弟还跟另一个小弟嘀咕：“看来这位大哥平时也没少进局子，看他这一套办事手段，以后咱们也用这招，多带感。”

恰好走过来的李维听到后，诡异一笑：“对，他确实没少进局子。”

小弟一脸得意，心想：看吧，我猜对了！

烤肉摊老板知道陆延在帮他，好心跑过来告诉陆延：“你们赶快把他们放了吧，葛哥在公安有人，你们会被报复的！”

一众便衣警察听到这话可来精神了。

李维兴奋地问道：“什么人？”

老板回道：“葛哥是西区派出所所长的弟弟！”

一众便衣警察看向新晋公安局局长。

陆延亲自打了个110报警：“喂，这里有人意图猥亵妇女，聚众斗殴。”

警车很快赶来，今晚刚好是西区派出所所长值班。他下车看到一排

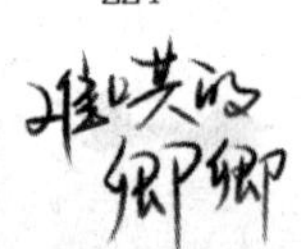

的警界精英们，纳闷怎么都是熟人，这什么情况？

陆延指着地上的恶霸男，问道：“这是你弟弟？”

西区所长低头瞅瞅被按住的人，挠挠脑袋：“我不认识他呀。”

烤肉摊老板一脸诧异，指着恶霸男说：“他自己说他是西区所长的弟弟，平时没少跟我们拿好处！”

哈，罪加一等。

恶霸男抱着头死不承认：“你别瞎说！有证据吗？”他转头竟然指着陆延，跟穿着警服的西区所长喊冤，“警察同志！我要告他恶意伤人！”

西区所长看了眼全国公安武术大赛冠军，转头语重心长地对恶霸男说：“他要是真想伤你，你早没命了。”

李维一边笑，一边把录的视频放出来给大家看。

视频里拍得清清楚楚，是这帮人先动的手，陆延纯属正当防卫，根本没下狠手，甚至都没用多少力气。

西区所长对两个年轻警察说：“把他们押回去。”

恶霸男的眼睛滴溜直转，似乎很畏惧进局子，年轻警察过来押他的时候，他胡搅蛮缠道：“我不去！你们凭什么抓我！我是北区人，要抓也是北区的警察来抓，轮不到你们西区的警察！”

西区所长像是看白痴一样看着恶霸男，耐心解释：“你在西区惹的事，当然是我们来抓你。你要是法盲的话，刚好进去接受一下教育。”

这时李维向前一步，面带微笑地掏出了自己的警员证：“现代警察办案都很人性化的，如果你想要北区警察来逮捕你，刚好我可以满足你的要求。”

恶霸男愣了，看着如假包换的警员证，再看看笑容可掬的李维，一脸不可思议：“你是警察？”

周令也心领神会地上前一步，掏出警员证：“如果北区的警察同志满足不了你，我们东区重案组可以帮忙。”

恶霸男惊了，心想着怎么又有一个警察，还是个娘们儿？

小孟凑热闹不嫌事儿大："我们南区刑警队也很乐意效劳哦。"

啥玩意儿？！恶霸男张大了嘴，看着眼前这一帮警察，最后缓缓看向一米九壮汉，问道："你该不会也是警察吧？"

大家伙全笑了。

西区所长亲自介绍道："这位是新任公安局局长。"

陆延双手插兜，面无表情。

恶霸男把目光挪到陆延身后的漂亮小女人身上，然后开始懊恼地拍自己脑门，为什么要调戏道公安局局长的老婆！

苏卿一直下意识地挽着陆延胳膊，一如多年前那般依赖他。

周令将姐妹的这个小细节看在眼里，等陆延到西区派出所的办公室录口供时，她在走廊里跟苏卿说："过去的事，该放下就放下吧，有什么比珍惜眼前更重要呢？"

苏卿听完之后，什么都没说，再看向陆延时，眼神中多了一份执念。

陆延处理完小插曲，担心苏卿被吓着了，第一时间出来找她。

五月的滨城有些闷热，陆延额上有些汗珠，苏卿拿出一张纸巾，温柔地帮他擦汗。

陆延多少年没这待遇了，马上意识到幸福就在眼前，内心简直小鹿乱撞。

之后的苏卿一直很温柔，完全没了平时的别扭劲儿，仿佛回到了五年前初遇时。

陆延打算乘胜追击。

回到家之后，已是凌晨两点。

客厅的灯没开，只有玄关的灯光透过来一些。

昏暗的环境下，苏卿温柔地说："你忙一天了，早点休息吧。"

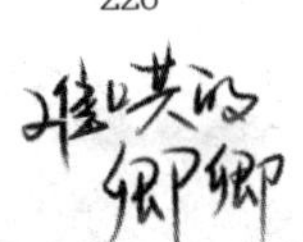

她转身准备回房，却被陆延拉回来，一双大手握住她双臂。

陆延靠近她，温热的体温也传递过来："我有话想跟你说。"

苏卿抬眸，不知道他想说什么。

陆延深情凝视，慢慢握住她的手。

他的掌心很烫，苏卿下意识想抽回，却被他牢牢握住。她索性由他握住，低头垂眸。

他声音低沉沙哑，诱哄道："卿卿，你看着我。"

苏卿慢慢抬眸看他。

二人四目相对，陆延越发深情："我……"他缓了缓，而后坚定道，"我爱你。"

什么？

苏卿眸光颤动，没想到能听到这三个字。

原来他没忘。

男人强有力的双臂揽住小女人的细腰。

这次苏卿没有抗拒，甚至还往前靠近了半步，眸光闪动："你再说一遍。"

陆延满眼宠溺，似哄似诉："我爱你。"

苏卿等了七年，终于等到了这句话。

她先是微微一笑，接着笑容逐渐加深，最后踮起脚尖，搂住陆延的脖颈，毫不客气地亲了上去。

男人炙热回应，将吻延续……

第二天早上，女人在男人的怀中醒来。

又是这个舒服的抱枕，苏卿睁开眼睛后，没像上次那样惊声尖叫，再一把推开，反倒往他身上又蹭了蹭。

陆延搂紧她，低沉含着笑意的声线传来："醒了？"

苏卿虽然脑子逐渐醒了，但身体还是好累，懒懒地闭着眼睛，摇摇头。

陆延低声笑了笑，温柔道："那你再睡会儿，我去做早餐。"

苏卿懒懒地点点头。

陆延起身看到单薄的被单下，女人曼妙的线条弧度，忍不住弯腰轻吻她的额头。

他本来还想得寸进尺埋进苏卿香嫩的颈窝再啃两口，可她嫌弃地"嗯"了一声，往后躲开："你胡子扎到我了，讨厌。"

女人翻身，背对他继续睡。

被嫌弃的男人宠溺地笑了笑，看了眼时间，再不去做早餐，儿子该饿了。

女人听着男人的脚步声走远，才慢慢睁开眼睛。她又转回身，轻轻抚摸男人刚才躺着的地方，被窝里还有他体温的余热，她嘴角轻轻勾起，笑得好甜。

不一会儿之后，卧室的门被打开，小童轻快的脚步声逐渐靠近。

苏卿笑着睁开眼睛，果然看到儿子走了进来，小家伙手上还端着一杯水。

小童见妈妈醒了，笑着说："妈妈早呀。"

苏卿也笑道："宝贝早。"

小童把水放到床头柜上。

苏卿暖心地问道："倒给我的吗？"

她的宝贝也太乖了吧！全世界最好的宝宝！

小童笑得露出一口小白牙，点头道："嗯！妈妈昨晚辛苦了！"

苏卿愣住：什么辛苦了？儿子知道了什么？

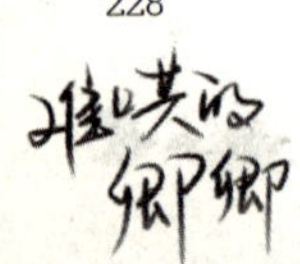

第九章

破 镜 重 圆

/

这次，他不会再放手了。

陆延正在煎蛋，厨房门口传来一阵脚步声，他回头一看，香香软软的小美人裹着睡袍跑了过来，她漂亮的锁骨露出来，让他看得忍不住吹了一个口哨。

苏卿慌张地看了眼门口，再压低声音说："你跟儿子瞎说什么了？"

陆延一脸蒙："没说什么啊。"

苏卿脸红羞恼，抿了抿唇才问："那小童干吗跟我说昨晚辛苦了？"

陆延回忆了一下刚才跟儿子的对话内容，解释道："小童问我你怎么在睡懒觉，我说你昨晚画稿画得太晚了，估计儿子是心疼你工作太辛苦。"

苏卿低头想，应该是这么回事，不禁松了口气。

陆延憋不住坏笑，搂住她的腰，意有所指："昨晚是挺辛苦你的。"

狗男人在说什么，苏卿怎么会听不懂。她恼羞成怒，开始对陆延拳打脚踢，当然是闹着玩的那种。

陆延哈哈大笑，十分不要脸地说："今晚我们继续。"

苏卿心中骂他老色鬼，被他这么一说，脑袋里全是昨夜乱七八糟的事情，一时不知道该怎么回嘴，简直要被他气死。

厨房门口又探出一颗小脑袋，小童紧张地问道："妈妈为什么要打

爸爸？”

苏卿“殴打”陆延时太过专注，都没注意到儿子过来了。

小童跑到两人中间，挡在爸爸身前，抱住妈妈的腰，央求道：“爸爸犯错了吗？妈妈别打爸爸，要打打我吧。”

陆延再雄壮的心，这时都不免被儿子感动到了。他单臂抱起儿子，说道：“妈妈没打爸爸，妈妈给爸爸按摩呢。”然后看向苏卿，“是吧？”

苏卿瞪了他一眼，不接话，揉揉儿子圆圆的后脑勺，满心喜欢地说：“妈妈怎么舍得打我的宝贝儿子呢。”

早晨伴随着煎蛋的香气，陆延一手抱着儿子，另一手搂住苏卿，心中的幸福感无限膨胀。

这就是拥有了全世界的感觉吧。

小童的生活没有大的变化，但是很多重要的细节不同了，例如以前相处别扭的爸爸妈妈，现在越来越恩爱。

下午幼儿园放学的时候，小童看着别的小朋友都有爸爸妈妈一起来接，他早已习惯只有爸爸或者只有妈妈来接自己。

从小就没有爸爸的小童并没有太过感伤，毕竟现在有爸爸已经比以前幸福太多太多，童话里都说世上没有完美，所以他对现在很满足。

今天小童照旧排队等爸爸或者妈妈来接自己，等轮到老师叫他的时候，他居然在门口看到爸爸妈妈一起出现了。

身后的小朋友们也惊讶地问：“你爸爸妈妈今天一起来接你啦？”

小童绷不住嘴角，笑着“嗯”了声，像只雀跃的小鸟，跟老师说完再见，就一阵风似的朝爸爸妈妈跑过去：“爸爸妈妈，你们怎么一起来啦？”

苏卿和陆延一左一右牵住儿子的手。

陆延边走边说：“爸爸今天下班早，先去接你妈妈，再一起来接你。”

小童看看爸爸，又看看妈妈，心里萌生了一个贪心的要求，想问又

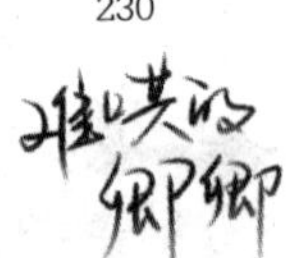

不敢说。他又看了看爸爸妈妈，感觉他们今天心情都不错，这才忐忑地问道："那爸爸以后下班早，可以再跟妈妈一起来接我吗？"

陆延看向苏卿："这就要问妈妈同不同意了。"

面对父子俩一起投射过来的期待目光，苏卿看看大的，再看看小的，嘴角轻勾："好。"

小童开心得跳起来："欧耶！"

苏卿见儿子笑得这么开心，心想：看来跟陆延和好是正确的选择。

晚上一家三口吃完饭，一起坐在沙发上看电视。

电视上播放着小童最喜欢的动画片，他坐在中间，看得十分专注。

两个大人当然觉得动画片没意思，在儿子身后眉来眼去的。

狗男人小动作不断，一会儿摸摸女人嫩滑的小脸蛋，一会儿偷香一口。

苏卿被陆延弄得不知所措，感觉他比流氓好不到哪儿去，但碍于儿子就在身边，又不好说他，只能干瞪他。

素了五年的狗男人好不容易吃到肉了，正是上瘾的时候。陆延看着苏卿的娇俏模样，心痒难耐，但也碍于儿子就在身边不能太出格，只能先尝点甜头。

好不容易等到七点，动画片播完，陆延把儿子推开沙发，以严父的姿态敦促道："你该去写作业了。"

自从经历过妈妈一个月不在身边，小童变得越来越黏妈妈，然后他还发现了一个很重要的问题，就是爸爸会跟他抢妈妈。

例如现在，爸爸让他去写作业，妈妈就不能陪着他了。

小童噘嘴，扑进妈妈怀里撒娇："妈妈陪我写。"

陆延一听，那还得了，卿卿陪你写作业，我怎么办？

陆延把儿子从苏卿身上拉开，更加严肃地敦促道："你已经是个大孩子了，要学会自己写作业。"

小童嘴噘得更高了，又扑进妈妈怀里，抱得更紧，更任性地撒娇："人

家就要妈妈陪嘛。”

苏卿简直就是苦尽甘来，无比欣慰，心想儿子终于喜欢我多过喜欢他爸了！

她笑着说：“好，妈妈陪你。”

陆延立即抗议：“不行，妈妈要陪爸爸看新闻联播。”

新闻联播有什么好看的，苏卿翻了一个白眼，觉得狗男人肯定“没安好心”。她拍开意图再次拉开儿子的大手，起身陪儿子去写作业。

新闻联播的前奏响起，但客厅里只剩下陆延一个人。

跟儿子“争宠”失败后，陆延肌肉壮实的胳膊环在胸前，莫名不满，必须卿卿来哄才能好！

可惜陪伴他的只有主持人的播音腔。

自从陆延在苏卿的房间睡了一宿后，他开始每天晚上都厚着脸皮过来霸占人家床位。但他并不觉得自己无耻，而是以为自己已经获得了“永久居留权”。

今晚也是，他早早躺在床上，等待他的小美人，心里盘算着要让自己从“非法移民”变成“合法居民”。

可女人睡前准备多，洗完澡还要护肤。

苏卿穿着丝质短款睡裙，坐在椅子上，将瓶瓶罐罐里的东西细致地涂抹到脸上。她上身前倾照镜子，本就凹凸有致，这般姿态更显婀娜。

陆延看得眼睛直冒火。

好不容易等她上床，陆延立马把人按住，边亲边说：“我们找个时间去把证领了。”

苏卿一上床就被狗啃，本来就嫌弃陆延没情调，更没想到他居然用这种方式求婚。

且不说他们俩之间家庭、财务等问题都还没解决，光是他在如此不

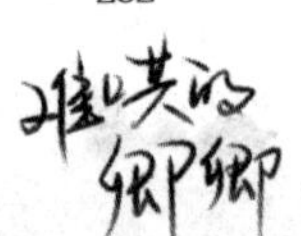

庄重的行为下求婚，就不可能有姑娘答应嫁给他。

苏卿顿感委屈，是不是因为自己不作不闹地轻易跟他和好，所以他就这么不珍惜自己？她想推开陆延，可正在兴头上的男人力如蛮牛，任凭她怎么使劲儿都推不开。

狗男人还以为身下的小女人在跟他玩反抗游戏，觉得还挺有情趣的，感觉更带劲儿了！

“我们领完证就去度蜜月，小童送我爸妈那儿去，到时候我们俩想玩什么就怎么玩……嘿嘿嘿……”陆延陷入了旖旎的幻想中，越想越兴奋。

女人要的是浪漫，可陆延语言表达出来的只有颜色废料。

苏卿气坏了：“谁要跟你领证！”

被当头泼了一盆冷水的陆延撑起身子，用视线来回打量两人之间亲密的距离：“我们现在就是事实夫妻，为什么不领证？”

苏卿感觉狗男人似乎把她当成了囊中之物，趁两人之间有空隙，她钻出他臂弯，坐在床沿，指尖象征性地推了男人的肩膀一下，力气不大，但侮辱性极强：“谁跟你是夫妻了，我跟你顶多就是……情人！”

看到陆延又愤慨又无奈又疑惑的眼神，苏卿终于解了点气。

男人光着膀子盘腿坐起来，看着女人把细细的睡裙肩带拉回正确的位置，深色的肩带衬得她肌肤更加雪白，他越看越馋。可她一副拒人千里之外的态度，让他心中的委屈迅速蔓延。

“你学坏了。”陆延摇着头，像是不能接受这种现实，大声强调：“谁跟你是情人，我是你老公！”

苏卿冷漠地看他一眼，别过脸轻哼一声，觉得狗男人想起自己时脑袋里只有那档子事，那不是炮友是什么。

陆延为了表达心中的不满，也为了证明两人之间“神圣”的男女关系，他穿上了衣服，走到客厅一个人生闷气，然后竖起耳朵，仔细听苏卿有没有过来想要哄哄自己。

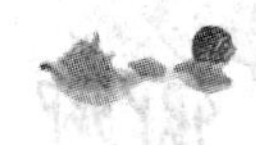

最终回应他的只有关门声。

没了狗男人的骚扰，苏卿盖上被子安安稳稳地睡觉，心想：他要冷战那就冷战，还当我是多年前那个单纯无知的小姑娘，他一冷下脸，我就上赶子去哄？想得美，我要是先主动找他，我就把名字倒过来写！

深夜，酒吧。

台上歌手深情演唱，前排的红男绿女交杯换盏。

李维陪着陆延坐在后排，一边喝酒，一边听陆延吐槽。

“你说，我们一家三口生活多幸福，她为什么不肯跟我领证？男人就不要名分了吗？”

李维一口酒差点没笑喷出来，好在憋住了，随口安慰道：“嗐！咱们都是当奴才的，要学会自己调整心态，这日子怎么过呀，都得看主子的意愿。”

陆延不服：“我怎么也成奴才了？”

李维反问：“你现在跟通房丫头有什么分别？”

陆延想了想，还真没分别，心里更堵，却又没什么办法，委屈地说：“难道就这么耗着？”

李维是过来人，想到一些关键点，问道：“你当时怎么跟嫂夫人求婚的？”

求婚？

陆延一脸蒙，他之前脑袋里根本没这个环节。

李维一直看着他，等他回答。

可陆延怎么好意思告诉别人，他是一边吃人家豆腐，一边要人家跟自己去领证的。

“呃……就随便说了下。”

李维头顶明显打了个问号：“随便？有多随便？花准备了吗？钻戒

准备了吗？单膝下跪了吗？”

陆延心虚地摸摸鼻子，眼神闪躲。

李维一脸不敢置信：“你该不会什么都没准备就跟人家求婚了吧？”

陆延低头，双手杵着膝盖，十分惭愧地点了点头。

李维往椅背上一瘫，无语地看着陆延：“你不能把心思全都放在工作上，感情生活也是需要经营的！”

陆延终于意识到自己的不足之处，忽然觉得对苏卿好愧疚，下定决心一定要给她浪漫的求婚。

第二天中午，他趁着中午休息的时间，到单位附近的商场逛了逛。

有了上次送项链失败的经验，这次他特意到了臻馥的专柜，让柜姐拿出最贵的戒指。

于是柜姐就拿出了罗晶在法国被血坑的高端线产品。

陆延回想起苏卿被法国设计师们排挤的经历，再看看柜面上连他都觉得俗气的戒指，再蠢直也知道送这个不合适。

他深深地沉下一口气，觉得给女人选礼物实在是太难了。

路过家用电器区时，电视里正在播放新闻——

“国际著名收藏家将于明日展出个人收藏，其中一个藏品是已故华人设计师苏焕琴的代表作……”

听到这个名字，陆延停下脚步。

苏焕琴正是苏卿母亲的名字。

电视里介绍完苏焕琴的艺术才华后，开始展示她的代表作——一条名为“烈焰之心”的红宝石项链。

陆延看着那条项链，莫名觉得眼熟。

与此同时，正在餐厅吃午饭的苏卿，也看到了这条新闻。

她目不转睛地盯着墙上的电视屏幕，没想到有生之年还能再次看到

母亲的烈焰之心。

这条项链不是被陆延送给曲馨了吗？怎么又会到了收藏家的手里？

苏卿吃不下饭了，点开手机银行看存款余额，有二十八万。

这是她省吃俭用攒下来准备还陆延的钱，两相权衡之后，她决定明天到会展中心试试看够不够买下烈焰之心。

如果不够，她或许又要抵押房子了。总之无论如何，她都不能再让母亲的烈焰之心落到别人手里。

隔天上午，苏卿跟公司请了假，早早来到会展中心。

等开门之后，她几乎是第一个冲进去的人，可找遍了整个展厅都没看到烈焰之心。

几经辗转，她找到展厅的商务经理询问烈焰之心的去向，却被告知昨天有个神秘人直接联系上收藏家本人，把这条项链给买走了。

苏卿顿时脚步不稳，懊恼得想哭。

好不容易让她再次遇到妈妈的烈焰之心，为什么她还是跟五年前一样无能为力？

下午，谦馨信息资源公司的会议室里。

曲馨姿态高傲地坐在主席位上吩咐属下做事。

秘书一阵急敲门，走进来说："曲总，有人找您。"

在公司习惯了唯吾独尊的曲馨眉宇间有些不耐烦："谁呀？"

这时，数名警察走进会议室。

"您好，我们是南区刑警队的，有一件商业欺诈案，想请您协助调查。"

在座的人面面相觑，要知道他们从事背调行业的，最敏感的就是信息伪造。

曲馨握紧了座椅扶手，握到指关节泛白，但脸上仍旧很淡定。

她起身走向警察的途中，停下脚步跟秘书说："通知徐总。"然后

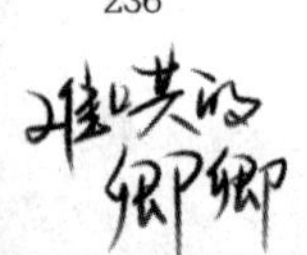

跟着警察上了警车。

傍晚，天将黑时，徐墨谦匆匆赶到了南区刑警队。

他帮曲馨办完取保候审的手续后，跟她一前一后走出了刑警队的大门。

他们身后还有律师团队和数名属下，徐墨谦交代道："你们先走吧，我有事跟曲总商量。"

上了车后，司机开往他们的共同住所。

徐墨谦按下前后座中间的挡板，封闭的空间内只剩他和曲馨。

他卸下稳重的面具，一脸急切地说："我劝过你多少遍，有关吕氏集团的业务绝对不能做踩过界的事，你怎么就是不听！"

曲馨看看指甲，无所谓道："警察现在又没有证据，怕什么。"

"吕家大少能去报警，就证明他手上已经掌握了足够的证据，报警只是走个形式，你能不能紧张点？"

曲馨抬头迎上徐墨谦的目光，脸上却尽是轻蔑："紧张有什么用？我紧张点吕家大少就能撤诉了吗？还听你的，你要是财力大到不用我为难，我当然愿意听你的。"言外之意，她就是嫌弃徐墨谦没能耐。

没有哪个男人能忍得了老婆这样说自己。

徐墨谦深呼吸，生生地忍了下来，继续温柔劝道："听律师的，该认罪就认罪，争取减刑，好吗？"

"呵。"曲馨冷笑一声，打开挡板，对司机说，"停车。"

司机找了个路边停下。

曲馨一脸冷漠地对徐墨谦说："给我滚。"她看他的眼神，仿佛在看个废物。

徐墨谦手握成拳，眼睛通红地盯着曲馨看了好一会儿，最后一拳头捶向了皮质座椅，甩门下车。

司机没遇过这种情况，不断地瞄着后视镜中老板的脸色。

曲馨想了想，面无表情地说：“去滨城一号。”

天色已黑，曲馨的车停在滨城一号的门口，静静等着某人。直到一米九的强壮身影出现，曲馨眼睛一眯，打开车门。

陆延下班回家，边走边给苏卿发了条微信：【干吗呢？】

苏卿没回他。

他叹口气，给儿子打语音电话：“喂，小童，你跟你妈在哪儿呢？哦，你们在外面吃了。”他看看手上塑料袋里的菜，看来大部分要放进冰箱里了。

“你们现在到哪儿了？马上到了是吧，那我在小区门口等你们。”

他把手机揣好，不远处一道嗲媚的声线传过来。

“阿延！”

陆延转头，还未看清那人，曲馨就扑进了他怀里。

曲馨眼含着泪，抓住陆延胸前的衣襟，祈求道：“阿延，这次除了你，没有人可以帮我了。”

陆延紧皱眉头，正要推开她，忽然又有一道稚嫩的声线叫住他——

“爸爸！”

陆延转头一看，心里咯噔一声，心想糟了。

只见苏卿领着孩子，站在离他十米远的地方，失望地看着他跟曲馨。

苏卿的目光慢慢下移，看到曲馨依偎在陆延怀里，她眼里晃荡着脆弱，仿佛被人朝心口开了一枪。

苏卿第一次见到曲馨，是在陆延的生日会上。

那时苏卿跟陆延已经同居了一段时间，也已经无奈接受他父母十分排斥自己的事实。好在陆延一直坚定地留在她身边，不然她都不知道该如何坚持这段感情。

苏卿取完一早订好的蛋糕，按照陆延发来的定位，找到了 KTV 的豪

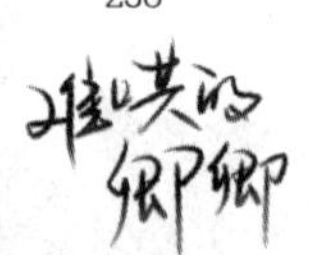

华包厢。

包厢里很热闹，密密麻麻的，大概有几十号人。

某位一米九的男人鹤立鸡群，站在人群中的C位，那么耀眼。

二十岁的苏卿一看到陆延，脸上就不自觉地扬起甜甜的笑。

她想穿过人群，去他身边。

可是一个跟他年纪相仿、穿着红色高奢定制裙的女人，以女主人的姿态，笑意柔媚地先站到了他身旁。

那个女人就是曲馨。

周围的朋友似乎都对此情此景习以为常。

连陆延本人都习惯性地从曲馨手里接过女生爱喝的果味酒，熟练地打开盖子后，再递回给曲馨。

两人全程无对话，但默契十足。

曲馨接回果味酒时也笑得好甜，她望着身边的高大男人，眼神中是满到要溢出来的爱慕。

苏卿突然不知道自己该站到哪里了。

服务员推着蛋糕车进来，人群让出一条路，苏卿又被挤到了昏暗的角落里。

大家惊叹着曲馨为陆延订的蛋糕，足足有半个人那么高。

苏卿再看看自己订的两人份蛋糕，低头默默藏到了身后。

包厢里的气氛越来越热烈，可绝大部分人苏卿都不认识。她比较熟的李维、徐墨谦都站在陆延边上，估计是现场人太多，也都没注意到她。

此时此刻，她感觉自己有点尴尬，要是硬挤过去，还会打破包间里的良好氛围。于是她拎着两人份蛋糕，默默退出了包厢。

苏卿失神地走到了一处没人的走廊角落，远处的喧嚣让她更觉落寞，她无力地蹲下来，细细回想着刚刚站在陆延身边的女人。那个女人应该跟陆延其他的朋友们一样，都是家世不俗、名校毕业的社会精英吧。

不像自己，高中辍学，连高考都没参加过，不会做家务，也没有工作技能，只能靠陆延养着，活得像……

苏卿抱住双膝，埋住小脸，不愿意将自己跟那个词汇联系在一起，但那个屈辱的词汇还是蹦进了她的脑袋里——她觉得自己像只寄生虫。

不知道在地上蹲了多久，直到手机响起，苏卿才一激灵地抬起头。她拿出手机，想要站起来，这才发现腿都蹲麻了，扶着墙看手机，来电显示是陆延。

她深呼吸，假装心情很好的样子，接起电话："喂。"

"你到哪儿了？"陆延可能因为等久了，听起来有点着急。

苏卿左右看看，结结巴巴地说："呃……我……刚到KTV，这里好绕啊，我迷路了，哈哈。"

她努力装作无事发生，希望陆延没发现她的异常。因为他要是发现了，她不知道该怎么解释自己的心情。

"你定位发我，站着别动，我去找你。"

陆延说话办事干脆利落，走廊尽头很快出现了他的高大身影。

看到他找到自己时嘴角勾起的笑容，苏卿也不自觉地跟着笑起来。可他身后出现的女人，又让苏卿的笑容冷却了。

陆延跑过来，看到苏卿手上的蛋糕盒，毫不客气地拎到自己手里，问道："给我的？"

苏卿看看他身后的女人，感觉自己买的蛋糕实在拿不出手，低头"嗯"了声。

陆延充满占有性的大手揽住她肩膀，笑着说："这个蛋糕留着，我们回家再吃。"

苏卿心头一暖，仰头看着他，笑着"嗯"了声。

一道柔媚的声音打破了短暂的甜蜜："你就是苏卿吧，我是跟阿延从小一起长大的曲馨。"

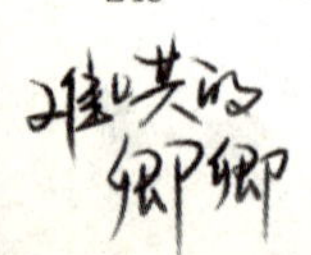

曲馨仿佛自来熟似的挽住了苏卿的胳膊，陆延的手被动顺势地脱离了苏卿的肩膀。

“阿延这人啊，我是太了解了！”曲馨娇嗔地睨了陆延一眼，然后继续在苏卿耳边说，“他呀，只有工作时双商才在线，平时都粗心得很。跟他谈恋爱很气人吧？不过没关系，这不我回来了嘛，以后他要是怠慢你了，你就跟我说，我帮你治他！”

明明是很亲切的话语，苏卿却听得寒毛竖起。

后来案子太多，陆延越来越忙，忙到不着家，苏卿有时一个星期才能见到他一次。而这一切都是在曲馨回国后才发生的，苏卿并不想将两者联系在一起，但时间点太巧合了。

直到有一次，苏卿在马路对面看到一道一米九的高大身影，他穿着警服。虽然只是一个背影，但苏卿一眼就看出来那是陆延。

陆延站在马路对面，正跟同事们商量事，他的四周被警戒线围了起来，几辆警车停在路边，气氛很严肃。

苏卿在想要不要过去打招呼，又怕打扰他工作。

犹豫之际，一间豪车停在了马路对面，曲馨从车里下来，捧着精致的便当盒，跑到警戒线边上，把便当递给了陆延。

苏卿看不到陆延的表情，却看到曲馨笑得一脸甜美。

两个女人虽然隔得远，但是正面相对，曲馨也很快就看到了苏卿。

曲馨并没有直接跟苏卿打招呼，而是像没看到苏卿一样，回到车上，再绕路开车到了苏卿面前。

车窗降下，她坐在车里笑着对苏卿说：“一起去喝杯咖啡吧。”

大家明面上都是朋友，也都知道苏卿平时没什么事，所以苏卿想不到理由拒绝。

咖啡厅里。

苏卿点完星冰乐，听到曲馨点了杯陆延同样喜欢的黑咖啡。她抿住唇，

跟着曲馨坐在一处三面都是墙的角落位置，不知是位置的问题，还是她心情的问题，总之她莫名压抑。

曲馨轻轻皱起眉头，用一副心疼担忧地口吻说：“阿延最近工作很辛苦，经常忙到半夜还在跟我发微信，说他压力好大，他夹在你和他父母中间好为难。”

星冰乐再冰凉，也不如苏卿此刻的心里冰凉。

陆延父母的问题，一直是她和陆延之间的死穴，两人都闭口不提，假装没有问题，但大家都明白这是在逃避。

曲馨看到苏卿难过的样子，并没有出言安慰，而是开门见山地说：“苏卿，你要为阿延多考虑考虑，他的前途不可限量，而你，高中都没毕业。”

“阿延需要的是生活上能让他无后顾之忧，事业上也能助她一臂之力的女人。你要是真的爱他，就不要成为他的负担，更不要……”曲馨缓了缓，作出一副反复纠结才决定说出实情的样子，“更不要让他因为责任，而不得不负重前行。”

苏卿瞳孔一震，小脸煞白。

二十岁的她脆弱无知，曲馨三言两语就将她的尊严击得粉碎。

再后来，苏焕琴的代表作“烈焰之心”被拍卖。

苏卿很想买下来，可手上只有陆延每个月的工资。她拿什么买？只能在夜深人静时，一个人懊恼流泪，越发觉得自己是个废物。

当苏卿看到烈焰之心出现在曲馨的颈上时，她震惊了。在曲馨宣布这是陆延送的礼物后，苏卿竟对陆延产生了一股恨意。

她觉得自己真的应该离开了。

陆延下班回来看到苏卿拉着行李箱，听到她提出分手，也没什么反应，淡漠地同意了。

最后，苏卿带着已经怀孕的秘密，只身去了法国留学。

没想到多年后，苏卿再次见到了曲馨，还是在陆延的怀里。

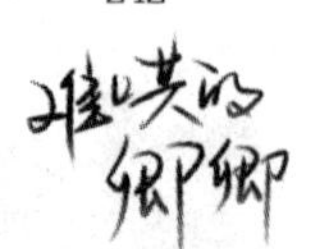

曲馨看到苏卿后，并没有放开陆延的意思，反而把陆延抓得更紧。

陆延见曲馨竟敢当着苏卿的面搞事情，气得都快冒烟了，好在他力气大，这种时候就算是藤壶附到身上，他都能抠下来扔出地球去！

他把曲馨推开，用严厉的眼神警告她放尊重点。

曲馨畏惧于陆延凌厉的气场，没敢再有动作。

苏卿也不再是当年的小废物。

现在的她，不但是知名设计师，还有一个可爱的儿子，家庭事业都不输曲馨。

至于那个又蠢又直没有情调只知道发情的狗男人，不要也罢！

苏卿领着儿子走过去，笑容美丽大方："馨姐，好久不见。"

曲馨虽然保养得宜，但怎敌得过二十五岁青春无敌，正是花开得最艳时的苏卿。

曲馨也想从容应对，但底气不足，声音气息都因不甘心而微微颤抖："好……好久不见。"

小童虽然对曲阿姨没有对爸爸妈妈其他朋友们那么热情，但仍然十分礼貌地打招呼："曲阿姨好。"

曲馨低头看着陆延和苏卿的爱情结晶，努力微笑，可眼神冷得像冰。

小孩子最能感觉到别人对自己的真实心意，曲馨不善的眼神让他不自觉地往妈妈身后躲。

苏卿感觉到儿子的不安，维持着笑容说："馨姐，我先带儿子上楼写作业，你们有事慢慢聊。"她全程只跟曲馨对话，看都不看陆延一眼。

陆延感觉到危机，硬刷存在感："老婆，回家等我。"

苏卿瞥了他一眼："谁是你老婆。"说完，领着儿子头也不回地走进小区。

陆延一直望着老婆孩子，眼中带着幸福的笑意，直到她们走进大楼看不见身影了，他才收回目光。

苏卿被独独偏爱着有恃无恐，陆延对她尽是放纵宠溺。

曲馨将一切看在眼里，内心多么希望陆延那句老婆喊的是自己。

可当陆延转回头时，他的眼神里只剩下冰冷："你来找我干吗？"

自从陆延知道了背调的事后，连往日情谊都不顾，对曲馨的态度就像对待敌人。

曲馨对苏卿真是嫉妒到了骨子里，凭什么她跟陆延二十多年的感情，却比不上苏卿的突然出现？为什么明明陆延该是她的男人，可陆延却总把她往徐墨谦的身边推？

曲馨有时候真恨不得直接问陆延为什么不爱自己。可眼前她有更重要的事，现在要是陆延不帮忙，那她将要面对铁窗泪。

"阿延，吕家大少起诉我了。"曲馨一脸柔弱，想在陆延面前装无辜。

"对，他怀疑你们公司串通他父亲的情妇伪造遗嘱，窜改关键的商业信息。这些警方在找你协助调查的时候，你应该都了解过了。"

看来他什么都知道，却丝毫没有想要帮她的意思。

"虽然谦馨有墨谦的注资，但我知道墨谦从不管你公司里的事，希望你自己的问题不要连累到他。"

意识到陆延甚至只关心徐墨谦的安危，曲馨哭着问："你现在身居高位，所有案子都要经过你手，你真的不帮我吗？只有你能帮我了。"

陆延仿佛听到了什么滑稽的笑话："我帮你什么？你该不会指望我徇私枉法吧？"

是呀，陆延向来公私分明，不然也不会年纪轻轻就坐到了现在的位置。

曲馨不过是抱着最后一丝侥幸心理。

"你觉得我跟你还有什么私情可言，以前还可以说是从小一起长大的朋友，现在呢？

"你故意抹黑苏卿，害我这么多年妻离子散。

"我们全家顾及跟曲家的情分，没去起诉你，可没想到你背后还有

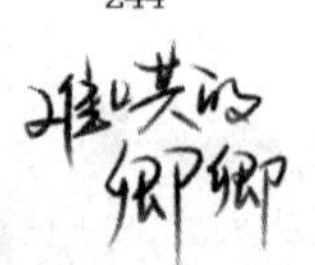

更大的案子。

“你怎么还好意思来找我？”

陆延对女性在言语上一直都很客气，哪怕之前那个检察院院长的女儿郑薇对他死缠烂打，还当着苏卿的面表白，他都没说什么过分的话。但曲馨实在是太让他愤恨了，就是因为她，苏卿吃了多少苦，受了多少委屈。

她的谎言，整整折磨了他们全家五年！

幸好天使降临，苏卿为了小童的教育回国，他们一家三口才得以团聚。

曲馨感觉没希望了，绝望了，心中只剩一个执念：“阿延，你真的从来没爱过我吗？哪怕只是一点点，都没有吗？”

陆延眼神冷漠，沉下一口气，思考过后决定如实回答：“没有，甚至每次你出现，我都觉得你破坏了我们兄弟间的气氛。我一直忍耐着没有任何表示，是因为墨谦一再要求，他说不忍心看到你难过。

“我以前一直劝你珍惜眼前人，可我现在只希望你离我兄弟远点，别再祸害他了。”

陆延觉得该说的都说完了，没有说再见，转身拎着一个装满了苏卿爱吃的食材的塑料袋回家。

他的老婆孩子在家里等着他呢。

曲馨呆呆地站在原地，头发都被吹乱了，脸上满是泪痕。

路人看到她还以为是神经病。

可一向爱面子的她，此时已经顾不上路人的指指点点了。

她不敢想象未来，感觉那将会是地狱。

陆延回到家里时，客厅没人。

他先去儿子的房间查探情况，儿子在认真地写作业。小家伙真好，从不让人操心。

关上儿子房间的门后，他拧开了老婆卿卿的房门。

卿卿可能会闹脾气，陆延已经做好了思想准备，等下无论是上刀山还是下火海，他都要把媳妇儿哄好。

可打开门一看，苏卿竟然在往行李箱里装东西。

陆延慌了，仿佛是昨日重现。

五年前苏卿拉着行李箱搬走的画面还历历在目，那时两人之间误会重重，陆延心里流血了也只能干忍着，假装不在乎。

而现在幸福就在身边。

今天他要是再放她走，他就是条蠢狗！

陆延连忙跑过去，一手拉住正在叠衣服的苏卿，一手把行李箱扔到一边，说道："我的心肝宝贝啊，使不得！"

苏卿看着被摔裂开的行李箱，也不知道狗男人扔出去时到底使了多大劲儿。

其实她本来没想生气，只是一个人待在房间里忍不住胡思乱想，一想到陆延和曲馨在一起她就冷静不下来，于是越想越生气……

陆延一脸紧张地问道："你收拾东西干吗？"

苏卿瞥了他一眼："我要带小童走！"

她已经想好了，跟别的女人不清不楚的男人，她才不要呢！这次不管陆延再怎么胡搅蛮缠，她都不会心软了。

可等了一会儿，狗男人竟然一点反应都没有。

苏卿顿时一阵心寒，想不到过了这么多年，陆延还是没变，面对自己要离开时，仍然无动于衷。也好，这样她也能死心了。

她想最后跟陆延说清楚关于共同抚养小童的问题，抬起头时，却见陆延凝视着自己，眼神那么受伤，仿佛天都塌了。

苏卿到了嘴边的绝情话语，突然说不出来了。

陆延轻轻说道："卿卿，别说这种话，哪怕是气话，也别说。"他

紧紧抱住了苏卿，把脸埋进她颈窝，此刻真的像一只害怕失去主人的大狗子。

“我真的怕。”一向顶天立地的男子汉，此刻露出了如此脆弱的一面，苏卿瞬间心软。可她一边舍不得看到陆延这样，一边又怪自己不争气，难道她就不委屈吗？

“不要用你抱过别的女人的手来抱我。”

醋味弥漫，陆延马上抓到重点，申诉道：“我是受害者！是她突然扑到我身上的，我简直猝不及防！”

苏卿的身高只到陆延胸前，她平视时刚好看到陆延最雄壮的胸肌和肱二头肌。她捏了捏男人胳膊上硬实的肌肉，感觉像最喜欢的蛋糕被别人舔了一口。她噘起小嘴，委屈极了：“你脏了。”

可是脏了也是她最喜欢的，就这一块，实在是舍不得扔。

陆延温柔地哄道：“嫌我脏了，晚上帮我洗干净，好不好？”

这话逻辑上没毛病，苏卿差点就下意识地点头答应了，顿住一秒才反应过来狗男人在打什么鬼主意！她气得捶他胸口：“你怎么这样啊！”

男人闷声笑：“卿卿，你嫌我不够浪漫，我认，我改。但是我活了三十几年，心里只有过你，你怎么能怀疑我这一点。”

也是，他但凡有点经验，都不可能这么蠢直，可是……

苏卿欲言又止，不知在想什么，环在他腰上的手，抓紧了他的衣服，似乎很纠结。

陆延察觉到她异常的情绪，说道：“以后我们有话就直说，别再有误会了。”

苏卿慢慢抬起头，注视着他的眼睛，认真问道：“陆延，你当初为什么把烈焰之心送给曲馨？”

陆延愣住了，烈焰之心他看过新闻后有所了解，但他什么时候送过曲馨？

他一脸的问号，想了好半天才恍然想起，为什么在电视上看到那条项链时，感觉那么眼熟。

“我想起来了……当初曲馨答应了墨谦的求婚，指明要我租一天烈焰之心给她当贺礼。我以为终于不用再被她纠缠，立马就去帮她租了。”

陆延又想了一下，问道：“她跟你说是我送的？”

苏卿点点头。

陆延气得直咬牙，心想曲馨背地里到底做了多少小动作。

苏卿半信半疑，心想陆延挺大方一个人，发小订婚怎么可能只租一条项链给人。

陆延解释道：“我当时的钱都拿去给你母亲抵债了，每个月的工资全部上交给你，哪还有七八十万给曲馨买项链。”

苏卿问道：“你怎么知道烈焰之心要七八十万？当年应该还没那么贵吧？”

“呃……”陆延顿住，想了想才说，“我当初租的时候问了一下。”

“问了价钱，没问来历吗？”

“销售只对女顾客服务时才会讲故事，对男顾客都只讲价钱。”

终于解开了烈焰之心的心结，可苏卿却还是郁郁寡欢。她把小脸埋进陆延温热的胸膛，低声呢喃：“我当时真的好难过，对我来说那么重要的项链，我都不好意思开口跟你要，可你竟然送给了别的女人。好在一切都是误会，我可以不用再恨你了。”

只可惜，她还是晚了一步，烈焰之心还是被别人买走了。

陆延借此机会将背调的事也告诉了苏卿。

已经知晓曲馨不少的手段后，再得知她窜改背调信息，苏卿都没那么愤怒了。

似乎这就很像曲馨会做出来的事。

只是当陆延提到他父母想请她到家里吃饭时，苏卿还是毫不犹豫地

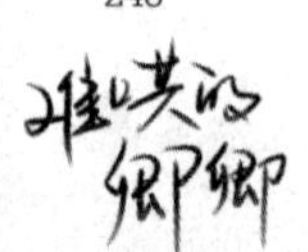

拒绝了。

六一前夕，陆延回父母家吃饭。

陆建国特意问道：“你跟苏卿怎么样了？”

陆延淡淡地说：“好一点了。”

陆建国皱起眉头，对儿子的追妻进度很不满意：“照你这进度，我跟你妈猴年马月才能有儿媳妇儿？你能不能拿出一点破案的精神用在生活上？”

陆延端着饭碗，无奈到吃不下饭，心想：以前逼我分手的是你们，现在天天催我的还是你们。

陆建国恨铁不成钢地看了儿子一眼，叹了口气，又问道：“过两天幼儿园不是有汇报演出吗？你跟苏卿商量一下，我跟你妈也想去看孙子表演。”

陆延夹菜的手顿住，父母同时看向他，他突然感觉如坐针毡。

苏卿一直都很回避有关他父母的事，哪怕他已经解释了当年的误会，她仍像惊弓之鸟一样畏惧他父母。

不过这不怪她，是他们家的问题。

张慧芳身子前倾，心酸地问道：“苏卿是不是不肯原谅我们？”

陆延看着父母恳切又愧疚的眼神，假装轻松地笑道：“不是，就是突然真相大白了，她一下子适应不过来，我回去再问问。”

陆建国放下筷子，吃不下饭，当年要不是自己心有偏见，又固执不听劝，哪会搞得现在儿子家不成家，好好的儿媳妇也不肯进门。

吃完饭后，陆延陪父母聊了会儿天，时间也不早了，准备回家。

陆建国送他出门，两父子俩走到院子门口，陆建国忍不住又提醒道：“苏卿的事，你抓紧点，别一工作就什么都忘了。”

陆延笑着答应：“知道知道，我心里有数，您别操心了。”

陆建国望着儿子的车驶向小区门口，不禁又一声叹息，嘀咕道：“你别的事我还真不操心，就这婚姻大事没不操心过。”

陆延回到家时，闻到一阵清甜的汤香。

他顺着香味儿来到厨房，看到系着粉红色围裙的女人曼妙的背影，站在厨台前给汤下调味料。

陆延靠在门框上，笑得一脸满足，因为苏卿煲的是他最爱喝的马蹄汤。

他走过去，从身后抱住她，大手一把握住她下巴，先霸道地香了一口，再把脸埋进她颈窝，情不自禁地说：“我老婆真好。”

苏卿的脖子被他胡楂扎得直痒痒，躲开他又马上缠上来，她笑着嫌弃道：“谁是你老婆！”

“你呀，我的心肝宝贝。”

“咦，肉麻。我要盛汤了，你快放开我。”

“不放，我不喝碗里的，我要你喂。”

“讨厌！你能不能正经点？”

陆延闷声笑，心想我跟你有什么好正经的，继续硬缠着苏卿腻歪了好一会儿。

晚上一家三口喝完汤，儿子乖乖地自己去刷牙洗脸。

陆延见气氛不错，坐在沙发上试探问道：“卿卿，六一那天，我爸妈也想去看小童表演。”

苏卿原本在吃陆延刚剥完的橘子，吃得正甜，一听这个顿时僵住了。她能理解陆延父母不想错过孙子成长的重要时刻，她也不介意他们跟孙子团聚，可她还没忘记他们曾经多排斥自己，她怕自己没办法以平常心面对他们。

陆延见苏卿低头不语，手都在抖，理解她的彷徨无助。

他握住她的手，温柔低语：“没事，我们原本怎么安排的就怎么过，

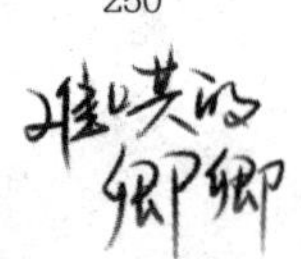

我父母那边我去沟通。”

苏卿抬眸看他，长长的睫毛轻轻地扇动，眼神像犯错的孩子。

陆延还想继续哄哄她，手机却突然响了。

苏卿见他看到来电显示后忽然变了脸色，刚想问他是谁打来的，却见他站起来走到阳台再关上窗，背对着自己才继续讲电话。

她一颗心悬起来。

为什么他好像有事怕自己知道似的？

♥

第十章

幸 福 生 活

/

下辈子、下下辈子、下下下辈子，
你都得当我老婆。

如果是工作电话，往常陆延会直接说他要跟同事谈工作，而苏卿也从来没对此不满过，所以肯定不是工作电话。

难道是他父母在问小童六一表演的事？

苏卿一个人坐在沙发上低头细想：是不是自己太矫情了？

以前陆延的父母虽然不喜欢自己，但也没做过什么伤害自己的事，现在搞清楚了一切都是误会，自己应该调整好心态的。

苏卿转头看趴在阳台栏杆上的陆延，他背影宽厚，但工作上已经承载了不少责任与压力，她不忍心让他一直夹在中间为难。

陆延打完电话回到客厅，见苏卿站起来看着自己，似乎有话要说。

他问道："怎么了？"

苏卿张张嘴，又低下头，过了一会儿似乎鼓足了勇气，抬头迎上陆延的目光："那个……六一表演，你请伯母伯母也一起去吧。"

陆延想不到只是接了个电话的工夫，就有这么大惊喜。他搂住苏卿的肩膀，满眼都是喜悦，笑着问道："你怎么忽然就同意了？"

苏卿见陆延那么开心，也跟着勾起笑容，但没告诉他真实原因，只是说道："小童看到爷爷奶奶也来了，肯定很高兴。"

陆延捧起苏卿的小脸，细细地看："我的卿卿真好。"

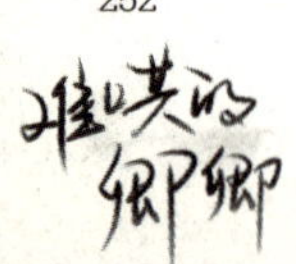

苏卿被他看得不好意思了，怕他看出自己的害羞，把小脸埋进他壮实的胸口，轻声说：“你也很好啊。”

两人甜蜜相拥。窗外的星空在黑夜里，像是捂着眼睛又忍不住在指缝中偷看着他们。

夜里，左睡在左边的陆延传来均匀的呼吸声。

苏卿在床上辗转难眠，实在睡不着，于是转过身推某人：“你醒醒，别睡了。”

陆延迷迷糊糊地睁开眼睛，右胳膊下意识地搂住苏卿：“怎么了，宝贝？”

苏卿往他怀里钻，指尖在他心口画圈圈，拧眉纠结道：“你爸妈真的能接受我吗？毕竟我就是一个普通人，也没有显赫的家庭背景。”

陆延心想：什么玩意儿？你大半夜的不睡觉就在瞎想这个？

陆延握住苏卿的手，拿起来亲了一下，耐着性子说道：“你不是见过我妈了吗，她特别喜欢你。我爸也不是非要门当户对，他只是觉得知根知底的女孩能避免很多麻烦。现在他也很了解你，对你很满意，成天劝我赶紧把你追回来。”

苏卿总觉得不真实。

陆延睡到一半被吵醒，正困着呢，声音沙哑道：“睡吧，宝贝。”

“我睡不着。”苏卿在心里埋怨狗男人怎么一点都不理解她的纠结，人和狗的悲喜果然不能相通。

陆延定定看她，问道：“确定睡不着是吧？”

苏卿以为他要陪自己谈心，撒着娇“嗯”了声，无尾熊似的半边身子趴到他身上，没想到他却突然翻身压上来。

“那我陪你做点能让你睡着的事。”

“嗯？不……我不是这个意思！”

“晚了。”

事后，苏卿很后悔，为什么要大半夜的招惹狗男人。

苏卿每次想到六一要见陆延的父亲，心里就很忐忑，可六一还是来了。

那天早上，苏卿带儿子到表演场地做演出前的准备，陆延去接父母过来。

演出开始前。

苏卿坐在观众席等陆延和他父母，她双手交握在一起，手指快拧成了麻花。陆建国和张慧芳走进来的时候，苏卿一颗心提到嗓子眼儿，目光下意识地寻找陆延，看到他跟在他父母身后，心里稍稍安定了些，又开始纠结该如何上前打招呼。

她脚上像有千金坨，还没等她迈开步，周围其他家长们竟抢先一步围了过去。

苏卿本来就紧张，见其他家长们那么能说会道都讨不着好，偏偏她还最不擅长讨好别人，这下更不知道该如何跟陆延父母相处了。

陆延帮着父母谢绝人群，来到观众席后，看到苏卿一脸紧张的小模样，忍不住笑了笑。

他走到苏卿身边，介绍道："爸，这是苏卿。"

苏卿已经努力放松了，结果一张嘴还是结结巴巴的："伯、伯父伯母好。"她称呼完人，轻轻点头，尽量笑得自然点。

张慧芳笑着说："好孩子。"她走过去想拍拍苏卿的手，让苏卿别紧张，可手刚握住苏卿的就惊讶了，"你手怎么这么凉啊？"

苏卿不好意思说自己太紧张。

张慧芳责备地看了陆延一眼："你也是的，苏卿怕冷你也不知道帮她带一件外套。"

陆延马上回车上拿了一件备用外套，回来给苏卿披上。

周围其他家长们见陆家这几位大人物都对这个没过门的儿媳妇如珠

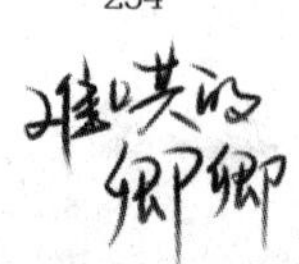

如宝的，自此都高看苏卿一眼，再也没人当她是无依无靠的单亲妈妈。

苏卿已经见过张慧芳几次，平时电话也有联系，相处起来不困难。

难的是如何面对陆建国。

陆老爷子简单而礼貌地打过招呼后，严肃稳重地坐在观众席。

这让苏卿更忐忑，生怕刚刚的笨拙更让陆延父亲看不上自己，觉得自己小家子气。

陆建国真正扬起笑容，是看到孙子站在舞台C位出场表演跆拳道时。

小家伙穿着白袍绿带，像模像样地展示了一番何为小男子汉的风采。

陆建国笑弯了眼，心中自豪感无限膨胀。

等表演结束，人群渐渐散去，陆延和张慧芳去后台接小童。

苏卿纳闷怎么会形成她跟陆延父亲单独相处的局面，简直紧张到不能呼吸。

两人站在观众席，中间隔着两个位置的距离。

苏卿努力在想这个时候应该说点什么，可她跟陆延父亲实在无话可说啊！

最后没想到竟是陆延父亲先开口："卿卿啊，以前是我不对，这些年委屈你了。"

苏卿一愣，心想他刚刚管自己叫什么？这是代表他接受自己跟陆延在一起了吗？还有，他这是在道歉？

苏卿完全没想到有朝一日竟能听到陆延父亲说出这番话，她不知所措，连忙摆手："没……没，现在不都挺好的吗。"

"嗯。"陆建国点点头，苏卿的单纯他都看在眼里，回想起过去那么误解她，他不禁愧疚叹息。

好在现在像她说的，都挺好的。不过，他得帮自己儿子说两句："阿延有时候一根筋，忙起工作就顾不上别的了，你别怪他。"

"没有没有！"苏卿连连摇头，腼腆一笑，"我觉得他工作的时候

特别帅。”毕竟她就是在陆延工作时，被他救下来的。

陆建国以前很担心苏卿不是他们这个圈子里的人，会不理解不支持陆延的事业，但现在看来，有什么比热爱更支持的呢。

他放心了，对儿媳妇非常满意。

他儿子的眼光确实不错。

小童一阵风似的跑过来，激动地问道：“爷爷，妈妈，你们刚才看到我表演了吗？我的跆拳道怎么样？”

“非常好！”陆建国赞不绝口。

苏卿笑着摸摸儿子的小脑袋瓜，抬眸下意识地寻找陆延，两人心有灵犀四目相对。

陆延见苏卿眼里没了局促，心里的大石终于落地。

晚上睡觉时，小童非要挤在两人中间一起睡。

苏卿笑眯眯地看着儿子，当然不会不同意。

陆延板着脸想了想：算了，今天儿童节，依着他吧。

小童躺在爸爸妈妈的怀里说：“我回国之后好幸福呀！有了爸爸，元旦的时候，爸爸妈妈一起看我表演。今天六一爷爷奶奶也来了！我太开心了！”他说完了手舞足蹈，开心到扭腰。

陆延张开大长胳膊，把老婆孩子一把全抱住：“以后我们一家人永远在一起。”

苏卿轻轻应了声：“嗯。”

两人相视一笑。

小童开心地一左一右各亲了爸爸妈妈一口，继续叽叽喳喳说个不停，说着说着就困了，一家三口一起甜甜地睡着。

臻馥第二季度的财报显示，销售额、市场份额都持续增长，而增长

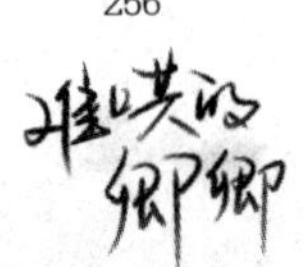

的主要来源都是苏卿设计的作品。

苏卿树大招风，当然会惹来同事妒忌，但她的成绩也摆在那儿呢，任谁嫉妒之前都要先掂量一下自己有没有资格嫉妒人家。所以哪怕她在公司里没有股份，却仍备受尊敬。

苏卿的生活重心是家庭，其次才是工作，工作也仅限分内事。除此之外她都顾及不到，以至于她根本不知道同事们私底下多么崇拜她，只当自己是普通员工。

看到又有一笔奖金到账，她眼睛弯成了月牙，距离一百万又近了一步!

中午苏卿跟同事们一起去吃饭，刚走出办公大楼，一辆豪车就停在了她们面前。

同事们都在猜这是谁的车。

车窗降下，竟是国内珠宝龙头万福的老板。万老板笑容满面地对苏卿说："苏小姐，中午赏脸一起吃个饭吧。"

同事们看向苏卿。

苏卿其实不想答应，但万老板说话姿态摆这么低，她再拒绝就得罪人了，于是只好答应。

万老板选了一家视野开阔的西餐厅，透过落地窗能俯瞰整座城市最繁华的风景。

两人面对面坐着，他开门见山地说："苏小姐，罗老板上次在法国的所作所为业内都传开了，我真替你不值。臻馥这三个季度的业务增长全是你的功劳，结果珠宝展上你却被排挤到一边。

"我这人很惜才的，一直十分欣赏苏小姐的才华。以前我也邀请过你来万福，但你没同意，估计是我当初提的条件你不满意。不过这次我带了十足的诚意过来，绝对是罗老板给不出的条件。

"我愿意为你开辟一条高端线，并以你的名字命名。年薪之外，利

润分成你再占 5%。”

苏卿心动了，这个收入太诱人了，但这么大的事她不能马上决定。

万老板信心十足地继续说：“没关系，你可以先考虑考虑，我相信你会选择万福的。”

苏卿回到公司后，还没从 5% 的震惊中走出来，罗晶就一脸严肃地来敲她桌子了。

“来我办公室一趟。”

上次遇到同样的事情，苏卿问心无愧，面对罗晶坦坦荡荡。但这次她真的被万老板开出的条件吸引了，再面对罗晶时就莫名心虚。

罗晶在商场上摸爬滚打二十多年，见惯了利益驱使的分分合合。

员工为了追求更高的收入而离开，她不会怨恨，这是人之常情，也因为懂得这一点，她也明白真正能留住人的是什么。

苏卿实在是个不可多得的设计师，她无论如何都要把人留下。她开门见山地说：“我听说万老板中午找你一起吃了个饭。”

苏卿心虚点头。

“没关系，有人挖你很正常。我不知道万老板给你开出了什么条件，但我开的条件绝对比他更好。”

苏卿不太相信，心想等下罗晶开的条件要是很一般，自己该如何委婉地表示拒绝。

“其实我也考虑很久了，这个决定并不是被万老板逼出来的，即使没有他今天的挖墙脚，我也迟早会跟你提。”

苏卿抬头看看罗晶，有点好奇会是什么条件，能让罗总这么有信心。

“我想跟你合开一个新品牌，就叫 LS，你管设计，我管业务，不用你投资，你占股 20%，如何？”

苏卿惊了，这不就是让她当老板了吗？她悄悄地掐了一下大腿，依旧感觉今天好不真实。

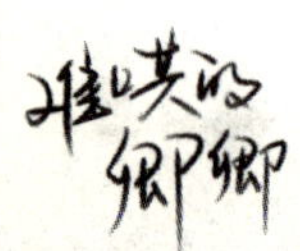

罗晶信心十足地说：“你可以先考虑考虑，我相信你会选择我的。”

苏卿心中疑惑：这是珠宝商的通用台词吗？

晚上等陆延回家后，苏卿窝在他怀里商量：“你说我怎么选好呢？

“万福的话，各方面肯定更稳。但我只会设计，全权管一条产品线，我怕我不行，而且那些日常应酬和大厂之间的钩心斗角，我怕我搞不定。

“我跟罗总一起工作这么久，她的为人处世我是很敬佩的。而且你也知道我妈妈的创业经历，跟罗总合开公司就不用我操心经营问题，我只管设计就行。但是新品牌前期收入可能不稳定，而且还是国产高端品牌，最后很可能做不起来。”

陆延不像苏卿那么纠结，他听完就有了答案：“选罗总。”

“为什么？”

陆延认真地说道：“在大厂当个普通员工问题不大，可混高层没那么简单的。你在臻馥别的不说，起码工作很愉快，而且你用不着担心收入问题，老公养得起你。”他拍拍胸脯，意思是有我在呢，你尽管放手去博。

苏卿甜甜一笑，倒不是真指望他来养，而是觉得有他在真好。她难得主动想亲近他，顺着他的耳垂、下巴、喉结，一路往下亲。

男人一点就着，结果刚脱了上衣，电话就响了。

他咒骂一声，不是这个时候来案子了吧？

苏卿撑起身子，轻抚他心口，给他顺毛，温柔地说：“你先忙工作吧。”

陆延叹气，拿起手机一看，愣了一秒，接着瞄了一眼苏卿，假装平常地下了床，走出去接电话。

苏卿坐起来，揪紧了被子。

陆延最近总这样，好像有什么事在瞒着她。她抿紧唇，劝自己不要胡思乱想，可她刚刚看到了来电显示上的字——阮娇。

他……他该不会在外面有别的女人了吧？

周五下午，苏卿还在加班。

陆延一如往常地去接孩子，却没把小童送回家，而是送到了父母那里。

到了父母家门口，陆延蹲下来说："别告诉你妈妈我把你送这儿来了。她要是问你，你就说你在家。"

小童问道："为什么？"

陆延神秘一笑："爸爸要执行一项秘密任务。"

"什么任务？"

"跟你妈妈求婚。"

晚上七点五十分，LS 团队的核心成员还在开会。

罗晶说 LS 的第一个产品，一定要打响第一炮，不然就会像臻馥的高端线一样，所有投入都付诸东流，所以无论是设计方面还是营销方面，大家都要全力以赴。

苏卿一边听罗晶的讲话，一边陷入沉思，开山之作哪有那么容易创造出来，即便她设计出了满意的作品，市场也不一定买账。

未来一切都是未知之数。

以前只是当设计师，做好分内事就行。现在当了老板，压力也随之而来。

散会后，同事们陆续离开会议室。

苏卿慢慢整理文件，对开山之作还没什么灵感。她拿起手机，看开会期间有没有微信消息，这个时间陆延应该接小童回家吃完饭了。可手机上有朋友、有同事的消息，就是没有陆延的。以往陆延接到孩子，或者到家做了什么饭菜，都会跟她汇报一声，但今晚怎么没有？

苏卿不禁握紧了手机。

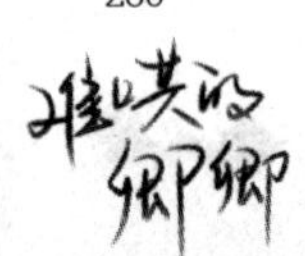

她点开陆延的对话框，想问问他干什么呢，可刚按了两个字就惊觉，这不是陆延平时的台词吗？苏卿又细想了一下陆延最近的奇怪举动，他明显有事瞒着自己。

苏卿越想越不安，掰指头算了一下……她跟陆延刚好在一起七年了！该不会是七年之痒吧？

她死盯着陆延的头像，抿住唇，乱七八糟地想了一会儿后，退出了他的聊天界面，转而点开了儿子的对话框，问道：【宝贝干吗呢？到家了吧？】

身在爷爷奶奶家的小童正准备写作业，看到妈妈的微信消息纠结到不知所措。他没跟妈妈撒过谎啊！怎么办？

他马上给爸爸发了条语音过去："爸爸！爸爸！妈妈问我在哪儿呢，你赶快联系一下妈妈吧！"

陆延刚好开车到了苏卿公司楼下，他晚上简直忙得脚打后脑勺，看到儿子的消息后，马上给苏卿了电话。

苏卿一手拿着手机，一手敲着桌子，疑惑儿子怎么还没回复。

正胡思乱想之际，狗男人的电话打来了。

苏卿看到来电显示，莫名地不想接，可是狗男人应该跟儿子在一起，她就勉为其难地接吧。

"喂。"苏卿的声音略显冷漠

陆延听出来了，他今天本来就紧张，感觉苏卿不太想搭理自己的样子，内心更忐忑了："喂，宝贝，忙完没呢？"

苏卿心想，宝贝什么宝贝！你对宝贝连条汇报信息都不发了吗？呵，男人真虚伪！

"一把年纪了，别叫我宝贝。"苏卿顿了顿，感觉这么说话不好，调整了一下情绪，语气缓和了些，"我刚开完会。你跟小童在家吗？"她听着电话里的背景环境，感觉不像。

苏卿那句“一把年纪了”指的是她不小了，宝贝是叫小孩的，别这么叫她。陆延却理解成了：她是不是嫌我老?

陆延一手拿着手机，一手握着方向盘，心里很焦虑地想着：她现在喜欢富有年轻气息的事物了？那我准备的求婚仪式，会不会不讨她欢心?

“我来接你了，现在在你公司楼下，你下班了直接下来就行。”

苏卿觉得他答非所问，反正回家就能看到儿子了，现在就不跟他多说什么了。

她收拾好东西，坐到他车上的后排。

陆延回头看她：“怎么坐那么远？”见她闷闷不乐，又问道，“心情不好？”

苏卿略带幽怨地瞅了他一眼，低头系安全带：“回家吧。”

陆延见她一直望着窗外，似乎不想跟自己说话的样子，转回身开车，越发为晚上的求婚大计捏把汗。

车开到一半，苏卿发现不对劲儿：“这不是回家的路呀，你要带我去哪里？”

陆延在后视镜里朝她一笑：“给你点惊喜。”

苏卿狐疑地看着他，觉得狗男人想不出什么靠谱的惊喜，她得提前做好心理准备，别是惊吓。

车子停到了最繁华最热闹的购物中心停车场。

苏卿一下车，陆延就走到她身边，含笑看着她，牵起了她的手，十指紧扣，如同热恋中的小伙子，对女朋友爱不释手。

苏卿心里嘀咕着老夫老妻了，陆延今天到底怎么回事。

她被陆延拉着来到一间气氛营造得相当好的西餐厅。

餐桌靠窗，可以看到购物中心露天花园的美景。

苏卿置身令人愉悦的环境中，脸上慢慢出现了微笑。她见餐桌只准备了两个人的位置，问道：“小童呢？”

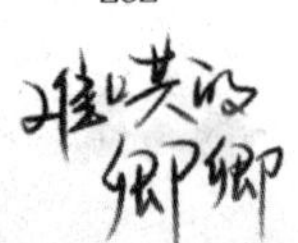

陆延握住她的手说：“别想孩子了，今晚是属于我们的二人世界。”

苏卿漂亮的大眼睛狐疑地看着他，不对他的浪漫细胞抱有什么期待，但心底又忍不住有所期待。

红酒、牛排、甜点，都十分美味。

苏卿在心里给这家餐厅打了个不错的分数，她以为狗男人的浪漫到这里就结束了。

没想到陆延轻拍双手，明显还有别的节目。

苏卿看到他的动作，憋不住笑，心想：你拍电影呢。

她坐等看他还有什么招数。

一个金发碧眼的男青年，穿着一身黑西装，手拿着小提琴，来到他们桌旁，绅士地跟苏卿打过招呼后，拉起了悠扬的曲子。

餐厅其他顾客纷纷看过来，尤其是女顾客都羡慕地望着苏卿。

陆延笑着看她，眼神仿佛在问：还满意吗？

苏卿忍不住掩嘴轻笑，觉得他好傻呀，可是，良辰美景，爱人在前，她感觉很满足。

等小提琴师退下后，陆延见苏卿心情似乎变得很不错了，他心里也终于稍稍地放下心。他情不自禁地握住苏卿的手，亲了一下她的手背。

苏卿略显羞涩地垂眸，嘴角含笑，由着他亲。

陆延深情款款地说道：“卿卿，以前是我不懂浪漫，我改。以后你想要的，我都给你。”

苏卿轻轻抬眸看他，心里流淌着蜜，笑得甜甜的，点了点头：“嗯。”

陆延今晚安排得真不错，虽然都是些老套戏码，但对他不能要求太高，她很满意了。看来之前觉得他有事瞒着自己，只是自己在胡思乱想。

苏卿对陆延产生了一丝愧疚，心想今晚要好好补偿他。她刚想伸出另一只手，双手跟他相握，也说些情话回应他，他的手机就响了。还没等她另一只手碰到他，他就收回了自己的手。

苏卿的手突然失去了温暖的覆盖，空调的风吹过来一阵凉意。

陆延看着手机时，似乎很紧张上面的内容，接着偷瞄了苏卿一眼，似乎跟她有关又怕她知道，然后又认真地回复着。

苏卿明明就坐在他面前，却感觉跟他隔了好远好远。

那种不安的感觉再次袭来，到底是不是她胡思乱想？苏卿忍不住问道："是谁呀？"

"没谁。"陆延边回信息，边回她话，看都没看她一眼。

苏卿又感觉到他在忽略自己了，但仍安静地等他先回复完信息。

陆延终于放下手机，在他手机屏幕暗掉的前一刻，苏卿看到了上面的一个名字：阮娇。

这个名字苏卿之前也看到过，每次出现时，陆延都像现在这样神不守舍、漫不经心。苏卿明明不渴，此时却拿起水杯灌下一大口，用力劝自己别多想：不会的，不会的，陆延不是那种人。

陆延突然莫名其妙地提议："我们去看电影吧。"

苏卿看看时间："这都九点了，还看电影？"

"明天周末，我们都不上班，晚点没关系。"

苏卿想了想最近看到的电影广告，都是陆延喜欢的战争题材，那就陪他看看吧。

她被他牵着手，跟着他往电影院的方向走。

苏卿感觉手心有点湿润，但购物中心的冷气这么充足，陆延怎么还会手心出汗？难道是他最近身子虚？可是想到他夜里那么生龙活虎，哪里虚了。

路上不断有人看她，她察觉后回望过去，路人又马上移开目光。

苏卿感觉像穿越进了悬疑电影里，身边的一切都疑点重重。

到了电影院门口，陆延又放开了她的手。

苏卿见他又一脸紧张地拿起手机。

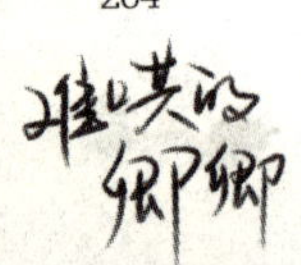

陆延说道：“你先进去吧，8排8座，正中间的位置，我去买点喝的。”

苏卿指了指一旁的自助售水机：“那里不就能买矿泉水吗？”

陆延不爱吃甜的，所以两人看电影，一般只喝矿泉水。

陆延又说：“你不是喜欢喝奶茶吗？我去给你买了带进去。”

苏卿刚想说电影院不让外带饮料，陆延就急匆匆地走了，仿佛有什么让他放不下的急事。

她叹气，凝望着他的背影直至不见，才一个人走进了电影院。

购物中心位于CBD，本就是最热闹的地方，现在还是周末的晚上，可是电影院里居然一个人都没有。

这里灯光昏暗，冷气十足。

苏卿感觉自己像是从悬疑电影里又穿进了恐怖电影里。

等她刚坐下，电影院内的灯光马上全关了。观众都没来呢，这是电影要提前开演了吗？于是她马上给陆延发信息，让他快点回来，别错过开头。

突然，陆延那低沉又富有磁性的声音从电影院的杜比特音响中传出来：“你以为，我只是来带你看电影的吗？”

苏卿惊了，环顾四周，搞不清楚状况。

音响中又传来陆延极其性感的一声低笑：“呵呵，其实我有些话想要跟你说。”

苏卿蒙了，什么话需要在这种情况下说？

大屏幕突然亮起，是陆延坐在家里，对着镜头说话。

陆延本就俊朗不凡，画面质感也很高级，要不是大屏幕里的男人夜夜跟自己同床共枕，苏卿觉得这简直就是电影画面。

“我第一次见到你，还是在执行公务的时候。那时候对你一点别的想法都没有，就觉得这小孩挺可怜的。”

苏卿微微笑，这点她知道，陆延要是工作时还能想到别的，那就不是他了。

“后来你总跟着我，我知道你是怕那些非法催债的再找上门，但也感觉得到……你对我有非分之想。”陆延说到这里时，眼睛一眯，得意一笑。

苏卿心里骂了句：臭不要脸！

那时她的主动，大概是她这辈子做过大胆的事了。假如人生能重来，她不一定还有勇气那么做。

“可你那时候太小了，本来就刚满十八岁，脸长得还小，我面对你时总有种莫名的犯罪感。所以我开始躲着你，就怕自己对你产生控制不住的感情。可是你跟案子牵扯到一起，我想躲也躲不过。救你时不小心受了伤，本以为你看到我左胳膊打着石膏会心有愧疚，从此离我远点，万万没想到你居然敢趁我睡着时偷吻我。”

苏卿害羞地捂住脸，心想：你干吗说这件事呀？你怎么还没忘了呀！

“你后来说，那是你的初吻，其实……”男人害羞地摸了摸鼻子，“那也是我的初吻。”

她的男人只属于她，苏卿不自觉地加深了笑容，沉浸在陆延的表白中。

“我一直觉得你不合适，很努力地劝自己不要对你有感觉，然后我就体会到了前所未有的挫败，完全不由自主地爱上你了。”现在大屏幕里的陆延目光坦然诚挚，天知道他当年有多难熬。爱上她难熬，不爱她根本熬不住。

苏卿好想好想大声对他说：我也是呀！

“再然后我就弃城投降了。跟你在一起之后，我越发觉得你不简单，你怎么那么厉害，只是笑了笑，就能让我的世界炸开了烟花。明明只是普普通通，甚至有点麻烦的生活日常，但因为有你在，都变得那么有意思。”

苏卿回忆起当初的甜蜜，眼波流转，情意绵绵。

“可惜……”陆延深呼吸，想起痛苦的过往，笑容敛去，眼中尽是伤感与愧疚，“那时的我不懂珍惜，整整失去了你五年。那五年我表面上看像没事一样，实际上活得像行尸走肉。我以为我这辈子就样了，可

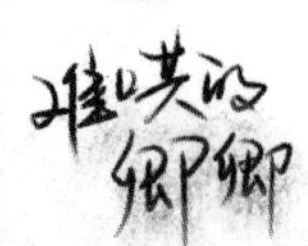

能跟你在一起时太过幸福，我已经把一生的幸福额度都用尽了。”男人垂着头，回想起那段痛苦时光，仿佛生命都被抽干了。

苏卿鼻头一酸，忽然意识到那五年里，他其实比自己要痛苦得多。自己因为有儿子，其实大部分时光都很知足，但陆延只能孤独地生活，以为自己永失所爱。

陆延痛苦的眼神中慢慢聚集了光，继续说道：“好在小童出现了。”他扬起温暖的笑容，“小家伙实在太可爱了，我第一眼看到他就喜欢得不得了。”他双手握在一起，难抑心中的欢喜。

苏卿笑弯了眉眼，心想：我儿子嘛，当然可爱啦！

“好在有他，才让我重新遇见你。你不知道，这一年里，我每天睁开眼睛都恨不得马上把你娶回家。”

“娶”这个字眼太过明显，苏卿盯着大屏幕，预感到了什么。

突然，大屏幕暗下，伸手不见五指的环境里，所有灯猛然亮起。

苏卿这才看清四周布满了气球和鲜花，前方的舞台上铺满了玫瑰花，上面用灯摆成了一个心形，写着“marry me”。

男主角陆延本人这时终于出现，只见他一手捧着玫瑰，一手拿着红绒布礼物盒，从门口缓缓走过来。

苏卿的心越跳越快，陆延该不会是要求婚吧？这这这……不像他的作风啊！我是在做梦吗？

男人单膝跪下，深情凝望着他最爱的女人：“卿卿，嫁给我吧。”

还真的是求婚！

苏卿惊喜地双手交握在心口，眼泪像凑热闹似的趴在眼眶上围观。男人的用心她感受到了，她快速点头，可是关键时刻她竟然激动得说不出话了。

男人扬起大大的笑容，把花和礼物送到女人手里。

苏卿捧着花，看着礼物盒，问道：“你这戒指盒有点大啊。”

陆延神秘一笑："我帮你打开看看。"

苏卿笑着"嗯"了声，十分好奇男人会挑选什么样的求婚戒指。

鉴于他今天已经超水平发挥浪漫，等下就算戒指不和她心意，她也会欣然接受的。但其实，只要是这个男人送的戒指，不管什么样，她都会喜欢的。

男人打开礼物盒。

苏卿看到里面的红宝石项链，惊讶地睁圆了眼睛，不敢置信地看向男人。

这是苏卿妈妈生前的代表作，烈焰之心！

"原来那个神秘买家就是你？"

陆延点头："我那天看到新闻后，第一时间就去找收藏家，费尽了口舌他都不肯卖。最后还是说我要送给原设计师的女儿当求婚礼物，还讲了我们那五年的错过，人家才答应卖给我。"

苏卿眸光颤动，凝望了他好一会儿，忽然唤道："陆延。"

"嗯？"

苏卿踮起脚尖，钩住男人的脖颈，主动献吻。她心头被幸福和感动挤满，此刻不知道该说什么了，只觉得让她把命给他，她都愿意。

一吻结束，男人紧紧地搂着她的腰。

苏卿双手捧着烈焰之心，心满意足地说："这真的比什么钻戒都让我开心，谢谢你。"

陆延一听，打断道："不。"

苏卿抬头看他。

"我准备戒钻戒了。"

苏卿没想到还有惊喜。

陆延从裤兜里掏出一个小的礼物盒，但也比一般的戒指盒要大一圈。

苏卿感觉不对劲儿，总感觉他买了什么奇奇怪怪的东西。带着紧张的心情，她亲手打开了小礼物盒，没想到里面竟然是一颗鸽子蛋钻石！

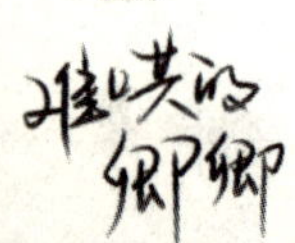

苏卿看看钻石，再看看陆延：“这……这……”

陆延觉得这回肯定不会错了，头一扬，笑着说：“我怕买别的牌子你不喜欢，送臻馥的高端线又不合适，干脆买了一颗原石回来，让你自己设计。我记得你去留学之前说过，想有朝一日能设计自己的婚戒。”

不得不说，陆延这回的安排真的太超出苏卿想象。她紧紧抱住陆延，情不自禁地说：“你真好！”

陆延笑得无比自豪，不枉他忙活了一个月。

“不过……”作为一名珠宝设计师，苏卿当然很了解钻石价格，“你花了多少钱？”

陆延账上还真就所剩无几了。

男人心想：我的钱就是我老婆的钱，我擅自花了这么多钱，老婆会不会不高兴？

他忐忑地看苏卿。

苏卿却温柔地说：“没关系，你没钱了我养你。”

没想到她竟是想说这个。

陆延轻点了一下她的鼻尖，笑道：“傻子。”

回家前，苏卿看到策划公司的工作人员来收拾东西，特意跟其中带头的人说：“麻烦让我拍个照好吗？”

带头的工作人员是个戴眼镜的男生，胖胖的，看起来很憨厚，笑着说道：“没问题。刚才的求婚过程我们都有录像的，回头会发给陆先生的。”

“也发我一份吧。”

“没问题，您邮箱多少？”

苏卿跟男生互相交换了邮箱，看到用户名上写着“阮娇”两个字时，她一脸意外地问：“你就是阮娇？”

阮娇不好意思地挠挠头：“是的，我爸妈本来以为生的是女儿，名字

都起好了，结果我是个男的，这名字也就继续用了。苏小姐，让您见笑了。”

“没没没。”苏卿连忙摇头摇手，“很好的名字，一听就很有亲切感。”

阮娇笑了笑，似乎很喜欢“亲切感”这个夸奖。

苏卿也笑了起来，就说陆延不是那种人，不会让她失望的。带着无比好的心情，苏卿美滋滋地跟陆延回到家。

这么美好的夜晚，男人肯定不会浪费，又跟他的小美人喝了两杯，喝得她红粉扑扑，任他摆布。

两人在床上吻成一团。

苏卿用仅剩的一丝理智问道：“你把小童送到伯父伯母那儿，是不是就为了方便现在？”

陆延心想，那不然呢。

忙活了好半天，陆延靠在床头点了支烟。

苏卿今天心情好，破例没管他。她趴在他胸口，胳膊随意地搭在他的腰上。

陆延轻抚她柔顺的秀发，问起了正经事：“你说我们什么时候去领证好？”

民政局周末放假，最快也得等两天。好在此刻美人在怀，稍稍安慰了他急躁的心。

苏卿的指尖在他腹肌上画圈圈：“嗯……”认真地想了想，“等我赚够一百万的吧。”

“什么玩意儿？”

陆延激动地把烟都掐灭了，坐直了看着轻轻松松就能把他气得奓毛的小女人。

苏卿一脸无辜地眨眨眼：“肯定要了结我们之间的财务问题才能结婚呀，不然婚后财产合一，我还你一百万还有什么意义？”

“我的钱就是你的钱，你还钱给我有意义吗？”

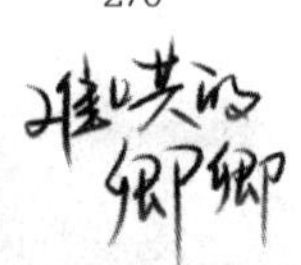

“对你来说没分别，对我来说意义可大了，我才不要还欠着你的钱就嫁给你。”

女人的心情他理解，但是……

“那我得等到猴年马月才能娶到你？”

苏卿眼睛一眯：“你在质疑我的工作能力？”

“不是，这标准放宽点行不行，你意思意思还点走个形式不就完了，不用非得还我一百万，我身为债主还不能决定你还多少钱吗？”

“不能，你虽然是债主，但是得听我的，这事我做主。”

陆延长叹一声，他的娶妻之路怎么就那么曲折。

他低头看在被子底下伸懒腰、曼妙身材若隐若现的小美人，心想不能就他一个人难受。

于是……

新的一周开始，苏卿春风满面地上班，将喜讯告诉了同事们。

罗晶作为营销大佬，立刻闻到了流量的味道：“苏卿，你设计的婚戒能作为 LS 的第一款产品吗？”

陆延送的鸽子蛋，一般人家买不起，最后无论怎么设计，出来都是高端线的效果。而且苏卿作为珠宝设计师，当然愿意跟全世界分享她的作品。

苏卿思索一番后，眼睛亮晶晶地点头答应。

于是，LS 的开山之作带着不菲的身价，讲述着设计师的爱情故事，以华丽的姿态诞生了。

苏卿将这款钻戒取名为“钟情”。

设计卓越、品质超群，还有故事，再加上一个玩命营销的总舵手，“钟情”一经问世，立刻红出圈。

广大人民群众即使买不起，在各种媒体上看到就能一眼认出这款鸽子蛋钻戒。

“钟情”的热度持续发酵，一路红到了海外，成功在国际高端珠宝界拿下一块阵地。

这回真的是为国争光，连电视台都来采访苏卿。

采访片段被各大主流媒体轮番播放，又正值年末珠宝热销旺季，“钟情”连带着臻馥的产品频频脱销。

罗晶和苏卿赚得盆满钵满。

陆建国和张慧芳去参加老干部活动会的时候，刚好新闻在播苏卿的这段采访。

陆建国指着新闻，一脸自豪地说：“这是我儿媳妇！”

老干部们的孩子大多都发展不错，有的赚得多，有的职位高，但能上新闻、名扬国际的并不多。

昔日被当作高攀的小姑娘，如今成了老陆家光宗耀祖般的存在。

一众老干部们都羡慕坏了，同时又在佩服陆延眼光好。

公安局食堂。

陆延一边吃饭，一边美滋滋地看着电视里的心肝宝贝。

一位新来的年轻同事盛完饭坐到他身边，见他一直看着电视，问道：“陆局，电视里这美女您认识？”

陆延笑着说：“我孩子的妈。”

年轻同事震惊了，陆局到底是什么神人，他自己的事业青云直上不说，老婆还又年轻又漂亮又优秀，他是上辈子拯救了全宇宙吧！

听到新闻里的一些“珠宝界”“高端钻戒”“畅销海内外”的关键词，年轻同事心直口快地问：“陆局，你老婆比你挣得多吧？”

年轻同事的初衷只是觉得像电视里这种著名珠宝设计师肯定交际的都是大富豪，怎么会看上他们这些收入有限的公务员。但是他问完就后悔了，哪有人问男人这种问题的，多伤自尊啊！

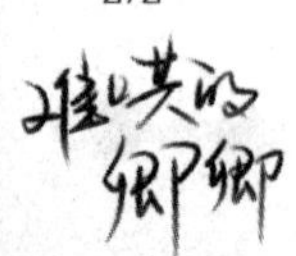

年轻同事直抽自己嘴巴，连连道歉。

陆延摆摆手，大度笑道："没事没事，我老婆说了，她养我。"他美滋滋地说着求婚时苏卿许下的诺言，当时觉得她傻，现在越发觉得甜。

年轻同事觉得奇怪，为什么陆局不但不生气，反倒一脸骄傲的感觉？不过想想也是，谁不想有一个又年轻又漂亮又优秀，还能挣钱养自己的老婆。他羡慕了，再看向陆局时，心想这才是男人的终极魅力吧！

陆延回到家时已是晚上八点多。

他经常加班，有时候是不得以，有时候是自愿的。

同事们经常抱怨老婆孩子不理解警察的工作，可他就没有这种烦恼，他的心肝宝贝卿卿特别支持他的工作，他说累了卿卿还会给他按摩，搞得他总想去知乎上写篇文章——《拥有神仙老婆是什么感觉》。

苏卿听到门口的动静，穿着粉红色围裙从厨房里出来，笑着说："你回来啦。"

陆延"嗯"了声，张开了双臂。

苏卿手里还拿着汤勺，小猫咪一样扑进男人的怀里："我给你做了马蹄汤哦，饭菜也热好了。你先亲亲我，然后去洗手吃饭。"

男人满足她，亲了又亲，两人在门口腻歪了好一会儿。

晚上睡觉前，两人靠在床头上各自看着手机。

陆延忽然收到一条信息，银行卡到账一百万。

他转头看苏卿。

苏卿正喜滋滋地看着他。

陆延长出一口气，终于等到这一天了！

他下床从柜子里拿出银行卡，回到床上递给苏卿。

苏卿毫不客气地接下。

陆延搂着老婆，心疼自己："你说你非要折腾这么一趟干吗，到头来钱不都还是你的，害我现在还没娶到老婆。"他越说越委屈，翻身压

住苏卿，咬牙切齿地说，“不行，你得赔我老婆！”

苏卿顺着他说：“那我把自己赔给你吧。”

“哼，你本来就是我的，这个不算。”陆延竟然还不满意。

“那怎么办？”苏卿问道。

“下辈子、下下辈子、下下下辈子，你都得当我老婆！”

陆延一本正经地说出这么肉麻的话，把苏卿逗得咯咯直笑。

第二天一早，苏卿就被陆延押着去领证了，两人决定在明年春暖花开时举办婚礼。

婚礼当天，新郎官当然在场。

周令当伴娘，小张当伴郎，小童和李维的女儿当花童。

老陆家娶媳妇儿排场十足，摆了上百桌宴席，全由苏卿一手操办。谁叫她老公工作忙，而她的工作又事少钱多离家近呢。

这也导致婚礼当天，苏卿一直忙里忙外，陆延直到婚宴正式开始，苏卿踏上红毯时，他才看到自己的新娘子。

苏卿穿着婚纱，在追光下缓缓向陆延走去。

陆延忽然晃神，想起刚认识苏卿时，她还没到法定结婚年龄，现在马上就要名称言顺地成为他的妻子了。

过往的一幕幕浮现在脑海里，陆延忽然红了眼眶。

当他终于牵上新娘的手，为她戴上戒指，要说最后的誓言时，他握着麦克风却激动得说不出话。

全场屏住呼吸，任谁都没见过陆延如此感性的一面。

苏卿懂他。

她轻轻吻了他脸颊一下，以作鼓励。

台下年轻的朋友起身欢呼，引得宴席响起一阵阵掌声。

陆延回头看了一眼，然后朝苏卿一笑，轻轻地说出了最重要的誓言：

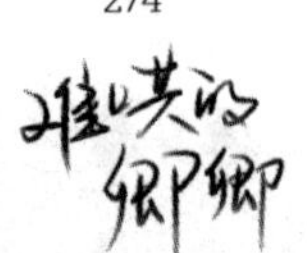

“我愿意。”

苏卿也忽然感慨万分，深情凝望着他，感动到目光含泪，脸上扬起了最幸福的笑容：“我也愿意。”

全场再次响起热烈的掌声与欢呼声，每个人都在祝福这对新人。

九月开学季，滨城小学校门口，这是小童第一天上小学，苏卿和陆延一起来送他。

看着儿子穿着校服背着书包走进学校，苏卿哭得眼睛通红。

陆延一边拿纸巾帮她擦眼泪，一边受不了地说：“至于嘛，我们结婚时都没见你这么哭。”他才不承认这是在吃儿子的醋呢。

苏卿抽着鼻子说：“那能一样吗，小童可是我十月怀胎生下来的，你怎么跟我宝贝儿子比。”

陆延幽怨地看了老婆一眼。好吧，他承认，他确实吃儿子醋了。

眼看着儿子的背影越走越远，苏卿既幸福又惆怅地说：“小童长大了会是什么样子呢？长得估计跟你差不多，性格可千万别像你。他会喜欢上什么样子的女孩子呢？不过不管什么样都好，只要他喜欢就行，我一定是个很好相处的婆婆。”

陆延笑出了声：“你儿子才上小学。”

苏卿也搞不懂自己怎么突然多愁善感起来，她靠在陆延怀里，说道：“老公，你说儿子长大了怎么办？他终有一天要自己成家立业，会离开我们的。”她都不敢细想那一天。

陆延搂住她的肩膀，温柔地说：“我会陪你一辈子的。”

（正文完）

♥

独家番外

度 蜜 月

/

天地万物间，眼中只有他。

十一月初的上午，滨城的气温仍有二十多度。

刚开完会的陆延身穿白色短袖警服，左手提着文件夹，一脸严肃地从会议室里走出来，回到了自己的办公室。他翻开刚才开会时关于十二月份的工作安排，开始皱着眉头无奈叹气，因为他始终想不出该怎么跟老婆大人交代。

从他跟苏卿办完婚礼到现在已经过去了大半年，按理说新婚夫妇办完婚礼就该去度蜜月的，结果因为他工作太忙，一直腾不出假期，蜜月计划就从三月份拖到了现在，再往后拖下去可就要到明年了，明年说不定还更忙。

苏卿虽然没催过他，但一想到她一脸羡慕地看着同事发的蜜月视频，他心里对妻子都是满满的愧疚。

陆延盯着桌上的文件内容，心想不能再拖了，再拖下去可能要就等到退休后才能去度蜜月了。

于是他在十二月份的工作安排上圈圈画画，硬是挤出来了五天假期。他握着笔在文件上不停地点着，心情有些忐忑，不知道老婆大人能不能接受这么短的蜜月假期。

晚上回到家，陆延进门后站在玄关处换鞋。

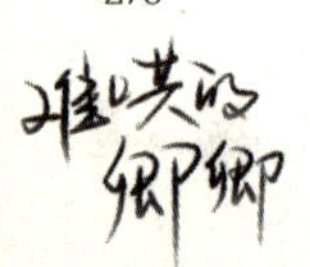

苏卿听到动静从沙发上小跑过来，笑着扑进他怀里："老公，你回来啦！"

陆延搂住老婆的细腰，在她额头上吻了一下："儿子呢？"

"在他房间里写作业呢。你吃饭了没？"

"还没。"

"那我去把菜给你热一热。"

"嗯。"

看着老婆套上围裙忙活着给他热菜，陆延心头暖暖的，觉得他的卿卿真好，可是这么好的老婆，他都不能给她一个像样的蜜月之旅，唉……

他坐在餐桌上，一想到那寒碜的五天假期，就不知道该怎么开口跟苏卿提。

苏卿把饭菜端到桌上，双手托腮，笑眯眯地看着心爱的丈夫。

见陆延今晚吃东西特别慢，眉宇间有淡淡的愁云抹不去，她心疼地问道："是又有什么棘手的案子了吗？"

陆延摇摇头，看着妻子关心的眼神，他想了想，放下了碗筷，握住了她的手，说道："老婆，我有件事要跟你说。"

苏卿屏住呼吸，睁大了水汪汪的眼睛看他，心里祈祷着不管是什么事都好，只希望情况别太糟，但不管发生什么事，她都会坚定不移地站在陆延身边。

陆延犹犹豫豫地说："我们的蜜月假期，只能在十二月初的时候，腾出来……五天。"他握紧了苏卿的手，心想等下不管她怎么闹脾气，他都要好好哄着。

可没想到苏卿听完后，足足愣了三秒，然后更加呆愣地"嗯"了一声。

陆延没明白苏卿这是什么反应，接着就听到苏卿惊喜地说："今天是太阳打西边出来了吗？你居然能在年底腾出来五天假？我还以为蜜月之旅早就成了马歇尔计划呢！"

苏卿举起陆延的大手，用力地亲吻了一下他的手背：“老公真棒！”

陆延静静地看着他的傻老婆，心想她也太好哄了，一边庆幸自己找了个好老婆，一边对她的愧疚又更深了一层。他在想，自己身为丈夫到底是有多不称职，才会让妻子对自己的期望如此之低。

不过老婆体贴自己终归是好事，陆延淡笑着问道：“你有什么想去的地方吗？”

苏卿想了想，微笑道：“你选吧，只要有你在，对我来说在哪里都是度蜜月。”

陆延心中的暖流流淌到全身，看着苏卿的眼神越发深邃。他的卿卿就是这么好，不管什么事都优先考虑他。他情不自禁地抱住苏卿，抱得很紧。

他想起以前苏卿说过，觉得武侠片里无论到天涯海角都在一起的说法很浪漫，于是提议去三亚。

苏卿愣怔一瞬，接着笑靥如花地说：“好、好啊。”

出发前一天，小童已被送到爷爷奶奶家，苏卿在卧室里一边收拾行李，一边跟周令视频。

手机放在床上，屏幕里的周令一脸不解地问道：“哈？三亚你都去过八百六十遍了，怎么度蜜月还去？”

苏卿说道：“我平时想去哪儿打个飞机就直接去了，你们当警察的不能出国，陆延又忙，难得有他想去的地方，当然要可着他来呀。”

周令见她说这番话时美滋滋的，一点都不觉得委屈，感叹道：“卿卿，我也想要你这么好的老婆，下辈子我当男人，你嫁给我吧。”

陆延恰好此时走进卧室，听到了周令的这句话，他走到苏卿身边霸道地搂住她的肩膀，居高临下地看着手机里的周令：“你想都别想，她下辈子也是我老婆。”

周令没想到挖人墙脚居然被人逮个正着，碍于这位正主她惹不起，

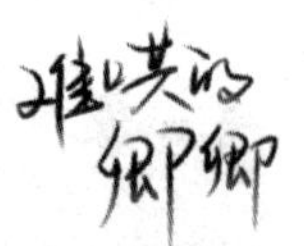

于是乖乖闭嘴。

苏卿心想这种玩笑话也就陆延会当真，气得推了丈夫一把：“你呀。”然后拿起手机，笑着哄闺蜜，“别理他，我们聊我们的。”

陆延：“……”

陆延之所以想去三亚度蜜月，其实还有点私心。

他一直幻想着有天能看到苏卿穿着比基尼，在沙滩上笑着跑向自己。那画面，光是想想都让他心神荡漾。可两人从认识到现在都八年了，愣是一直没机会。他把这个想法告诉苏卿之后，他的宝贝老婆为了满足他的小小愿望，特意订了一件将她肌肤衬得更加雪白的比基尼。

陆延在家里看过老婆试穿的效果后，一颗蠢蠢欲动的心简直要蹦出来了，现在万事俱备，只欠阳光沙滩。

可到了阳光沙滩后，没想到这个季节的三亚居然还这么多人！

陆延穿着T恤和沙滩裤，站在酒店的落地窗前，望着外面属于酒店的私人沙滩上人多到像下饺子一样，心道不妙，他可舍不得自己的宝贝被这么多人看。在他原来的幻想里，私人沙滩应该只有他们两个人，所以他还特意选了工作日过来。

“老公，我换好啦！”

陆延闻声转过身，只见身姿曼妙的苏卿穿着比基尼，在他面前转了一圈。

“太美了。”陆延看得出神，情不自禁地说。

听到老公的赞美，苏卿开心地笑了。可没想到陆延大步一跨，把他自己的T恤脱了下来，套在了苏卿身上，于是T恤就变成了短裙。

苏卿看看自己身上的衣服，再看看男人裸露的八块腹肌，疑惑地问道：“为什么？”

陆延看着被遮得严严实实的老婆，满意地点点头，然后搂着她肩膀

出门："怕你冷。"

然而三亚当天的气温有三十度。

沙滩上，苏卿单手托腮生闷气。

陆延坐在她身旁哄道："这不挺好的嘛，不怕被晒黑了。"

苏卿看向一旁，把后脑勺冲着他说："哪有你这样的，说想看我穿比基尼，结果又不让我穿。"

陆延低声笑，没再解释什么。承认自己吃醋这种事情太肉麻了，他这种大男人可做不到。

沙滩上人来人往，苏卿发现路过的人都会往他们这边看，甚至不少远处的女士也频频看过来。她顺着大家的目光，回头瞅了瞅某个狗男人，只见他闭目养神，优哉游哉地躺在躺椅上，八块腹肌尽露，一米九的大长腿远超国男平均水平，十分惹人注目。

好家伙，把我遮得这么严实，自己却在这儿招蜂引蝶的。

苏卿把狗男人拽起来。

陆延一脸莫名："怎么了？"

苏卿噘嘴："你都被人看光了！你这个不守夫德的臭男人！"

陆延往周围望了望，明白了怎么回事。看着苏卿气鼓鼓的小脸，他故意逗她："怎么，吃醋了？"他点了点自己的脸颊，"来，亲老公一口，我就回去穿衣服。"

苏卿一口气堵在心口，正想着该怎么收拾狗男人，突然听到远处有人大喊——

"有人溺水啦！快来救人呀！"

陆延猛地站起来，看了一眼情况，马上奔向海中挣扎的人。接着众人看到一个勇猛的男人一头扎进海里，像条鲨鱼一样"嗖嗖嗖"地冲了过去，强猛有力地捞起溺水的人又游回了岸边。

人群迅速围住了他们。

苏卿挤不进去，只能踮起脚尖，在人群中的缝隙中，隐隐约约地看到陆延动作娴熟地在给溺水的男人进行抢救。

人群中一个老太太说：“看人家急救员多专业！”

大家纷纷跟着赞扬。

这时身穿白衣的急救员才带着医护人员赶过来，众人看着溺水的男人被抬走后，急救员连连跟高大猛男客气道谢，人们这才意识到认错了人。

那这位猛男是谁?

人们开始更加仔细地观察陆延，只见他无论相貌身材都属于绝佳级别，更别说刚才救人时展露出的过人体格。

正当人们的注意力全被陆延吸引住时，他朝远处望了望，直到找到某个人后，他在阳光下灿烂一笑，跑向了她。

苏卿静静地站在原地，看着八块腹肌的男人朝着自己越来越近，她的心扑通扑通直跳，忽然就明白了陆延之前所说的小小愿望。原来他想看的不是性感泳衣，而是天地万物间，自己的眼中只有他。

陆延跑到老婆跟前，摸了摸她漂亮的脸蛋，笑道:“你怎么呆愣愣的？”

苏卿温柔地笑了笑，拿起毛巾帮陆延擦干头发和身上的水珠。

众人看到两人之间的亲昵，八卦声四起。

苏卿一瞬间有些害羞，低着头，脸颊发烫。

陆延笑了笑，大大方方地搂着老婆回酒店，不作理会。

第二天一早，天刚蒙蒙亮。

苏卿睁开眼睛，看着半透光的灰色床帘，又蹭回了老公怀里。

陆延觉轻，马上就醒了：“这么早就醒了。”

不知苏卿在想些什么，突然说道：“老公，我爱你。”

陆延睁开眼睛，低头瞅她。

苏卿趴在他胸口上，水汪汪的大眼睛凝视着他，温柔地说：“我的

眼睛里也只有你。”她知道自己这番话说得没头没脑的，也没指望陆延能听明白。

陆延却轻轻笑了笑。

苏卿看着他眼睛里自己的影子，听到他轻轻地“嗯”了声。

很轻，但很满足。